Die Entstehung eines Heiligen

W. Somerset Maugham

Writat

Diese Ausgabe erschien im Jahr 2023

ISBN: 9789359258591

Herausgegeben von
Writat
E-Mail: info@writat.com

Inhalt

EINFÜHRUNG

DIES sind die Memoiren von Beato Giuliano, Bruder des Ordens des Heiligen Franziskus von Assisi, der in seinem weltlichen Leben als Filippo Brandolini bekannt war ; aus welcher Familie ich, Giulo Brandolini , bin der letzte Nachkomme. Nach dem Tod von Fra Giuliano wurde das Manuskript seinem Neffen Leonello übergeben , auf den die Güter übergingen; und wurde seitdem vom Vater an den Sohn weitergegeben, als Reliquie eines Familienmitglieds, dessen Frömmigkeit und gute Taten dem Namen Brandolini noch immer Glanz verleihen .

Es ist vielleicht notwendig zu erklären, wie es schließlich zu dem Entschluss gekommen ist, diese Memoiren der Welt zugänglich zu machen. Ich für meinen Teil hätte zulassen sollen, dass sie unter den anderen Papieren der Familie verbleiben; aber meine Frau wünschte sich etwas anderes. Als sie ihre Heimat in der Neuen Welt verließ, um Gräfin Brandolini zu werden, war sie ganz natürlich daran interessiert, unter meinen Vorfahren einen Mann zu finden, der sich durch gute Taten hervorgetan hatte, so dass ihr vom Papst der Titel Beatus verliehen wurde erworben für ihn durch den Einfluss seines Großneffen nicht lange nach seinem Tod; und tatsächlich wäre er, wenn unser Haus den Wohlstand bewahrt hätte, den es im fünfzehnten und sechzehnten Jahrhundert genoss, zweifellos heiliggesprochen worden , denn es war eine gut beglaubigte Tatsache, dass seine sterblichen Überreste die notwendigen Wunder vollbracht hatten und dass regelmäßig gebetet worden war an seinem Grab geopfert, aber unser Besitz war geschrumpft, so dass wir uns die notwendigen Ausgaben nicht leisten konnten; Und jetzt, wo meine Frau unserem Haus seine alte Pracht zurückgegeben hat, sind die Zeiten leider vorbei! haben sich geändert. Die guten alten Bräuche unserer Väter sind außer Gebrauch geraten, und es ist unmöglich, für bares Geld einen Heiligen zu schaffen. Meine Frau wünschte jedoch, einen Bericht über ihren frommen Vorfahren zu veröffentlichen. Eine Schwierigkeit ergab sich jedoch aus der Tatsache, dass es keinerlei Materialien für irgendeinen Bericht über das Leben gab, das Fra Giuliano führte, als er in das Franziskanerkloster von Campomassa eintrat, und es war offensichtlich, dass es, selbst wenn es gute Werke gegeben hätte, Gebet und Fasten gab hätte mir keine sehr interessante Geschichte leisten können; und so waren wir gezwungen, seine Frömmigkeit unerzählt zu lassen und stattdessen seine Sünden aufzuzählen, für die es in den Memoiren, die er selbst hinterlassen hatte, jede Möglichkeit gab.

Fra Giuliano gibt sich nicht damit zufrieden, die Geschichte seines eigenen Lebens zu schreiben, sondern beginnt mit einem mythischen Konsul der Römischen Republik, der die Familie durch eine etwas in Misskredit geratene Verbindung mit der Frau eines anderen gegründet haben soll.

Anschließend führt er die Geschichte durch unzählige Zeitalter hindurch, bis er zu seiner eigenen Vorstellung und den Wundern kommt, die seine Geburt begleiteten und die er mit großer Genauigkeit beschreibt. Er schildert sehr ausführlich die Geschichte seiner Kindheit und Jugend, die Zeit, die er als Page am Hofe der Bentivogli von Bologna verbrachte, und seine Abenteuer in den neapolitanischen Armeen unter dem Herzog von Kalabrien; Aber die ganze Geschichte wird so ausführlich erzählt, mit so vielen Abschweifungen und Details, und ist manchmal so vage, zusammenhangslos und unzusammenhängend, dass es trotz aller Bearbeitung als unmöglich angesehen wurde, eine klare und fortlaufende Erzählung zu erstellen.

Fra Giuliano selbst teilte sein Leben in zwei Teile: den einen, den er die Zeit des Honigs nannte, die Zeit des Wartens; die andere ist die Zeit von Gall, die Zeit der Erkenntnis . Die zweite Hälfte beginnt mit seiner Ankunft in der Stadt Forli im Jahr 1488, und wir haben beschlossen, diesen Teil zu veröffentlichen; denn trotz seiner Kürze war dies die ereignisreichste Zeit seines Lebens, und der Bericht darüber scheint in ausreichend klarer Weise zusammenzuhängen, wobei er sich um die Verschwörung dreht , die zur Ermordung von Girolamo Riario führte , und mit dem Geständnis des Autors endet zum Orden des Heiligen Franziskus. Dies also habe ich genau so wiedergegeben, wie er es geschrieben hat, ohne ein Wort hinzuzufügen oder wegzulassen. Ich bestreite nicht, dass es mir ein wenig Freude gemacht hätte, die Geschichte zu verfälschen, denn die Angelsachsen sind eine Rasse von Idealisten, wie sich in all ihren internationalen und kommerziellen Geschäften zeigt; und die Wahrheit fanden sie immer ein wenig hässlich. Ich habe einen Freund, der kürzlich eine Geschichte über die Armen in London geschrieben hat, und seine Kritiker waren regelrecht angewidert, weil seine Charaktere ihre Schmerzen verloren, oft Schimpfwörter verwendeten und sich nicht so elegant verhielten, wie man es aufgrund des Beispiels, das sie ständig erhielten, erwarten würde ihre Vorgesetzten; während einige seiner Leser schockiert waren, als sie feststellten, dass es Menschen auf dieser Welt gab, die nicht die Zartheit und Feinheit besaßen, die sie in ihrem eigenen Busen pulsieren fühlten. Der Autor hat vergessen, dass die Wahrheit eine nackte Frau ist und dass Nacktheit immer beschämend ist, es sei denn, sie weist auf eine Moral hin. Wenn die Wahrheit ihren Wohnsitz auf dem Grund eines Brunnens eingeschlagen hat, dann offensichtlich deshalb, weil sie sich darüber im Klaren ist, dass sie für anständige Menschen kein geeigneter Begleiter ist.

Mir ist schmerzlich bewusst, dass die Personen in diesem Drama nicht von den moralischen Gefühlen angetrieben wurden, die sie durch die Ausbildung an einer wirklich guten englischen öffentlichen Schule hätten erwerben können, aber man kann eine Entschuldigung für sie in der Erinnerung finden, dass ihre Taten vor vierhundert Jahren stattgefunden haben vor Jahren, und dass es sich nicht um elende Arme handelte, sondern um Personen von höchstem Rang. Wenn sie gesündigt haben, haben sie elegant gesündigt, und Menschen, deren Abstammung über jeden Verdacht erhaben ist, kann viel vergeben werden. Und der Autor, als wollte er die Empfänglichkeit seiner Leser nicht verletzen, hat darauf geachtet, der einzigen Figur, deren Familie eindeutig nicht respektabel war, Verachtung entgegenzubringen.

Bevor ich mich verneige und den Leser bei Filippo Brandolini überlasse, werde ich sein Aussehen beschreiben, das in einem Porträt dargestellt ist, das im selben Jahr, 1488, gemalt wurde und sich bis zum Beginn dieses Jahrhunderts im Besitz meiner Familie befand, als es verkauft wurde. mit vielen anderen Kunstwerken, an Reisende in Italien. Meiner Frau ist es gelungen, die Porträts mehrerer meiner Vorfahren zurückzukaufen, aber dieses Exemplar befindet sich in der Sammlung eines englischen Adligen, der sich weigerte, sich davon zu trennen, obwohl er freundlicherweise die Anfertigung einer Kopie erlaubte, die jetzt in der Sammlung hängt Platz, an dem sich früher das Original befand.

Es stellt einen mittelgroßen Mann dar, schlank und anmutig, mit einem kleinen schwarzen Bart und Schnurrbart; ein ovales Gesicht, olivfarben , und aus seinen schönen dunklen Augen blickt er mit einem Ausdruck völliger Glückseligkeit direkt in die Welt. Es wurde kurz nach seiner Heirat gemalt. Er trägt die Tracht der damaligen Zeit und hält eine Pergamentrolle in der Hand. In der oberen rechten Ecke befinden sich das Datum und das Wappen der Familie. oder ein zügelloser Greif. Gules. Wappen: ein Demiswan, der aus einer Krone hervorgeht. Das Motto: *Felicitas* .

ICH

Brandolini vorzustellen , einen Herrn aus Città di Castello."

Dann wandte sich Matteo an mich und fügte hinzu: „Das ist mein Cousin Checco ." d'Orsi .'

Checco d'Orsi lächelte und verneigte sich.

„Messer Brandolini ", sagte er, „es freut mich sehr, Ihre Bekanntschaft zu machen; Sie sind in meinem Haus herzlich willkommen.'

„Sie sind sehr nett", antwortete ich; „Matteo hat mir viel von Ihrer Gastfreundschaft erzählt."

Checco verneigte sich höflich und fragte seinen Cousin: „Du bist gerade angekommen, Matteo?"

„Wir sind heute früh angekommen. Ich wollte direkt hierher kommen, aber Filippo, der an einer unerträglichen Eitelkeit leidet, bestand darauf, in ein Gasthaus zu gehen und ein paar Stunden in der Zierde seiner Person zu verbringen.

„Wie hast du diese Stunden genutzt, Matteo?" fragte Checco , blickte eher fragend auf das Kleid seines Cousins und lächelte.

Matteo betrachtete seine Stiefel und seinen Mantel.

„Ich bin nicht elegant!" Aber ich fühlte mich zu sentimental, um auf mein persönliches Erscheinungsbild zu achten, und musste mich mit Wein erholen. Wissen Sie, wir sind sehr stolz auf unseren einheimischen Forli-Wein Filippo.'

„Ich hätte nicht gedacht, dass du die Angewohnheit hast, sentimental zu sein, Matteo", bemerkte Checco .

„Heute Morgen, als wir ankamen, war es ganz furchtbar", sagte ich; „Er schlug Haltung und nannte es sein geliebtes Land und wollte am kalten Morgen verweilen und mir Anekdoten aus seiner Kindheit erzählen."

„ Ihr professionellen Sentimentalisten werdet niemals zulassen, dass irgendjemand anders sentimentalisiert als ihr selbst."

„Ich hatte Hunger", sagte ich lachend, „und es hat dir nicht geschmeckt." Sogar dein Pferd hatte seine Zweifel.'

„Brute!" sagte Matteo. „Natürlich war ich zu aufgeregt, um mich um mein Pferd zu kümmern, und es rutschte über die verdammten Steine und hätte mich fast abgeschossen – und Filippo, anstatt Mitgefühl zu zeigen , brach in Gelächter aus."

„Offensichtlich müssen Sie Sentimentalitäten aufgeben", sagte Checco .

„Ich fürchte, du hast recht. Jetzt kann Filippo stundenlang romantisch sein, und was noch schlimmer ist, er ist es auch – aber ihm passiert nichts. Aber als ich nach vier Jahren in meine Heimatstadt zurückkam, war es meiner Meinung nach verzeihlich."

„Wir nehmen deine Entschuldigung an, Matteo", sagte ich.

„Aber Tatsache ist, Checco , dass ich froh bin, zurückzukommen. Der Anblick der alten Straßen, des Palazzo, das alles erfüllt mich mit einem seltsamen Gefühl der Freude – und ich fühle – ich weiß nicht, wie ich mich fühle."

„Machen Sie das Beste aus Ihrem Vergnügen, solange Sie können; „Sie werden in Forli vielleicht nicht immer willkommen sein", sagte Checco ernst.

„Was zum Teufel meinst du?" fragte Matteo.

„Oh, über diese Dinge reden wir später." Du solltest jetzt besser zu meinem Vater gehen, dann kannst du dich ausruhen. Du musst erschöpft sein nach deiner Reise. Heute Abend haben wir hier ein tolles Treffen, bei dem Sie Ihre alten Freunde treffen werden. Der Graf hat sich geruht, meine Einladung anzunehmen.'

„Gewürdigt?" sagte Matteo, hob die Augenbrauen und sah seinen Cousin an.

Checco lächelte bitter.

„Die Zeiten haben sich geändert, seit du hier bist, Matteo", sagte er; „Die Forlivesi sind jetzt Untertanen und Höflinge."

Er schob Matteos weitere Fragen beiseite, verneigte sich vor mir und verließ uns.

'Ich frage mich was es ist?' sagte Matteo. „Was hältst du von ihm?"

Checco untersucht d'Orsi war neugierig – ein großer, dunkler Mann mit Vollbart und Schnurrbart, offenbar um die vierzig. Es gab eine deutliche Ähnlichkeit zwischen ihm und Matteo: Sie hatten beide das gleiche dunkle Haar und die gleichen Augen; aber Matteos Gesicht war breiter, die Knochen deutlicher und die Haut rauher als das Leben als Soldat. Checco war dünner und ernster, er sah viel talentierter aus; Matteo war, wie ich ihm oft sagte, nicht schlau.

„Er war sehr liebenswürdig", antwortete ich auf die Frage.

„Ein bisschen hochmütig, aber er will höflich sein." Er ist mit seiner Würde als Familienoberhaupt eher unterdrückt.'

„Aber sein Vater lebt noch."

„Ja, aber er ist fünfundachtzig und taub wie ein Pfosten und blind wie eine Fledermaus; Also bleibt er ruhig in seinem Zimmer, während Checco die Fäden in der Hand hält, sodass wir armen Teufel uns niederknien und tun müssen, was er uns befiehlt."

„Ich bin sicher, das muss sehr gut für dich sein", sagte ich. „Ich bin neugierig zu wissen, warum Checco so über den Grafen spricht; Als ich das letzte Mal hier war , waren sie enge Freunde. Doch lasst uns gehen und trinken, nachdem wir unsere Pflicht getan haben.'

Wir gingen zum Gasthaus, in dem wir unsere Pferde abgestellt hatten, und bestellten Wein.

„Gib uns dein Bestes, mein dicker Freund", rief Matteo meinem Gastgeber zu. „Dieser Herr ist ein Fremder und weiß nicht, was Wein ist; er ist mit dem kränklichen Saft von Città di Castello aufgewachsen .'

„Sie wohnen in Città di Castello?" fragte der Wirt.

„Ich wünschte, ich hätte es getan", antwortete ich.

„Er wurde zum Wohle seines Landes aus seinem Land vertrieben", bemerkte Matteo.

„Das stimmt nicht", antwortete ich lachend. „Ich bin aus freien Stücken gegangen."

„Galoppiere so schnell du kannst, mit vierundzwanzig Reitern auf deinen Fersen."

'Genau! Und sie wollten so wenig, dass ich gehe, dass sie, als ich dachte, ein Luftwechsel würde mir passen , einen Trupp Pferde schickten, um mich zur Rückkehr zu bewegen.'

„Dein Kopf hätte eine hübsche Zierde auf einem Spieß auf der großen Piazza ergeben."

„Der Gedanke amüsiert dich", antwortete ich, „aber die Komik hat mich damals nicht beeindruckt."

Ich erinnerte mich an die Gelegenheit, als mir die Nachricht überbracht wurde, dass der Vitelli, der Tyrann von Castello, einen Haftbefehl gegen mich unterzeichnet hatte; Daraufhin hatte ich, da ich wusste, wie schnell er mit seinen Feinden umging , mit einigermaßen unanständiger Eile Abschied von meinem Herd und meinem Zuhause genommen ... Aber der alte Mann war kürzlich gestorben, und sein Sohn war dabei, alle Taten seines Vaters ungeschehen zu machen , hatte die Fuorusciti zurückgerufen und diejenigen Freunde seines Vaters, die keine Zeit zur Flucht hatten, an den Fenstern des

Palastes aufgehängt. Ich war mit Matteo auf dem Heimweg nach Forli gekommen, um mein beschlagnahmtes Eigentum in Besitz zu nehmen, in der Hoffnung herauszufinden, dass der Zwischeneigentümer, der einige hundert Fuß über dem Boden am Ende eines Seils baumelte, verschiedene notwendige Verbesserungen vorgenommen hatte.

„Na, was halten Sie von unserem Wein?" sagte Matteo. „Vergleichen Sie es mit dem von Città di Castello."

„Ich habe es wirklich noch nicht probiert", sagte ich und tat so, als würde ich freundlich lächeln. „Seltsame Weine, die ich immer in großen Schlucken trinke – wie Medizin."

„ *Brutta Bestia !* ", sagte Matteo. „Du bist kein Richter."

„Es ist passabel", sagte ich lachend, nachdem ich mit großer Überlegung daran genippt hatte.

Matteo zuckte mit den Schultern.

„Diese Ausländer!" sagte er verächtlich. „Komm her, dicker Mann", rief er dem Wirt zu. „ Sagen Sie mir, wie es dem Grafen Girolamo und der gnädigen Caterina geht? Als ich Forli verließ, hatten die einfachen Leute Mühe, den Boden zu lecken, auf den sie traten.'

Der Wirt zuckte mit den Schultern.

„Herren meines Berufsstandes müssen vorsichtig sein, was sie sagen."

„Sei kein Narr, Mann; Ich bin kein Spion.'

„Nun, Sir, das einfache Volk hat keine Mühe mehr, den Boden aufzulecken, den der Graf betritt."

'Ich verstehe!'

„Sie verstehen, Sir. Jetzt, wo sein Vater tot ist –'

„Als ich das letzte Mal hier war, wurde Sixtus sein Onkel genannt."

„Ah, man sagt, er hätte ihn zu gern gehabt, um nicht sein Vater zu sein, aber ich weiß natürlich nichts. Es liegt mir fern, Seine Heiligkeit in der Vergangenheit oder Gegenwart herabzusetzen."

„Aber machen Sie weiter."

„Nun, Herr, als der Papst starb, war der Graf Girolamo knapp bei Kasse – und so erhöhte er die Steuern, die er abgezogen hatte, wieder."

„Und das Ergebnis ist –"

„Nun, die Leute fangen an, über seine Extravaganz zu murren; und sie sagen, dass Caterina sich benimmt, als wäre sie eine Königin; wohingegen wir alle wissen, dass sie nur der Bastard des alten Mailänder Sforza ist. Aber es hat natürlich nichts mit mir zu tun!'

Matteo und ich wurden langsam schläfrig, denn wir waren die ganze Nacht angestrengt geritten; und wir gingen nach oben und gaben den Befehl, rechtzeitig für die Feierlichkeiten des Abends gerufen zu werden. Wir waren bald fest eingeschlafen.

Am Abend kam Matteo zu mir und begann, meine Kleidung zu untersuchen.

„Ich habe darüber nachgedacht, Filippo", sagte er, „dass es mir obliegt, bei meinem ersten Auftritt vor den Augen meiner zahlreichen Damen die bestmögliche Figur abzugeben."

„Ich stimme Ihnen voll und ganz zu", antwortete ich; „Aber ich verstehe nicht, was du mit meinen Kleidern machst."

„Niemand kennt dich, und es ist unwichtig, wie du aussiehst; und da Sie hier einige sehr schöne Dinge haben, werde ich Ihre Freundlichkeit ausnutzen und …"

„Du wirst mir meine Kleider nicht wegnehmen!" Sagte ich und sprang aus dem Bett. Matteo nahm verschiedene Kleidungsstücke in seine Arme und stürmte aus dem Zimmer, schlug die Tür zu und schloss sie von außen ab, so dass ich hilflos eingeschlossen zurückblieb.

Ich schrie ihm Beschimpfungen hinterher, aber er ging lachend weg, und ich musste so gut ich konnte mit dem klarkommen, was er mir hinterlassen hatte. In einer halben Stunde kam er zur Tür. „Willst du rauskommen?" er sagte.

„ Natürlich tue ich das", antwortete ich und trat gegen die Konsole.

„Wirst du versprechen, nicht gewalttätig zu sein?"

Ich zögerte.

„Ich werde dich nicht rauslassen, es sei denn, du tust es."

'Sehr gut!' Ich antwortete lachend.

Matteo öffnete die Tür und stand kerzengerade auf der Schwelle, von Kopf bis Fuß in meine neuesten Klamotten geschmückt.

„Du Bösewicht!" Sagte ich, erstaunt über seine Unverschämtheit.

„In Anbetracht dessen siehst du nicht schlecht aus", antwortete er und sah mich ruhig an.

II

Als wir im Palazzo Orsi ankamen , waren viele Gäste bereits eingetroffen. Matteo war sofort von seinen Freunden umgeben; und ein Dutzend Damen winkten ihm aus verschiedenen Teilen des Raumes zu, so dass er von mir losgerissen wurde und ich ziemlich trostlos allein in der Menge zurückblieb. Plötzlich fühlte ich mich zu einer Gruppe von Männern hingezogen, die mit einer Frau redeten, die ich nicht sehen konnte; Matteo hatte sich zu ihnen gesellt und sie lachten über etwas, das er gesagt hatte. Ich hatte mich gerade abgewandt, um andere Leute anzusehen, als ich hörte, wie Matteo mich rief.

„Filippo", sagte er und kam auf mich zu, „kommen Sie und lassen Sie sich Donna Giulia vorstellen; Sie hat mich gebeten, Sie vorzustellen.'

Er nahm mich am Arm und ich sah, dass die Dame und ihre Bewunderer mich ansahen.

„Sie ist nicht besser, als sie sein sollte", flüsterte er mir ins Ohr; „Aber sie ist die schönste Frau in Forlì!"

„Erlauben Sie mir, Ihrem Kreis der Verehrer eine weitere hinzuzufügen, Donna Giulia", sagte Matteo, als wir uns beide verneigten – „Messer Filippo Brandolini ist wie ich ein Soldat von Rang."

Ich sah eine anmutige kleine Frau, gekleidet in orientalischen Brokat; ein kleines Gesicht mit ganz winzigen Gesichtszügen, große braune Augen, die mir auf den ersten Blick sehr sanft und streichelnd vorkamen, eine Fülle dunkler, rotbrauner Haare und ein faszinierendes Lächeln.

„Wir haben Matteo gefragt, wo seine Wunden sind", sagte sie und lächelte mich sehr gnädig an. „Er sagt uns, dass sie alle in der Region seines Herzens sind."

„In diesem Fall", antwortete ich, „ist er auf ein tödlicheres Schlachtfeld gekommen als alle anderen, die wir während des Krieges gesehen haben."

„Welcher Krieg?" fragte ein Herr, der daneben stand. „Heutzutage sind wir in der glücklichen Lage, zehn verschiedene Kriege in ebenso vielen Teilen des Landes zu haben."

„Ich habe unter dem Herzog von Kalabrien gedient", antwortete ich.

„In diesem Fall waren eure Kämpfe unblutig."

„Wir kamen, wir sahen, und der Feind wich", sagte Matteo.

„Und jetzt, indem Sie den Frieden ausnutzen, beunruhigen Sie die Herzen von Forlì", sagte Donna Giulia.

„Wer weiß, wie nützlich deine Schwerter hier sein könnten!" bemerkte ein junger Mann.

„Sei still, Nicolo!" sagte ein anderer, und es herrschte eine unangenehme Stille, während der Matteo und ich uns überrascht ansahen; und dann brachen alle in lautes Reden aus, so dass man nicht hören konnte, was gesagt wurde.

Matteo und ich verneigten uns vor Donna Giulia und er brachte mich zu Checco , in einer Gruppe von Männern stehend.

„Haben Sie sich von Ihrer Müdigkeit erholt?" fragte er freundlich.

„Bist du gereist, Matteo?" sagte einer aus der Firma .

„Ja, wir sind gestern sechzig Meilen gefahren", antwortete er.

„Sechzig Meilen auf einem Pferd; „Du musst gute Rosse und eine gute Vorstellungskraft haben", sagte ein großer, schwerfällig aussehender Mann – ein hässlicher Mensch mit blassem Gesicht, den ich auf den ersten Blick hasste.

„Es war nur ein einziges Mal und wir wollten nach Hause."

„Du hättest nicht schneller kommen können, wenn du von einem Schlachtfeld weggelaufen wärst", sagte der Mann.

Ich fand ihn unnötig unangenehm, aber ich sagte nichts. Matteo hatte die goldene Qualität nicht kultiviert.

„Sie reden wie jemand, der Erfahrung hat", bemerkte er und lächelte auf seine liebenswürdigste Art.

Ich sah, wie Checco Matteo stirnrunzelnd ansah, während die Umstehenden interessiert zusahen.

„Das habe ich nur gesagt", fügte der Mann schulterzuckend hinzu, „weil der Herzog von Kalabrien eher für seine Rückzugstaktik gefeiert wird ."

Ich hatte großen Respekt vor dem Herzog , der mir immer ein freundlicher und großzügiger Herr gewesen war.

„Vielleicht wissen Sie nicht viel über Taktik", bemerkte ich so beleidigend, wie ich konnte.

Er drehte sich um und sah mich an, als wollte er sagen: „Wer zum Teufel bist du!" Er musterte mich verächtlich von oben bis unten und ich hatte das Gefühl, dass ich fast die Beherrschung verlor.

„Mein guter junger Mann", sagte er, „ich stelle mir vor, dass ich im Krieg war, als du mit deinem Kindermädchen kämpfte."

„Sie sind mir sowohl an Höflichkeit als auch an Jahren überlegen, Sir", antwortete ich. „Aber ich könnte vorschlagen, dass ein Mann sein ganzes Leben lang kämpft und am Ende nicht mehr Ahnung vom Krieg hat als am Anfang."

„Es kommt auf die Intelligenz an", bemerkte Matteo.

„Genau das, was ich gedacht habe", sagte ich.

„Was zum Teufel meinst du?" sagte der Mann wütend.

„Ich glaube nicht, dass er es überhaupt ernst meint, Ercole ", warf Checco mit einem gezwungenen Lachen ein.

„Er kann wohl selbst antworten", sagte der Mann. Checco errötete , aber er antwortete nicht.

„Guter Herr", sagte ich, „Sie müssen überlegen, ob ich antworten möchte."

„Jackanapes!"

Ich legte meine Hand auf mein Schwert, aber Checco hielt mich am Arm fest. Ich habe mich sofort erholt.

„Ich bitte um Verzeihung, Messer Checco ", sagte ich; Dann wandte er sich an den Mann: „Sie können mich hier mit Sicherheit beleidigen." Du zeigst deine Zucht! Wirklich, Matteo, du hast mir nicht gesagt, dass du einen so charmanten Landsmann hast.'

„Du bist zu hart zu uns, Filippo", antwortete mein Freund, „für so eine Ungeheuerlichkeit wie diese ist Forli nicht verantwortlich."

„Ich bin kein Forlivese , Gott sei Dank!" Weder der Graf noch ich.' Er sah sich verächtlich um. „Wir danken dem Allmächtigen jedes Mal, wenn uns die Tatsache in den Sinn kommt." Ich bin Bürger von Castello.'

Matteo war kurz davor auszubrechen, aber ich hatte mit ihm gerechnet. „Auch ich bin Bürger von Castello; und gestatten Sie mir, Ihnen mitzuteilen, dass ich Sie für einen sehr unverschämten Kerl halte, und ich entschuldige mich bei diesen Herren, dass einer meiner Landsleute die Höflichkeit vergessen sollte, die er der Stadt gebührt, die ihn beherbergt."

„Du bist ein Kastelese ! Und bitte, wer bist du?'

„Mein Name ist Filippo Brandolini ."

„Ich kenne dein Haus. Meiner ist Ercole Piacentini .'

„Ich kann das Kompliment nicht erwidern; Ich habe noch nie von Ihrem gehört.'

Die Umstehenden lachten.

„Meine Familie ist genauso gut wie Ihre, Sir", sagte er.

„Wirklich, ich kenne die Mittelschicht von Castello nicht; aber ich habe keinen Zweifel daran, dass es respektabel ist.'

Mir fiel auf, dass die Zuhörer sehr zufrieden wirkten, und ich urteilte, dass Messer Ercole Piacentini war in Forli nicht sehr beliebt; aber Checco sah besorgt zu.

„ Du unverschämter kleiner Junge!" sagte der Mann wütend. „Wie kannst du es wagen, so mit mir zu reden?" Ich werde dich treten!'

Ich legte meine Hand auf mein Schwert, um es zu ziehen, denn auch ich war wütend; Ich zog am Griff, aber ich spürte, wie eine Hand meine packte und mich daran hinderte. Ich kämpfte; dann hörte ich Checco in meinem Ohr.

„Sei kein Dummkopf", sagte er. 'Ruhig sein!'

'Lass mich sein!' Ich weinte.

„Sei kein Dummkopf! Du wirst uns ruinieren.' Er hielt mein Schwert, sodass ich es nicht ziehen konnte.

Ercole sah, was los war; Seine Lippen verzogen sich zu einem sarkastischen Lächeln.

„Dir wird die nützliche Lektion der Diskretion beigebracht, junger Mann. Du bist nicht der Einzige, der es gelernt hat.' Er blickte sich zu den Umstehenden um ...

In diesem Moment kam ein Diener zu Checco und verkündete:

'Die Zählung!'

Die Gruppe löste sich auf und Checco ging mit Ercole ans andere Ende der Halle Piacentini und mehrere andere Herren. Matteo und ich blieben dort, wo wir waren. Es gab ein Rascheln, und der Graf und die Gräfin erschienen in Begleitung ihres Gefolges.

Zuallererst fiel mein Blick auf Caterina ; sie war wunderbar schön. Eine große, gut gebaute Frau, die sich stolz hält und den Kopf wie eine Statue auf den Hals legt.

„Man könnte meinen, sie sei eine Königstochter!" sagte Matteo und sah sie erstaunt an.

„Es ist fast Francescos Gesicht", sagte ich.

Wir empfanden beide eine große Bewunderung für Francesco Sforza, den König von Condottieri, der sich von einem Glücksritter zum stolzesten Herzogtum der Welt erhoben hatte. Und Caterina, seine leibliche Tochter, hatte die gleichen klaren, starken Gesichtszüge, die starken, durchdringenden Augen, aber anstelle der pockennarbigen Haut der Sforza hatte sie einen Teint von seltener Zartheit und Weichheit; und danach bewies sie, dass sie sowohl den Mut als auch das Aussehen ihres Vaters geerbt hatte Gold- und Silberfäden; aber die wundervolle Kastanie überstrahlte die glänzenden Metalle und schien ihnen Schönheit zu verleihen, anstatt sie zu borgen. Ich hörte sie sprechen, und ihre Stimme war tief und voll wie die eines Mannes.

Matteo und ich standen eine Minute da und schauten sie an; Dann brachen wir beide aus: „ *Per Bacco* , sie ist wunderschön!"

Ich begann an die Märchen zu denken, die ich von Caterina in Rom gehört hatte, wo sie alle mit ihrer Lieblichkeit verzaubert hatte; und Sixtus hatte die Reichtümer der Kirche verschwendet, um ihre Launen und Fantasien zu befriedigen: Bankette, Bälle, Umzüge und prächtige Zeremonien; Die antike Stadt war rot vor Wein und wahnsinnig vor Freude an ihrer Schönheit.

Plötzlich sagte Matteo zu mir: „Schau dir Girolamo an!"

Ich hob meinen Blick und sah ihn ganz nah bei mir stehen – einen großen Mann, muskulös und stark, mit großem, schwerem Gesicht und hervorstehenden Kieferknochen, der Nase lang und gebogen, kleinen, scharfen Augen, sehr beweglich. Seine Haut war unangenehm, rot und rau; Wie seine Frau war er mit großer Pracht gekleidet.

„Man sieht in ihm den Seemannsgroßvater", sagte ich und erinnerte mich daran, dass Sixtus' Vater, der Gründer der Familie, ein einfacher Seemann in Rovese war .

Er sprach mit Checco , der ihm offenbar von uns erzählte, denn er drehte sich um und trat auf Matteo zu.

„Der verlorene Sohn ist zurückgekehrt", sagte er. „Wir werden es nicht versäumen, das gemästete Kalb zu töten." Aber dieses Mal musst du bei uns bleiben, Matteo; „Wir können Ihnen genauso gute Dienste leisten wie dem Herzog von Kalabrien."

Matteo lächelte grimmig; und der Graf drehte sich zu mir um.

„ Checco hat mir auch von Ihnen erzählt, Sir; aber ich fürchte, es gibt keine Chance, dich zu behalten, du bist nur ein Zugvogel – dennoch hoffe ich, dass wir dich im Palast willkommen heißen werden.'

Während er sprach, bewegten sich seine Augen schnell auf und ab, überall um mich herum, und ich hatte das Gefühl, dass er meine ganze Person in sich aufnahm ... Nach diesen wenigen Worten lächelte er, ein hartes, mechanisches Lächeln, das gnädig sein sollte , und mit einer höflichen Verbeugung ging es weiter. Ich drehte mich zu Matteo um und sah, wie er sich sehr sauer um den Grafen kümmerte.

„Was ist das?", fragte ich.

„Er ist teuflisch herablassend", antwortete er. „Als ich das letzte Mal hier war, hieß es Hagel, gut getroffen, aber, guter Gott! Seitdem ist er auf Sendung!'

„Dein Cousin hat etwas in der gleichen Richtung gesagt", bemerkte ich.

„Ja, ich verstehe jetzt, was er meinte."

Wir schlenderten durch den Raum, schauten die Leute an und unterhielten uns.

„Schau", sagte ich, „da ist eine hübsche Frau!" deutet auf eine üppige Schönheit hin, ein massives Wesen mit vollem Busen und prächtiger Farbe .

„Dein Blick wird von einer hübschen Frau angezogen wie Stahl von einem Magneten, Filippo", antwortete Matteo lachend.

„Stellen Sie mich vor", sagte ich, „wenn sie nicht wild ist."

'Auf keinen Fall; und sie hat wahrscheinlich schon ihren Blick auf dich gerichtet. Aber sie ist die Frau von Ercole Piacentini .'

'Es ist mir egal. Ich habe vor, den Mann danach zu töten; aber das ist kein Grund, warum ich mich seinem Gatten gegenüber nicht angenehm machen sollte.'

„Du wirst ihr auf beide Arten einen Dienst erweisen", antwortete er; und als er auf sie zuging, sagte er: „Claudia", „deine tödlichen Augen haben ein anderes Herz durchbohrt."

Ihre sinnlichen Lippen verzogen sich zu einem Lächeln.

„Haben sie diese Macht?" Sie befestigte sie an mir und machte Platz auf der Couch, auf der sie saß. Weder Matteo noch ich verstanden den Hinweis langsam, denn ich nahm meinen Platz ein und er verabschiedete sich. „Ich frage mich, dass Sie nicht bereits Opfer von Madonna Giulia geworden sind", sagte Claudia, blickte mich träge an und blickte dann zu der anderen Dame hinüber.

„Man verehrt den Mond nicht, wenn die Sonne scheint", antwortete ich höflich.

„Giulia ist eher wie die Sonne, denn sie schließt alle Männer in ihre Arme. Ich bin bescheidener.'

Ich verstand, dass die rivalisierenden Schönheiten keine guten Freundinnen waren.

„Du prahlst damit, dass du grausam bist", antwortete ich. Sie antwortete nicht, sondern seufzte tief, lächelte und richtete ihre großen, flüssigen Augen auf mich.

„Oh, da ist mein Mann." Ich schaute auf und sah, wie der große Ercole mich bösartig anstarrte. Ich habe innerlich gelacht.

„Er muss sehr eifersüchtig auf eine so schöne Frau sein?" Ich fragte.

„Er quält mich zu Tode."

Unter diesen Umständen dachte ich, ich würde meinen Vorteil verfolgen; Ich drückte mich näher an sie.

„Ich kann es verstehen: Als ich dich zum ersten Mal sah, drehte sich in meinem Kopf alles."

Sie warf mir unter ihren Wimpern einen sehr langen Blick zu. Ich ergriff ihre Hand.

'Jene Augen!' Sagte ich und schaute sie leidenschaftlich an.

'Ah!' Sie seufzte erneut.

„Madame", sagte ein Page, der auf sie zukam, „Messer Piacentini bittet Sie, zu ihm zu kommen."

Sie stieß einen kleinen genervten Schrei aus.

'Mein Ehemann!' Dann erhob sie sich von ihrem Sitz, drehte sich zu mir um und streckte ihre Hand aus; Ich bot sofort meinen Arm an und wir durchquerten feierlich den Raum zu Ercole Piacentini . Hier verneigte sie sich sehr gnädig vor mir, und ich lächelte den glücklichen Ehemann mit äußerster Zärtlichkeit an, während er sehr grimmig dreinschaute und mich nicht im geringsten beachtete; dann marschierte ich los und war besonders zufrieden mit mir.

Der Graf und die Gräfin waren im Begriff aufzubrechen; ihnen folgten Ercole und seine Frau; Die restlichen Gäste gingen bald, und nach kurzer Zeit waren nur noch Matteo und ich, zwei andere Männer und Checco übrig

.

III

CHECCO führte uns in einen kleineren Raum, etwas entfernt von der großen Empfangshalle; Dann wandte er sich an einen Mann, den ich nicht kannte, und sagte: „Haben Sie die Piacentini gehört?"

'Ja!' er antwortete; und einen Moment lang sahen sie einander schweigend an.

„Ohne guten Grund wäre er nicht so mutig gewesen", fügte der Mann hinzu.

Mir wurde gesagt, dass sein Name Lodovico Pansecchi sei und dass er ein Soldat im Sold des Grafen sei.

Checco drehte sich um und sah mich scharf an. Matteo verstand, was er meinte, und sagte: „Habt keine Angst vor Filippo; er ist so sicher wie ich.'

Checco nickte und gab einem Jugendlichen ein Zeichen, der sofort aufstand und vorsichtig die Tür schloss. Wir saßen eine Weile still; dann stand Checco auf und sagte ungeduldig: „Ich kann es nicht verstehen." Er ging im Zimmer auf und ab und blieb schließlich vor mir stehen.

„Du hattest diesen Mann noch nie zuvor gesehen?"

'Niemals!' Ich antwortete.

Ercole selbst angezettelt ", sagte der Jugendliche, bei dem es sich meiner Meinung nach um Alessandro Moratini handelte , einen Bruder von Giulia dall ' Aste .

„Ich weiß", sagte Checco , „aber er hätte es nie gewagt, sich so zu verhalten, wenn er nicht von einer Absicht Girolamos gewusst hätte." Er hielt einen Moment inne und dachte nach, dann wandte er sich wieder an mich: „Du darfst ihn nicht herausfordern."

„Im Gegenteil", antwortete ich, „ich muss ihn herausfordern; er hat mich beleidigt.'

„Das interessiert mich nicht." Ich werde nicht zulassen, dass du ihn herausforderst.'

„Das betrifft mich allein."

'Unsinn! Sie sind Gast meines Hauses, und soweit ich weiß, ist es genau eine Gelegenheit wie diese, die Girolamo sucht."

„Ich verstehe nicht", sagte ich.

„Hör zu", sagte Checco und setzte sich wieder. „Als Sixtus Forli für seinen Neffen Girolamo Riario in Besitz nahm , tat ich, wie der Narr, der ich war, alles, was ich konnte, um die Stadt in seine Treue zu ziehen. Mein Vater war gegen den Plan, aber ich widerstand seinem Widerstand und warf die ganze Macht meines Hauses auf seine Seite. Ohne mich wäre er nie Herr von Forli gewesen.'

„Ich erinnere mich", sagte Matteo. „Du hast Sixtus benutzt , um die Ordelaffi draußen zu halten; und Sie dachten, Girolamo wäre in unseren Händen ein Katzenpfoten.'

„Ich habe die Stadt nicht aus Liebe zu einer Person aufgegeben, die ich noch nie in meinem Leben gesehen hatte ... Nun, das war vor acht Jahren." Girolamo nahm die höchsten Steuern ab, gewährte der Stadt Gefälligkeiten und trat mit Caterina in feierlichem Zustand ein.'

„Unter Geschrei und Jubel", bemerkte Alessandro.

„Eine Zeit lang war er beliebter als je zuvor bei den Ordelaffi , und als er hinausging, rannten die Leute herbei, um den Saum seines Gewandes zu küssen. Er verbrachte den größten Teil seiner Zeit in Rom, nutzte jedoch die Reichtümer des Papstes, um Forli zu verschönern, und als er kam, gab es eine Reihe von Festen, Bällen und Fröhlichkeit.

„Dann starb Papst Sixtus , und Girolamo ließ sich endgültig hier in dem Palast nieder, mit dem er bei seiner Thronbesteigung begonnen hatte. Die Feste und Bälle und die Fröhlichkeit gingen weiter. Wenn ein angesehener Fremder durch die Stadt kam, wurde er vom Grafen und seiner Frau mit der großzügigsten Gastfreundschaft empfangen; so dass Forli für seinen Luxus und Reichtum bekannt wurde.

„Die Dichter durchsuchten Parnassus und die Alten, um ihre Regeln zu loben, und das Volk wiederholte die Lobeshymnen des Dichters ..."

„Dann kam der Absturz. Ich hatte Girolamo oft gewarnt, denn wir waren damals enge Freunde. Ich sagte ihm, dass er den Glanz , den er gehabt hatte, nicht fortsetzen könne, als ihm der Reichtum der Christenheit zur Verfügung stand, als er den Tribut einer Nation für eine Halskette für Caterina ausgeben konnte. Er wollte nicht zuhören. Es hieß immer: „Ich kann nicht gemein und sparsam sein", und er nannte es Politik. „Um beliebt zu sein", sagte er, „muss ich großartig sein." Es kam die Zeit, in der die Staatskasse leer war und er Kredite aufnehmen musste. Er nahm Kredite in Rom, Florenz und Mailand auf – und die ganze Zeit über machte er keine Abstriche, sondern je geringer seine Mittel wurden, desto größer wurde die Extravaganz; Als er aber draußen keine Kredite mehr aufnehmen konnte, kam er zu den Bürgern von Forli, zuerst natürlich zu mir, und ich lieh ihm immer wieder große Summen. Diese reichten nicht aus, und er ließ die reichsten Männer von Forli kommen und bat sie, ihm Geld zu leihen. Natürlich konnten sie nicht ablehnen. Aber er verschwendete ihr Geld, wie er sein eigenes verschwendet hatte; und eines schönen Tages versammelte er den Rat.'

„Ah ja", sagte Alessandro, „ich war damals dort." Ich hörte ihn sprechen.'

Checco blieb wie für Alessandro stehen.

„Er kam in den Ratssaal, wie immer in die prächtigsten Gewänder gekleidet, und begann, vertraulich mit den Senatoren zu sprechen, sehr höflich – er lachte mit ihnen und schüttelte ihnen die Hand." Dann ging er zu seinem Platz und begann zu sprechen. Er sprach von seiner Großzügigkeit ihnen gegenüber und von den Vorteilen, die er der Stadt gebracht hatte; zeigte ihnen seine gegenwärtigen Bedürfnisse und forderte sie schließlich auf, die Steuern, die er zu Beginn seiner Herrschaft eingezogen hatte, wieder einzuführen. Sie hatten alle Vorurteile gegen ihn, denn viele von ihnen hatten ihm bereits privat Geld geliehen , aber seine Rede hatte einen solchen Charme, er war so überzeugend, dass man wirklich nicht umhin konnte, die Vernünftigkeit seiner Forderung zu erkennen. Ich weiß, ich selbst hätte ihm alles gewährt, was er verlangt hätte.'

„Er kann einen dazu bringen, alles zu tun, was er will, wenn er einmal anfängt zu reden", sagte Lodovico.

„Der Rat stimmte einstimmig für die Wiedereinführung der Steuern, und Girolamo bedankte sich auf seine gnädige Art."

Es herrschte Stille, die von Matteo unterbrochen wurde.

'Und dann?' er hat gefragt.

„Dann", antwortete Checco , „ging er nach Imola und begann dort das Geld auszugeben, das er hier gesammelt hatte."

„Und was haben sie in Forli davon gehalten?"

„Ah, als die Zeit gekommen war, die Steuern zu zahlen, hörten sie auf, Girolamo zu loben. Zuerst murmelten sie leise, dann laut; und bald verfluchten sie ihn und seine Frau. Der Graf hörte davon und kehrte aus Imola zurück , in der Absicht, durch seine Anwesenheit die Treue der Stadt zu bewahren. Aber der Narr wusste nicht, dass sein Anblick den Zorn der Bevölkerung noch verstärken würde. Sie sahen seine prächtigen Kostüme, die goldenen und silbernen Kleider seiner Frau, den Schmuck, die Feste und den Aufruhr , und sie wussten, dass es aus ihren Taschen kam; Das Essen ihrer Kinder, alles, was sie sich erarbeitet hatten, wurde für den wahnsinnigen

Luxus dieses päpstlichen Günstlings und seiner unehelichen Frau ausgegeben.'

„Und wie hat er uns behandelt?" rief Lodovico und schlug mit der Faust heftig auf den Tisch. „Ich stand im Sold des Herzogs von Kalabrien, und er machte mir verlockende Angebote, so dass ich die Armeen von Neapel verließ, um unter ihm in den päpstlichen Dienst einzutreten. Und jetzt, seit vier Jahren, habe ich keinen Pfennig von meinem Gehalt bekommen, und wenn ich ihn frage, weist er mich mit sanften Worten beiseite, und jetzt macht er sich nicht einmal die Mühe, sie mir zu geben. Vor ein paar Tagen hielt ich ihn auf der Piazza an, fiel auf die Knie und bettelte um das, was er mir schuldete. Er warf mich gewaltsam weg und sagte, er könne mich nicht bezahlen – und der Edelstein auf seiner Brust war zehnmal so viel wert wie das Geld, das er mir schuldete. Und jetzt sieht er mich stirnrunzelnd an, der ich ihm treu als Hund gedient habe. Ich werde es nicht ertragen; von Gott! Ich werde nicht.' Während er sprach, ballte er die Fäuste und zitterte vor Wut.

„Und Sie wissen, wie er mir gedient hat", sagte Checco . „Ich habe ihm so viel geliehen, dass er nicht den Mut hat, mehr zu verlangen; Und wie hat er mich Ihrer Meinung nach belohnt? Weil ich bestimmte Gebühren, die ich dem Finanzministerium schulde, nicht bezahlt habe, schickte er einen Sheriff, um sie einzufordern, und als ich sagte, dass ich sie in diesem Moment nicht bezahlen würde, ließ er mich kommen und verlangte selbst das Geld.'

'Was hast du gemacht?'

„Ich erinnerte ihn an das Geld, das er mir schuldete, und er teilte mir mit, dass eine private Schuld nichts mit einer Schuld gegenüber dem Staat zu tun habe, und sagte, ich müsse zahlen, sonst würde das Gesetz seinen Lauf nehmen."

„Er muss verrückt sein", sagte Matteo.

„Er ist verrückt, verrückt vor Stolz, verrückt in seiner Extravaganz."

„Ich sage Ihnen ", sagte Lodovico, „das kann man nicht ertragen."

„Und sie sagen mir, dass er gesagt hat, meine Zunge müsse zum Schweigen gebracht werden", fügte Checco hinzu . „Neulich sprach er mit Giuseppe Albicina und sagte: „ Checco soll auf der Hut sein; er könnte zu weit gehen und feststellen, dass die Hand des Meisters nicht so sanft ist wie die des Freundes!"

„Auch ich habe ihn Dinge sagen hören, die wie Drohungen klangen", sagte Alessandro.

„Wir haben es alle gehört", fügte Lodovico hinzu. „Wenn sein Temperament ihn überwältigt, ist es ihm egal, was er sagt, und dann erfährt man, was er und seine schweigsame Frau zwischen ihnen geplant haben."

„Nun, Sir", unterbrach Checco und sprach zu mir, „Sie sehen, wie die Dinge stehen: Wir stehen auf dünnem Boden, und das Feuer wütet unter uns." Sie müssen versprechen, keinen weiteren Streit mit Ihrem Landsmann , diesem Ercole, zu suchen Piacentini . Er ist einer der Häuptlinge Girolamos Favoriten , und er würde es nicht ertragen, ihn berührt zu sehen; Wenn Sie ihn töten würden, würde der Graf die Gelegenheit nutzen, uns alle verhaften zu lassen, und wir würden das Schicksal der Pazzi in Florenz erleiden. Versprichst du es?'

„Ich verspreche", antwortete ich lächelnd, „meine Zufriedenheit einer besseren Gelegenheit zu überlassen."

„Jetzt, meine Herren", sagte Checco , „können wir uns trennen."

Wir wünschten einander gute Nacht; Alessandro sagte im Gehen zu Matteo: „Du musst deinen Freund morgen zu meiner Schwester bringen; Sie wird sich freuen, Sie beide zu sehen.'

Wir sagten, wir sollten verzaubert sein, und Alessandro und Lodovico Pansecchi verließen uns.

Matteo sah Checco nachdenklich an.

„Cousin", sagte er, „das alles sieht sehr nach einer Verschwörung aus."

Checco begann.

„Ich kann nichts dagegen tun, wenn die Leute mit Girolamo unzufrieden sind."

'Aber du?' verfolgte Matteo. „Ich kann mir vorstellen, dass es Ihnen egal ist, ob die Menschen besteuert werden oder nicht. „Sie wussten, dass die Steuern früher oder später wieder anfallen würden."

„Hat er mich nicht beleidigt, indem er einen Sheriff geschickt hat, um seine Schulden einzufordern?"

„Gibt es nichts weiter als das?" fragte Matteo und sah seinen Cousin fest an.

Checco hob den Blick und blickte wieder in den von Matteo.

„Ja", sagte er schließlich; „Vor acht Jahren war ich Girolamos ebenbürtig, jetzt bin ich sein Diener." Ich war sein Freund, er liebte mich wie einen Bruder – und dann kam seine Frau, die Tochter von Francesco Sforza, dem Bastard – und nach und nach hat er sich von mir erhoben. Er war kalt und zurückhaltend; er beginnt, sich als Meister zu zeigen; und jetzt bin ich nichts weiter als ein Bürger unter Bürgern – der Erste, aber dem Herrn nicht ebenbürtig."

Checco schwieg einen Moment lang, und in seiner Stille konnte ich die Heftigkeit seiner Gefühle erkennen.

„Das betrifft dich genauso wie mich, Matteo." Du bist ein Orsi , und die Orsi sind nicht dazu gemacht, Diener zu sein. Ich werde niemandes Diener sein. Wenn ich daran denke, dass dieser Mann – dieser Bastard von einem Papst – mich als unter ihm, bei Gott, behandelt! Ich kann nicht atmen. Ich könnte mich auf dem Boden wälzen und mir vor Wut die Haare ausreißen. Wussten Sie, dass die Orsi seit dreihundert Jahren groß und reich sind? Die Medici verblassen vor ihnen, denn sie sind Bürger und wir waren immer edel. Wir haben die Ordelaffi vertrieben , weil sie uns einen unehelichen Jungen geben wollten, der über uns herrscht, und sollen wir diesen Riario akzeptieren ? Ich schwöre, ich werde es nicht ertragen.'

'Gut gesagt!' sagte Matteo.

„Girolamo soll gehen, wie die Ordelaffi gegangen sind." Von Gott! Ich schwöre es.'

Ich sah Matteo an und sah, dass ihn plötzlich eine Leidenschaft erfasst hatte; Sein Gesicht war rot, seine Augen waren weit aufgerissen und seine Stimme war heiser und belegt.

„Aber verwechseln Sie sich nicht noch einmal, Checco ", sagte er; „Wir wollen keine ausländischen Herrscher." Die Orsi müssen die einzigen Herren von Forli sein.'

Checco und Matteo standen da und sahen einander an; Dann drehte Ersterer uns den Rücken zu und verließ das Zimmer, indem er sich schüttelte, als wollte er wieder zur Ruhe kommen. Matteo ging eine Weile nachdenklich auf und ab, dann drehte er sich zu mir um und sagte: „Komm."

Wir gingen hinaus und kehrten zu unserer Herberge zurück.

IV

Am nächsten Tag gingen wir zu Donna Giulia.

'Wer ist sie?' Ich fragte Matteo, während wir weitergingen.

'Eine Witwe!' er antwortete kurz.

'Weiter?' Ich fragte.

„Der Skandal von Forli!"

'Am interessantesten; aber wie hat sie ihren Ruf erlangt?'

'Wie soll ich wissen?' antwortete er lachend; „Wie erlangen Frauen normalerweise ihren Ruf?" Sie trieb Giovanni dall ' Aste in sein Grab; Ihre Rivalen sagen, sie habe ihn vergiftet – aber das ist eine fröhliche Verleumdung, wahrscheinlich aufgrund von Claudia Piacentini .'

„Seit wann ist sie Witwe?"

„Fünf oder sechs Jahre."

„Und wie hat sie seitdem gelebt?"

Matteo zuckte mit den Schultern.

„So wie Witwen normalerweise leben!" er antwortete. „Ich für meinen Teil kann mir wirklich nicht vorstellen, welchen Anreiz eine Frau in dieser Position haben muss, um tugendhaft zu sein." Schließlich ist man nur einmal jung und sollte seine Jugend besser nutzen, solange sie währt.

„Aber hat sie keine Verwandten?"

'Sicherlich; Sie hat einen Vater und zwei Brüder. Aber sie hören nichts oder kümmern sich nicht darum. Außerdem ist es vielleicht doch nur ein Skandal.'

„Du hast geredet, als ob es eine Tatsache wäre", sagte ich.

'Ach nein; Ich sage nur, wenn es keine Tatsache ist , ist sie eine sehr dumme Frau. Jetzt, wo sie einen schlechten Ruf hat, wäre es idiotisch, diesem nicht gerecht zu werden.'

„Du sprichst mit Gefühl", bemerkte ich lachend.

„Ah", antwortete Matteo mit einem weiteren Schulterzucken, „ich belagerte die Festung ihrer Tugend – und sie machte einen Ausfall und zog sich zurück, verminte und konterte, rückte vor und zog sich zurück, so dass ich müde wurde und den Angriff aufgab." . Das Leben ist nicht lang genug, um sechs Monate in Höflichkeit und Schmeicheleien zu verbringen und sich am Ende der Belohnung nicht sicher zu sein.

„Sie haben eine praktische Sichtweise."

„Bei mir ist eine Frau der anderen sehr ähnlich. Am Ende kommt es auf dasselbe hinaus; und nachdem man ein paar Jahre lang in der Welt herumgetrampelt ist, kommt man zu dem Schluss, dass es keine große Rolle spielt, ob sie dunkel oder hell, dick oder dünn sind ..."

„Hast du das alles Donna Giulia erzählt?" Ich fragte.

'Mehr oder weniger.'

„Was hat sie davon gehalten?"

„Sie war eine Zeit lang wütend. Sie wünschte, sie hätte früher nachgegeben, als es zu spät war; es hat ihr recht getan!'

Wir waren am Haus angekommen und wurden hereingeführt. Donna Giulia begrüßte uns sehr höflich, warf mir einen Blick zu und begann erneut mit ihren Freundinnen zu reden. Man konnte sehen, dass die Männer um sie herum mehr oder weniger verliebt waren, denn sie folgten jeder Bewegung mit ihren Augen und widersprachen ihrem Lächeln, das sie in Hülle und Fülle ausstrahlte, mal auf den einen, mal auf den anderen ... Ich sah, dass sie sich darüber freute Bewunderung, denn wer ein nettes Kompliment machte, wurde immer mit einem sanfteren Blick und einem charmanteren Lächeln belohnt.

Matteo übertraf die anderen an der Unverschämtheit seiner Schmeicheleien; Ich dachte, sie müsste sehen, dass er über sie lachte, aber sie nahm alles, was er sagte, sehr ernst und war offensichtlich sehr erfreut.

„Bist du nicht froh, wieder in Forli zu sein?" sagte sie zu ihm.

„Wir alle freuen uns, den Boden zu betreten, auf dem man geht."

„Sie sind während Ihrer Abwesenheit sehr höflich geworden."

„Was für ein anderes Ergebnis hätte es sein können, wenn ich meine Zeit damit verbrachte, an die schöne Giulia zu denken."

„Ich fürchte, Sie hatten in Neapel andere Gedanken: Man sagt, dort seien die Frauen alle schön."

'Neapel! „Meine liebe Dame, ich schwöre, dass ich in der ganzen Zeit meiner Abwesenheit noch nie ein Gesicht gesehen habe, das mit Ihrem vergleichbar wäre."

Ihre Augen leuchteten vor Freude. Ich wandte mich ab und fand das Gespräch albern. Ich dachte, ich würde auf das angenehme Aussehen von

Madonna Giulia verzichten und beschloss, nicht noch einmal zu ihr zu kommen. Unterdessen fing ich an, mit einer der anderen Damen im Raum zu reden und verbrachte die Zeit recht angenehm ... Nach einer Weile ging Giulia an mir vorbei, auf den Arm einer ihrer Verehrerinnen gestützt. Ich sah, wie sie mich ansah, aber ich achtete nicht darauf. Gleich darauf kam sie wieder und zögerte einen Moment, als wolle sie etwas sagen, ging aber wortlos weiter. Ich dachte, sie wäre sauer auf mich Ich schenkte ihr meine Unaufmerksamkeit und verdoppelte mit einem Lächeln meine Aufmerksamkeit gegenüber der Dame, mit der ich sprach.

„Messer Filippo!" Donna Giulia rief mich an: „Wenn du nicht zu beschäftigt bist, kannst du dann einen Moment mit mir sprechen?"

Ich näherte mich ihr lächelnd.

Ercole zu hören Piacentini . Ich habe schon zehn verschiedene Geschichten gehört.'

„Ich bin überrascht, dass die Unverschämtheit eines schlecht erzogenen Kerls ein solches Interesse wecken kann."

„Wir müssen über etwas in Forli reden." Das Einzige, was ich mit Sicherheit höre, ist, dass er Sie beleidigt hat und Sie daran gehindert wurden, Genugtuung zu bekommen.'

„Das kommt später."

Sie senkte ihre Stimme und nahm meinen Arm.

„Aber mein Bruder erzählt mir, dass Checco d'Orsi hat Ihnen das Versprechen abgenommen, nichts zu tun.'

„Ich werde mich rächen – darauf warten zu müssen, wird es nur noch süßer machen."

Dann blieb ich stehen, vorausgesetzt, sie hätte mir nichts mehr zu sagen, als erwarte ich, dass sie mich verlässt. Sie blickte plötzlich auf.

„Beeinträchtige ich Sie?" Sie sagte.

'Wie konntest du!' Ich antwortete galant.

„Ich dachte, du wolltest mich loswerden."

„Wie kann dir so eine Idee in den Sinn gekommen sein? Siehst du nicht, dass alle Menschen demütig zu deinen Füßen liegen und auf jedes Wort und jede Geste achten?'

„Ja", antwortete sie, „aber nicht du!"

Natürlich habe ich protestiert.

„Oh", sagte sie, „ich habe sehr gut geschen, dass du mir aus dem Weg gegangen bist." Als du hier reingekommen bist, bist du kaum in meine Nähe gekommen.'

„Ich hätte nicht gedacht, dass du meine Unaufmerksamkeit bemerken würdest."

' Sicherlich habe ich es bemerkt; Ich hatte Angst, ich hätte dich beleidigt. Ich konnte mir nicht vorstellen, wie.'

„Meine liebe Dame, Sie haben sicherlich nichts getan, was mich beleidigt hätte."

„Warum meidest du mich dann?" sie fragte gereizt.

„Wirklich", sagte ich, „das tue ich nicht." Vielleicht dachte ich in meiner Bescheidenheit, dass es Ihnen gleichgültig wäre, ob ich an Ihrer Seite war oder nicht. Es tut mir leid, dass ich dich geärgert habe.'

„Ich mag es nicht, wenn die Leute mich nicht mögen", sagte sie klagend.

„Aber warum solltest du denken, dass ich dich nicht mag? Tatsächlich kann ich Ihnen ohne jede Schmeichelei versichern, dass ich Sie für eine der schönsten Frauen halte, die ich je gesehen habe.'

Eine leichte Röte lief über ihre Wangen und ein Lächeln breitete sich auf ihren Lippen aus; Sie sah mit einer ziemlich vorwurfsvollen Miene zu mir auf.

„Warum lässt du es mich dann nicht deutlicher sehen?"

Ich lächelte und als ich in ihre Augen sah, war ich beeindruckt von ihrer samtigen Weichheit. Ich dachte fast, sie sei ebenso bezaubernd wie schön.

„Willst du es wirklich wissen?" Sagte ich als Antwort auf ihre Frage.

„Erzähl es mir doch!" sagte sie und drückte leicht meinen Arm.

„Ich dachte, du hättest so viele Bewunderer, dass du gut ohne mich auskommen könntest."

„Aber sehen Sie", antwortete sie charmant, „ich kann nicht!"

„Und dann habe ich eine gewisse Abneigung dagegen, mich in einer Menschenmenge zu verlieren. Ich wollte Ihr Lächeln nicht mit zwanzig anderen teilen.'

„Und würden Sie sie deshalb ganz ablehnen?"

„Ich habe die Frau, die Gegenstand allgemeiner Bewunderung ist, immer gemieden. Ich glaube, ich bin zu stolz, um um einen Gefallen zu kämpfen ; Ich würde lieber darauf verzichten.'

begünstigen möchte , geben Sie ihr keine Gelegenheit dazu."

„Das kommt so selten vor", antwortete ich, „dass es sich nicht lohnt, die Regel zu brechen."

„Aber es kann passieren."

Ich zuckte mit den Schultern. Sie hielt einen Moment inne und sagte dann:

„Du magst mich also doch?"

Ich sah ein leichtes Zittern der Lippe, vielleicht waren die Augen etwas feucht. Es tat mir leid, was ich getan hatte.

„Ich fürchte, ich habe dir Schmerzen zugefügt", sagte ich.

„Du hast ein bisschen", antwortete sie.

'Es tut mir leid. Ich dachte, es wäre dir egal.'

„Ich mag es, wenn die Leute mich lieben und mit mir zufrieden sind."

'Ich mache beides!'

„Dann musst du es zeigen", antwortete sie und ein Lächeln brach durch die beginnenden Tränen.

Ich war wirklich brutal gewesen und es tat mir sehr leid, dass ich dafür gesorgt hatte, dass sich über ihrer sonnigen Natur eine Wolke zusammenzog. Sie war wirklich sehr süß und charmant.

„Nun, wir sind jetzt gute Freunde, nicht wahr?" Sie sagte.

'Natürlich.'

„Und du wirst mich oft besuchen?"

„So oft du es mir erlaubst", antwortete ich. Sie gab mir ihre Hand zum Küssen und ein strahlendes, glückliches Lächeln erhellte ihr Gesicht.

„ *A rivederci !*"' Sie sagte.

Wir gingen nach Hause, und auf Matteo wartete eine Nachricht von Checco , in der er ihn aufforderte, das Gasthaus zu verlassen und sein Quartier bei mir im Palazzo Orsi zu beziehen . Als wir ankamen, fanden wir Checco aufgeregt, wie er einen langen Korridor voller Statuen und Bilder auf und ab ging.

„Ich freue mich, dass du gekommen bist", sagte er zu Matteo, nahm seine Hand und nickte. „Du musst hier bleiben; wir müssen jetzt alle zusammenhalten, denn es kann alles passieren.'

'Wie meinst du das?' fragte Matteo.

„Die Katastrophe wäre heute fast gekommen."

Wir sahen ihn beide erstaunt an, ohne es zu verstehen. Checco blieb abrupt stehen.

„Er hat heute versucht, mich zu verhaften – Girolamo!" Dann sagte er sehr schnell, als ob er unter großer Aufregung stünde : „Ich musste geschäftlich in den Palast." Ich fand ihn im Audienzzimmer, und wir begannen, über bestimmte Dinge zu sprechen, und ich wurde ziemlich hitzig. Plötzlich bemerkte ich, dass sich der Ort geleert hatte. Ich hielt mitten in meinem Satz inne und blickte zu Girolamo auf. Ich sah, dass er sich nicht um mich kümmerte; Seine Augen waren auf die Tür gerichtet.

Checco schwieg und Schweißtropfen standen auf seiner Stirn.

']a!]a!' sagten wir beide eifrig.

„Die Tür öffnete sich und der Meister der Wache kam herein. „Bei Gott!" Ich dachte: „Ich bin gefangen!" „Ich habe auf dich gewartet, Andrea", sagte Girolamo. Dann drehte er sich zu mir um und sagte: „Komm in den Raum der Nymphen, Checco . Ich habe dort einige Papiere, die ich dir zeigen kann." Er ergriff meinen Arm. Ich habe mich selbst verloren . „Ich bitte Sie, entschuldigen Sie mich", sagte ich, „ich habe ein sehr dringendes Geschäft." Ich ging zur Tür. Andrea warf einen Blick auf seinen Herrn und ich dachte, er würde mir den Weg versperren; Ich glaube, er wartete auf ein Zeichen, aber bevor es kam , hatte ich durch die offene Tür Paolo Bruni gesehen und rief: „Paolo, Paolo, warte auf mich. Ich möchte dringend mit dir reden." Dann wusste ich, dass ich in Sicherheit war; er wagte es nicht, mich anzufassen; und ich drehte mich um und sagte noch einmal: „Ich bitte Sie, entschuldigen Sie mich; bei meiner Angelegenheit mit Paolo geht es um Leben und Tod." Ich schob mich an Andrea vorbei und stieg aus. Beim Himmel! wie ich atmete, als ich mich auf der Piazza befand!'

„Aber sind Sie sicher, dass er Sie verhaften wollte?" sagte Matteo.

'Bestimmt; was sonst?'

„Andrea könnte zufällig reingekommen sein. Möglicherweise war gar nichts drin.'

„Ich wurde nicht getäuscht", antwortete Checco ernst. „Ihr Aussehen hat sie verraten – Andreas fragender Blick." Ich weiß, dass er mich töten will.'

„Aber würde er es wagen, dich kaltblütig zu ergreifen?"

„Er kümmert sich um nichts, wenn er ein Ziel im Auge hat." Was hätte außerdem getan werden können, als er mich in seiner Gewalt hatte? Ich kenne Girolamo zu gut. Es hätte einen Scheinprozess gegeben und ich hätte verurteilt werden müssen. Sonst hätte er mich in meiner Zelle erdrosselt, und als ich gegangen wäre, wärst du hilflos gewesen – mein Vater ist zu alt, und außer dir hätte es keinen Anführer der Partei gegeben – und was hättest du allein tun sollen?'

Wir schwiegen alle eine Weile, dann brach Checco aus.

„Ich weiß, dass er mich loswerden will." „Er hat schon früher gedroht, ist aber noch nie so weit gegangen."

„Ich stimme dir zu", sagte Matteo; „Die Dinge werden ernst."

„Es geht mir nicht so sehr um mich selbst; aber was würde mit meinen Kindern passieren? Mein Vater ist in Sicherheit – er ist so alt und hilflos, dass sie nie auf die Idee kommen würden, ihn anzufassen – aber meine Jungs? Caterina würde sie ohne Skrupel ins Gefängnis werfen.'

„Nun", sagte Matteo, „was wirst du tun?"

'Was kann ich machen?' er antwortete. „Ich habe mir den Kopf zerbrochen und sehe keine Möglichkeit, mich in Sicherheit zu bringen. Ich kann ein Kettenhemd tragen, um mich vor dem verirrten Messer eines Attentäters zu schützen, aber das hilft mir nicht gegen eine Truppe Soldaten. Ich kann Forli verlassen, aber das bedeutet, alles aufzugeben.'

„Nein, du darfst Forli nicht verlassen – alles andere als das!"

'Was kann ich machen? Was kann ich machen?' Er stampfte mit dem Fuß auf den Boden, als wäre er fast verzweifelt.

„Eines", sagte Matteo, „du darfst nicht alleine unterwegs sein – immer mit mindestens zwei Freunden."

„Ja, daran habe ich gedacht. Aber wie wird alles ausgehen? es kann nicht von Dauer sein. Was kann ich machen?'

Er drehte sich zu mir um.

'Was denken Sie?' er sagte. „Er will mich töten."

„Warum ihm nicht zuvorkommen?" Ich antwortete leise.

Beide fuhren mit einem Schrei auf.

'Töte ihn!'

'Ermordung! „Ich wage es nicht, ich wage es nicht", sagte Checco sehr aufgeregt. „Ich werde mit fairen Mitteln alles tun, was ich kann, aber ein Attentat …"

Ich zuckte mit den Schultern.

„Es scheint eine Frage der Selbsterhaltung zu sein", sagte ich.

„Nein, nein; Ich werde nicht darüber sprechen! Daran werde ich nicht denken.' Er begann wieder aufgeregt im Zimmer auf und ab zu gehen. „Ich werde nicht daran denken, das sage ich dir." Ich konnte nicht.'

Weder Matteo noch ich sprachen.

„Warum sprichst du nicht?" sagte er ungeduldig zu Matteo.

„Ich denke nach", antwortete er.

„Nicht davon; Ich verbiete dir, daran zu denken. Ich werde es nicht haben.' Dann, nach einer Pause, plötzlich, als wäre er wütend auf uns und auf sich selbst: „Lass mich!"

V

Ein paar Tage später kam Matteo zu mir, als ich mich anzog, und hatte meine Kleidung vor ihm gerettet.

„Ich frage mich, dass du dich nicht schämst, in diesen Kleidern auszugehen", bemerkte er, „die Leute werden sagen, dass du meine alten Sachen trägst."

Ich nahm die Beleidigung nicht zur Kenntnis.

'Wo gehst du hin?' er hat gefragt.

„An Madonna Giulia."

„Aber du warst gestern dort!"

„Das ist kein Grund, warum ich heute nicht gehen sollte. Sie hat mich gebeten zu kommen.'

„Das ist sehr zuvorkommend von ihr, da bin ich mir sicher." Dann, nach einer Pause, in der ich meine Toilette fortsetzte, sagte ich: „Ich habe die Neuigkeiten von Forli gesammelt."

'Oh!'

„Madonna Giulia hat großes Interesse geweckt …"

„Sie haben mit der Dame gesprochen, die Sie die schöne Claudia nennen", sagte ich.

„Übrigens, warum warst du nicht bei ihr?"

„Ich weiß es wirklich nicht", sagte ich. 'Warum sollte ich?'

während des halbstündigen Gesprächs, das du neulich Abend mit ihr geführt hast, große Fortschritte in ihren Gunsten gemacht hast; hast du den Vorteil nicht genutzt?'

Ich zuckte mit den Schultern.

„Ich glaube nicht, dass es mir gefällt, wenn eine Frau alle Annäherungsversuche macht."

„Nicht wahr?" sagte Matteo. 'Ich tue!'

„Außerdem ist mir dieser Typ egal; sie ist zu massiv.'

„Ihre Vernachlässigung verletzt sie sehr." Sie sagt, du hast dich in Giulia verliebt.'

„Das ist absurd", antwortete ich; „Und es tut mir sehr leid, dass sie durch meine Vernachlässigung verletzt wurde, aber ich fühle keine Verpflichtung, mich jeder Frau in die Arme zu werfen, die sie öffnen möchte."

„Ich stimme Ihnen voll und ganz zu; Weder sie noch Giulia sind ein bisschen besser, als sie sein sollten. Mir wurde gesagt, Giulias neuester Liebhaber sei Amtrogio della Treccia . Es scheint, dass er eines Tages fast vom alten Bartolomeo erwischt worden wäre und aus dem Fenster schlüpfen und Kunststücke vollbringen musste, die eines professionellen Akrobaten würdig wären, um ihm aus dem Weg zu gehen."

„Ich glaube nicht, dass ich den ganzen Skandal glaube, der um diese Dame kursiert."

„Du bist nicht in sie verliebt?" fragte Matteo schnell.

Ich lachte.

'Sicherlich nicht. Aber dennoch-'

'Das ist in Ordnung; denn Sie wissen natürlich, dass es berüchtigt ist, dass sie die schändlichsten Liebesbeziehungen hatte. Und sie hat sie nicht einmal in ihrer eigenen Klasse behalten; alle möglichen Leute haben ihre Gunst genossen .'

„Sie sieht einer Messalina nicht sehr ähnlich", sagte ich und grinste ein wenig.

„Ehrlich gesagt, Filippo, ich denke, sie ist wirklich kaum besser als eine Hure."

„Sie sind äußerst großzügig", sagte ich. „Aber glauben Sie nicht, dass es Sie ein wenig voreingenommen macht, dass Sie selbst keins von ihr gefunden haben? Außerdem macht ihr Charakter für mich keinen besonderen Unterschied; Es ist mir eigentlich egal, ob sie gut oder schlecht ist; Sie ist angenehm, und das ist alles, was mich interessiert. Sie wird nicht meine Frau sein.'

„Sie könnte dich sehr unglücklich machen; Du wirst nicht der Erste sein.'

„Was für ein Idiot du bist!" Sagte ich etwas wütend. „Du scheinst zu denken, dass ich vor Liebe zu ihr sterben muss, weil ich eine Frau besuche ." Du bist absurd.'

Ich verließ ihn und befand mich bald im Palazzo Aste , wo Donna Giulia auf mich wartete. Seit meiner Ankunft in Forli war ich fast jeden Tag bei ihr, denn sie gefiel mir sehr gut. Natürlich war ich nicht in sie verliebt, wie Matteo vermutete, und ich hatte nicht die Absicht, in diesen elenden Zustand zu geraten. Ich fand sie bezaubernd einfach, ganz anders als das Monster der

Ausschweifung, das sie sein sollte. Sie muss drei oder vierundzwanzig Jahre alt gewesen sein, aber in all ihren Belangen war sie ziemlich mädchenhaft, fröhlich und gedankenlos, in einem Moment war sie voller Lachen, und dann passierte eine Kleinigkeit, die sie aus der Fassung brachte, und sie wurde ins Krankenhaus gebracht den Tränen nahe; aber ein Wort oder eine Liebkosung, selbst ein Kompliment, würde sie das Unglück vergessen lassen, das ihr so schrecklich vorgekommen war, und in einem Augenblick würde sie in ein Lächeln gehüllt sein. Sie schien so herrlich zerbrechlich, so zart, so schwach, dass man das Gefühl hatte, sehr sanft mit ihr umgehen zu müssen. Ich konnte mir nicht vorstellen, wie jemand ein hartes Wort in ihrem Gesicht vertragen könnte .

Ihre Augen leuchteten, als sie mich sah.

„Wie lange bist du schon", sagte sie. „Ich dachte, du würdest nie kommen."

Sie schien immer so froh zu sein, dich zu sehen, dass du dachtest, sie hätte sehnsüchtig auf dich gewartet und dass du genau die Person aller anderen warst, die sie bei sich haben wollte. Natürlich wusste ich, dass es eine Affektiertheit war, aber es war eine sehr charmante.

„Komm und setz dich hier zu mir", sagte sie und machte auf einer Couch Platz für mich. Als ich mich dann gesetzt hatte, schmiegte sie sich auf ihre hübsche kindliche Art dicht an mich, als suche sie Schutz. „Jetzt erzähl mir alles, was du getan hast."

„Ich habe mit Matteo gesprochen", sagte ich.

'Wie wäre es mit?'

'Du.'

„Erzähl mir, was er gesagt hat."

„Nichts Besonderes, meine Liebe", sagte ich lachend.

„Armer Matteo", antwortete sie. „Er ist so ein tollpatschiges, schwerfälliges Wesen, man sieht ihm an, dass er sein halbes Leben in Lagern verbracht hat."

'Und ich? Ich habe das gleiche Leben wie Matteo verbracht. Bin ich ein ungeschicktes, schwerfälliges Wesen?'

„Oh nein", antwortete sie, „du bist ganz anders." Sie legte die angenehmsten Komplimente in ihre Augen.

„Matteo hat mir alle möglichen Skandale über dich erzählt." Sie errötete ein wenig.

„Hast du es geglaubt?"

„Ich sagte, es sei mir egal, ob es wahr sei oder nicht."

„Aber glauben Sie es?" fragte sie und bestand darauf.

mir sagen, dass es nicht wahr ist, werde ich absolut glauben, was Sie sagen."

Der leicht besorgte Ausdruck auf ihrem Gesicht wich einem strahlenden Lächeln.

„Natürlich ist es nicht wahr."

„Wie schön du bist, wenn du lächelst", bemerkte ich irrelevant. „Du solltest immer lächeln."

„Das mache ich immer bei dir", antwortete sie. Sie öffnete den Mund, als wollte sie etwas sagen, hielt sich aber zurück, als könne sie sich nicht entscheiden, und sagte dann: „Hat Matteo dir erzählt, dass er einmal mit mir geschlafen hat und sehr wütend war, weil ich das Taschentuch nicht aufheben wollte?" was er zu werfen sich geruht hatte.'

„Er hat es erwähnt."

„Ich fürchte, er hat seitdem nicht mehr viel Gutes über mich zu sagen."

Ich hatte damals geglaubt, dass Matteo in seiner Schilderung von Donna Giulia ein wenig verbittert war, und fühlte mich eher dazu geneigt, ihrer Version der Geschichte zu glauben als seiner.

„Er hat mich angefleht, mich nicht in dich zu verlieben", sagte ich.

Sie lachte.

„Claudia Piacentini hat allen gesagt, dass es zu spät ist, und sie ist schrecklich eifersüchtig."

'Hat sie? Matteo schien sich auch sicher zu sein, dass ich in dich verliebt war.'

'Und bist du?' sie fragte plötzlich.

'NEIN!' Ich antwortete sehr schnell.

„ *Brutta Bestia !* «, sagte sie, warf sich ans Ende der Couch und begann zu schmollen.

„Es tut mir sehr leid", sagte ich lachend, „aber ich kann nichts dagegen tun."

„Ich finde es schrecklich von dir", bemerkte sie.

„Du hast so viele Verehrer", sagte ich entmutigend.

„Ja, aber ich will mehr", lächelte sie.

„Aber was nützt es dir, wenn all diese Menschen in dich verliebt sind?"

„Ich weiß nicht", sagte sie, „es ist ein angenehmes Gefühl."

„Was für ein Kind du bist!" Ich antwortete lachend.

Sie beugte sich ernst vor.

„Aber bist du uberhaupt nicht in mich verliebt?"

Ich schüttelte den Kopf. Sie kam so nah an mich heran, dass ihr Haar leicht meine Wange berührte; es jagte mir einen Schauer über den Rücken. Ich schaute auf ihr kleines Ohr; Es war wunderschön geformt und durchsichtig wie eine rosa Muschel. Unbewusst, ganz ohne Absicht, küsste ich es. Sie tat so, als würde sie es nicht bemerken, und ich war völlig verwirrt. Ich spürte, wie ich wütend errötete.

„Sind Sie ganz sicher?" sagte sie ernst.

Ich stand auf, um zu gehen, törichterweise, ziemlich wütend auf mich selbst.

„Wann werde ich dich wiedersehen?" Ich fragte.

„Ich werde morgen beichten." „Seien Sie um zehn in San Stefano, und wenn ich fertig bin, können wir uns in der Kirche ein wenig unterhalten."

VI

In den letzten beiden Tagen hatte es in Forli einen großen Aufruhr gegeben; denn es war bekannt geworden, dass die Landbevölkerung des Herrschaftsbereichs des Grafen eine Petition zur Abschaffung bestimmter Steuern geschickt hatte, die sie so schwer belasteten, dass das Land schnell zugrunde ging. Die Besitzer entließen ihre Arbeiter , die Häuser der Bauern verfielen, und in bestimmten Bezirken hatte die Armut ein solches Ausmaß erreicht, dass die Bauern nicht einmal Getreide hatten, mit dem sie ihre Felder besäen konnten, und überall lag der Boden kahl und kahl verwüsten. Die Folge war eine Hungersnot, und wenn es den Landsleuten im Vorjahr schwergefallen war, ihre Steuern zu zahlen, so war es dieses Jahr für sie unmöglich. Girolamo hatte sich ihre Argumente angehört und wusste, dass sie wahr waren. Nach Rücksprache mit seinen Stadträten hatte er beschlossen, einige der drückenderen Steuern zu erlassen; Dabei wurde er jedoch mit der Tatsache konfrontiert, dass seine Schatzkammer bereits leer war und dass es ihm bei einer weiteren Verringerung der Einnahmen unmöglich sein würde, den Bedarf des kommenden Jahres zu decken.

Es war klar, dass das Land nicht zahlen konnte, und es war klar, dass das Geld beschafft werden musste. Er richtete seinen Blick auf die Stadt und sah, dass sie reich und blühend war, aber er wagte nicht, aus eigener Initiative eine Erhöhung ihrer Belastungen vorzuschlagen. Er berief einen Rat ein, legte den Stand seiner Angelegenheiten dar und bat die Ältesten um Rat. Niemand rührte sich oder sprach. Schließlich erhob sich Antonio Lassi, ein Geschöpf des Grafen, den er aus einer bescheidenen Stellung in den Rat erhoben hatte, und verkündete den Plan, den sein Herr ihm vorgeschlagen hatte. Der Kernpunkt bestand darin, die Steuern für die Landbevölkerung abzuschaffen und als Ausgleich andere für bestimmte Lebensmittel und Weine zu bezahlen, die zuvor kostenlos waren. Girolamo antwortete in einer einstudierten Rede, wobei er vortäuschte, er sei nicht gewillt, die lebensnotwendigen Dinge in Rechnung zu stellen, und fragte einige der prominenteren Mitglieder, was sie von dem Vorschlag hielten. Sie hatten Antonio Lassis Rede mit Schweigen begegnet und applaudierten nun Girolamos Antwort; Sie stimmten mit ihm darin überein, dass solche Steuern nicht erhoben werden sollten. Dann änderte der Graf seinen Ton. Er sagte, dies sei die einzige Möglichkeit, das Geld aufzubringen, und um sich über ihre mürrischen Blicke und ihr Schweigen zu ärgern, sagte er ihnen, dass er auf ihre Zustimmung verzichten würde, wenn sie dem Dekret nicht zustimmen würden. Dann brach er ab und fragte sie nach ihrer Antwort. Die Stadträte sahen einander an, eher blass, aber entschlossen; und die Antwort kam von einem nach dem anderen, leise:

'Nein nein Nein!'

Antonio Lassi war eingeschüchtert und wagte überhaupt nicht, seine Antwort zu geben. Der Graf schlug mit einem Eid mit der Faust auf den Tisch und sagte: „Ich bin entschlossen, hier Herr und Meister zu sein; und ihr werdet alle lernen, dass mein Wille Gesetz ist.'

Damit entließ er sie.

Als die Menschen die Nachricht hörten, herrschte große Aufregung. Das Murren gegen den Grafen, das bisher vorsichtig geäußert worden war, erklang nun auf dem Marktplatz; Die Verschwendungssucht der Gräfin wurde heftig beklagt, und die Stadtbewohner versammelten sich in Gruppen, unterhielten sich heftig über die geplante Zwangsvollstreckung und brachen gelegentlich in offene Drohungen aus. Es war sehr wie Aufruhr.

Am Tag nach dem Konzil war der Zollvorsteher auf dem Weg zum Schloss vom Volk fast in Stücke gerissen worden und wurde auf dem Rückweg von einem Trupp Soldaten beschützt. Antonio Lassi und Checco wurden überall mit Gejohle und Geschrei empfangen d'Orsi , der ihn in der Loggia der Piazza traf, hatte ihn mit Spott und bitterem Sarkasmus überfallen. Ercole Piacentini intervenierte und der Streit endete fast in einer Schlägerei; aber Checco konnte sich kaum zurückhalten und zog sich zurück, bevor etwas passierte ...

Als ich Donna Giulia verließ, ging ich zur Piazza. und stellte die gleiche Unruhe fest wie an den Tagen zuvor. Durch all diese Menschen schien eine seltsame Aufregung zu gehen, ein Zittern wie die Wellen des Meeres; überall lauschten kleine Gruppen von Menschen gespannt einem aufgeregten Redner; niemand schien arbeitsfähig zu sein; die Handwerker waren vor ihren Türen versammelt und redeten miteinander; Müßiggänger wanderten hin und her , bald schlossen sie sich einer Gruppe, bald einer anderen an.

Plötzlich herrschte Stille; Ein Teil der Menge begann eifrig in eine Richtung zu schauen, und der Rest strömte voller Neugier zum Ende der Piazza, um zu sehen, was los war. Dann war zu sehen, dass Caterina näher kam. Sie betrat den Ort und alle Augen waren auf sie gerichtet. Wie immer war sie prächtig gekleidet; ihr Hals, ihre Hände und Arme, ihr Hosenbund und ihre Kopfbedeckung glänzten mit Juwelen; Sie wurde von mehreren ihrer Damen und zwei oder drei Soldaten als Wache begleitet. Die Menge trennte sich, um sie passieren zu lassen, und sie ging stolz zwischen den Menschenreihen hindurch, den Kopf erhoben und den Blick geradeaus gerichtet, als wüsste sie nicht, dass jemand sie ansah. Einige nahmen unterwürfig ihre Hüte ab, aber die meisten grüßten nicht; Um sie herum herrschte Stille, ein paar Gemurmel, ein oder zwei leise gemurmelte Flüche, aber das war alles. Sie ging stetig weiter und betrat die Tore des Palastes. Auf einmal ertönten tausend Stimmen, und nach der tödlichen Stille schien die Luft von verwirrten Geräuschen erfüllt zu sein. Von allen Seiten wurden ihr Flüche und Verwünschungen entgegengeschleudert; Sie schimpften über ihren Stolz, sie beschimpften sie … Als sie sechs Jahre zuvor zufällig die Straße überquerte, waren die Menschen herbeigeeilt, um sie anzusehen, mit Freude im Herzen und Segen auf den Lippen. Sie schworen, dass sie für sie sterben würden, sie waren in Ekstase über ihre Güte.

Ich ging nach Hause und dachte an all diese Dinge und an Donna Giulia. Ich war ziemlich amüsiert über meinen unbeabsichtigten Kuss; Ich fragte mich, ob sie an mich dachte ... Sie war wirklich ein bezauberndes Geschöpf, und ich war froh über den Gedanken, sie morgen wiederzusehen. Ich mochte ihre einfache, glühende Frömmigkeit. Sie hatte die Angewohnheit, regelmäßig zur Messe zu gehen, und als ich sie eines Tages zufällig sah, war ich beeindruckt von ihrer frommen und gläubigen Art; Sie ging auch häufig zum Beichtstuhl. Es war ziemlich absurd zu glauben, sie sei das perverse Wesen, das die Leute vorgeben ...

Als ich den Palazzo Orsi erreichte , empfand ich die gleiche Aufregung wie draußen auf der Piazza, Girolamo hatte von dem Streit in der Loggia gehört und Checco holen lassen , um seine Meinung zum Thema der Steuer zu hören. Die Audienz wurde für den nächsten Morgen um elf Uhr anberaumt, und da Checco nie ohne Begleiter irgendwohin ging, war Scipione Moratini , Giulias zweiter Bruder, und ich wurden zu seiner Begleitung ernannt. Matteo sollte nicht gehen, aus Angst, die Anwesenheit der beiden prominentesten Familienmitglieder könnte den Grafen zu einer plötzlichen Aktion verleiten.

Am nächsten Morgen kam ich um halb neun in San Stefano an und zu meiner Überraschung wartete Giulia auf mich.

„Ich hätte nicht gedacht, dass du so schnell aus dem Beichtstuhl rauskommen würdest", sagte ich. „Waren deine Sünden diese Woche so gering?"

„Das war ich nicht", antwortete sie. „ Scipione sagte mir, dass Sie und er Checco zum Palast begleiten sollten , und ich dachte, Sie müssten früher hier abreisen, also habe ich den Beichtstuhl verschoben."

„Du hast die Erde und mich dem Himmel und dem würdigen Vater vorgezogen?"

„Du weißt, dass ich mehr für dich tun würde", antwortete sie.

„Du Hexe!"

Sie nahm meinen Arm.

„Kommen Sie", sagte sie, „kommen Sie und setzen Sie sich in eine der Querschiffkapellen; dort ist es still und dunkel.'

Es war herrlich kühl. Das Licht drang schwach durch das farbige Glas und hüllte den Marmor der Kapelle in geheimnisvolle Rot- und Violetttöne, und die Luft duftete leicht nach Weihrauch. Als sie dort saß, schien sie einen neuen Charme zu gewinnen. Bisher hatte ich die extreme Schönheit des braunen, rot gefärbten Haares, seine wunderbare Qualität und Üppigkeit nie wirklich geschätzt. Ich versuchte, mir etwas auszudenken, was ich sagen könnte, aber es gelang mir nicht. Ich saß da und schaute sie an, und der Duft ihres Körpers vermischte sich mit dem Weihrauch.

„Warum sprichst du nicht?" Sie sagte.

'Es tut mir Leid; Ich habe nichts zu sagen.'

Sie lachte.

„Sagen Sie mir, was Sie denken."

„Ich wage es nicht ", sagte ich.

Sie sah mich an und wiederholte den Wunsch mit ihren Augen.

„Ich dachte, du wärst sehr schön."

Sie drehte sich zu mir um und beugte sich vor, so dass ihr Gesicht nahe an meinem war; Ihre Augen bekamen einen Ausdruck tiefer, üppiger Mattigkeit. Wir saßen wortlos da und mein Kopf begann zu wirbeln.

Die Uhr schlug zehn.

„Ich muss gehen", sagte ich und brach das Schweigen.

„Ja", antwortete sie, „aber kommen Sie heute Abend und erzählen Sie mir, was passiert ist."

Ich versprach, dass ich es tun würde, und fragte dann, ob ich sie in einen anderen Teil der Kirche führen sollte.

„Nein, lass mich hier", sagte sie. „Es ist so gut und ruhig." Ich werde bleiben und nachdenken.'

'Von was?' Ich sagte .

Sie sagte kein Wort, aber sie lächelte, damit ich ihre Antwort verstand.

VII

Ich eilte zurück zum Palazzo und fand Scipione Moratini ist bereits angekommen. Ich mochte ihn seiner Schwester zuliebe, aber an sich war er ein angenehmer Mensch.

Sowohl er als auch sein Bruder hatten etwas von Giulia in sich – die zarten Gesichtszüge, die Faszination und die gewinnende Art, die in ihnen fast weibisch wirkten. Ihre Mutter war eine sehr schöne Frau gewesen – dem Bericht zufolge war sie etwas fröhlich –, und von ihr hatten die Söhne die Galanterie geerbt, die sie in Forli zum Schrecken der Ehemänner machte, und Giulia die Koketterie, die zu so viel Skandal geführt hatte. Ganz anders der Vater Bartolomeo. Er war ein robuster, aufrichtiger Mann von sechzig Jahren, sehr ernst und sehr würdevoll, die einzige Ähnlichkeit mit seinen Kindern war das bezaubernde Lächeln, das die Söhne ebenso besaßen wie Giulia; obwohl es bei ihm selten zu sehen war. Was mir an ihm am besten gefiel, war die blinde Liebe zu seiner Tochter, die ihn dazu brachte, sich zu beugen und zu einem Jugendlichen zu werden, der ihrer Torheit schmeichelte. Er war ihr wirklich zugetan, so dass es ziemlich erbärmlich war, den Ausdruck intensiver Zuneigung in seinen Augen zu sehen, als er ihren Bewegungen folgte. Er hatte natürlich nie ein Wort von den Gerüchten gehört , die über Giulia kursierten; Er hatte das größte Vertrauen in ihre Tugend, und ich, so scheint es mir, hatte von ihm Vertrauen gewonnen.

Nachdem wir eine Weile mit Scipione gesprochen hatten , kam Checco und wir machten uns auf den Weg zum Palazzo. Die Menschen in Forli wissen alles und waren sich der Mission von Checco durchaus bewusst. Während wir weitergingen, wurden wir von vielen freundlichen Grüßen begrüßt, es wurde uns viel Glück und Gottes Segen gewünscht, und Checco , der vor Freude strahlte, erwiderte die Grüße gnädig.

Wir wurden in den Ratssaal geführt, wo wir die Ratsmitglieder und viele der prominenteren Bürger sowie mehrere Herren des Hofes trafen; Sofort wurden die großen Flügeltüren geöffnet und Girolamo trat in gewohnter Haltung ein, begleitet von seinen Höflingen und Soldaten, so dass der Saal mit ihnen gefüllt war. Er nahm auf einem Thron Platz und verneigte sich gnädig nach links und rechts. Seine Höflinge reagierten, aber die Bürger behielten einen strengen Gesichtsausdruck und zeigten kein Verständnis für seine Herablassung.

Girolamo erhob sich und hielt eine kurze Rede, in der er Checcos Weisheit, sein Wissen und seinen Patriotismus lobte und sagte, er habe von einer Kontroverse zwischen ihm und Antonio Lassi über die vorgeschlagene

Steuer gehört und ihn daher zu einer Anhörung geschickt seine Meinung zu diesem Thema.

Er blieb stehen und sah sich um; seine Höflinge applaudierten unterwürfig. Dann öffneten sich an den gegenüberliegenden Enden des Raumes Türen, und durch jede trat eine Reihe Soldaten; Die Bürger sahen einander verwundert an. Draußen auf der Piazza waren Trompetengeräusche und das Trampeln von Soldaten zu hören. Girolamo wartete; Endlich fuhr er fort:

„Ein guter Prinz ist es seinen Untertanen schuldig, nichts gegen ihren frei geäußerten Willen zu tun; Und obwohl ich befehlen könnte, weil ich vom Stellvertreter Christi selbst hierher gesetzt wurde, mit absoluter Macht über Ihr Leben und Ihr Schicksal, so ist meine Liebe und Zuneigung Ihnen gegenüber doch so groß, dass ich es nicht schätze, Sie um Rat zu fragen.'

Die Höflinge brachen in ein Murmeln der Überraschung und Selbstbeweihräucherung über seine unendliche Güte aus; Die Trompeten erklangen erneut, und in der folgenden Stille waren Befehlsrufe der Offiziere auf dem Platz zu hören, während von den Soldaten, die in der Halle standen, das Klirren von Schwertern und Sporen zu hören war.

Checco erhob sich von seinem Platz. Er war blass und schien fast zu zögern; Ich fragte mich, ob die Soldaten die Wirkung erzielt hatten, die Girolamo beabsichtigt hatte. Dann begann er leise und in gleichmäßigen, wohlgeformten Sätzen zu sprechen, so dass man sehen konnte, dass die Rede sorgfältig durchdacht war.

Er erinnerte sich an seine eigene Zuneigung zu Girolamo und an die gegenseitige Freundschaft, die viele Stunden des Zweifels und der Schwierigkeiten getröstet hatte, und versicherte ihm seine unveränderliche Treue zu sich selbst und seiner Familie; Dann erinnerte er ihn an die Liebe des Volkes zu seinem Herrscher und an das Bewusstsein einer gleichen Liebe des Grafen zu sich selbst. Er zeichnete ein Bild von der Freude in Forli, als Girolamo zum ersten Mal dorthin kam, und von der Begeisterung, die der Anblick von ihm oder seiner Frau beim Gehen durch die Straßen hervorrief.

Es gab ein wenig Applaus, hauptsächlich aus der Suite des Grafen; Checco hielt inne, als sei er am Ende seines Vorworts angelangt und konzentrierte sich auf den eigentlichen Inhalt seiner Rede. Im Saal herrschte tödliche Stille, alle Augen waren auf ihn gerichtet und alle fragten sich: „Was wird er sagen?" Girolamo beugte sich vor, stützte das Kinn auf die Hand und sah besorgt aus. Ich fragte mich, ob er es bereute, das Treffen einberufen zu haben.

Checco setzte seine Rede fort.

„Girolamo", sagte er, „die Menschen aus den ländlichen Gebieten haben Ihnen kürzlich eine Petition geschickt, in der sie ihr Leid unter Regen, Sturm und Hungersnot, ihre Armut und ihr Elend und die drückende Steuerlast zum Ausdruck brachten." Sie forderten Sie auf, zu kommen und sich ihre unbebauten Felder anzusehen, ihre Häuser, die in Trümmern verfielen, sie selbst, die am Straßenrand starben, nackt und hungrig, Kinder, die an der Brust ihrer Mütter starben, Eltern, die unbegraben in den Ruinen ihrer Häuser lagen. Sie forderten dich auf, zu kommen und dir die Verwüstung des Landes anzusehen, und flehten dich an, ihnen zu helfen, solange noch Zeit sei, und ihnen die Lasten, die du ihnen auferlegt hattest, von ihren Schultern zu nehmen.

„Du hast einen Blick des Mitleids auf sie geworfen; Und jetzt lächelt das Land, die Menschen haben sich aus ihrem Todesschlaf geschüttelt und sind zu neuem Leben erwacht, und überall werden Gebete dargebracht und Segenswünsche auf das Haupt des höchsten und prächtigsten Prinzen, Girolamo Riario, niedergeschüttet .

„Und auch wir, mein Herr, schließen uns dem Dank und dem Lob an; denn diese, denen du neues Leben gegeben hast, sind unsere Cousins und Brüder, unsere Landsleute.'

Was kam? Die Stadträte sahen einander fragend an. Konnte sich Checco mit dem Grafen arrangiert haben, und war es eine Komödie, die sie spielten? Auch Girolamo war überrascht; Lange Zeit hatte er nur von seinen Höflingen Lob gehört.

„Als Sie vor acht Jahren die Herrschaft über Forli erlangten, mussten Sie feststellen, dass die Stadt unter den Steuern litt, die die Ordelaffi erhoben hatten. Die Depression hatte die Kaufleute und Handwerker erfasst; sie waren so belastet, dass sie weder kaufen noch verkaufen konnten; Sie hatten ihre Bemühungen aufgegeben und die Stadt lag gefühllos und kalt da, als würde sie an einer Pest sterben. Die Straßen waren verlassen; Die Leute dort waren traurig und mit gesenktem Gesicht. Die Einwohnerzahl wurde geringer; es gab keine Bewegung, kein Leben; Noch ein paar Jahre und Forli wäre eine Stadt der Toten geworden!

„Aber du bist gekommen und mit dir das Leben; denn deine erste Tat bestand darin, die unterdrückendsten Zwänge zu beseitigen. So wie der Bogen, wenn er zusammengefaltet ist, beim Lösen der Sehne mit einem plötzlichen Impuls zurückschießt, der den Pfeil an sein Ziel treibt, so prallte Forli von der Last ab, die er zuvor getragen hatte. Die Göttin der Fülle regierte im Land; es war das Sonnenlicht nach dem Sturm; Überall Leben und Treiben! Der Kaufmann schrieb eifrig an seinem Schreibtisch, der Händler breitete seine Waren aufs Neue aus und lachte in der Freude seines Herzens. Der Maurer, der Baumeister und der Schmied kehrten zu ihrer Arbeit zurück, und in der ganzen Stadt war der Lärm des Hämmerns und Bauens zu hören. Die Nachricht von einem gütigen Herrn verbreitete sich, und der Gold- und Silberschmied, der Maler und der Bildhauer strömten in Scharen in die Stadt. Das Geld ging von Hand zu Hand und schien sich dabei durch Zauberei zu vermehren. Auf den Gesichtern aller war Glück; Der Lehrling sang, während er arbeitete, und Heiterkeit und Freude waren allgegenwärtig; Forli wurde als Heimat der Freude bekannt; Italien war voller Feste und Feierlichkeiten – und jeder Bürger war stolz darauf, ein Forliveser zu sein .

„Und überall wurden Gebete dargebracht und Segen regnete auf das Haupt des höchsten und prächtigsten Prinzen, Girolamo Riario .“

Checco hielt erneut inne. Seine Zuhörer bekamen eine Ahnung davon, was er meinte, aber sie wagten nicht zu glauben, dass er sagen würde, was ihnen allen durch den Kopf ging.

„Dann“, fuhr Checco fort, „haben Sie die Steuern, die Sie eingezogen hatten, wieder eingeführt.“

'Das ist eine Lüge!' unterbrach Girolamo. „Sie wurden vom Rat auferlegt.“

Checco zuckte mit den Schultern und lächelte ironisch.

„Ich erinnere mich ganz gut. Sie haben ein Treffen der Alten einberufen, ihnen Ihre Bedürfnisse gezeigt und vorgeschlagen, die Steuern wieder einzuführen.

„Ich vergesse, ob du sie daran erinnert hättest, dass du befehlen kannst und dass du vom Stellvertreter Christi auf Erden hierher gebracht wurdest.“

„Und du hast es unterlassen , uns den Trompetenklang und das Trampeln der Soldaten auf dem Platz hören zu lassen.“ Sie hätten auch nicht gedacht, dass eine so große Suite für Ihre Würde notwendig wäre.'

Er sah sich zu den Soldaten um und strich sich nachdenklich über den Bart.

'Fortfahren!' sagte Girolamo ungeduldig; er wurde langsam wütend.

Checco die Sicherheit wiedergewonnen, die ihn zunächst zu versagen schien. Er lächelte höflich auf den Befehl des Grafen und sagte:

„Ich komme gleich zur Sache.“

„Sie haben die Steuern ersetzt, die Sie weggenommen hatten, und dadurch den Nutzen, den Sie erzielt hatten, wieder zunichte gemacht.“ Die Auswirkungen der Veränderung spürte die Stadt bald; Sein Wohlstand nimmt bereits ab, und es besteht kein Zweifel, dass er in ein paar weiteren Jahren wieder in den Zustand zurückkehren wird, in dem Sie ihn vorgefunden haben. Und wer weiß, vielleicht ist sein letzter Zustand schlimmer als sein erster?

„Und jetzt schlagen Sie vor, die Stadtbewohner für die Abgaben zu verpflichten, die Sie den Landleuten abgenommen haben. Sie haben mich gebeten, mich zu diesem Thema um Rat zu fragen, und hier gebe ich ihn Ihnen.

„Nicht anziehen, sondern ausziehen." Im Namen des Volkes bitte ich Sie, die Steuern abzuschaffen, die Sie vor vier Jahren eingeführt haben, und zum glücklichen Zustand der ersten Jahre Ihrer Herrschaft zurückzukehren.'

Er hielt einen Moment inne, dann fügte er mit ausgestrecktem Arm, auf den Grafen zeigend, feierlich hinzu: „Oder Girolamo Riario , der prächtige Prinz, teilt das Schicksal der Ordelaffi , die die Stadt zwei Jahrhunderte lang regierten und jetzt obdachlos durch das Land wandern." .'

ganzen Raum ertönte ein Schrei . Sie waren erstaunt über seine Kühnheit. Girolamo war auf seinem Stuhl aufgeschreckt – seine Augen starrten, sein Gesicht war rot; er war stumm vor Wut. Er versuchte zu sprechen, aber die Worte blieben ihm im Hals stecken, und außer einem unartikulierten Murmeln war nichts zu hören. Die Soldaten und Höflinge sahen einander überrascht an; sie wussten nicht, was sie tun oder denken sollten; Sie sahen ihren Herrn an, fanden aber keine Hilfe in ihm. Die Bürger waren verwirrt und verspürten abwechselnd Staunen, Bestürzung, Angst, Freude; sie konnten es nicht verstehen....

„Oh, Girolamo!" sagte Checco , ungeachtet der Aufregung um ihn herum, „Ich sage diese Dinge nicht aus Feindseligkeit dir gegenüber." Kommen Sie selbst zu Ihrem Volk und sehen Sie seine Bedürfnisse mit eigenen Augen. Glauben Sie nicht, was Ihre Höflinge Ihnen sagen – denken Sie nicht, dass das Land, das Ihnen untersteht, eine eroberte Stadt ist, die Sie nach Belieben zerstören können. Du wurdest hierher gestellt als Wächter in unseren Gefahren und als Helfer in unseren Nöten.

„Du bist hier ein Fremder; Sie kennen dieses Volk nicht so, wie ich es kenne. Sie werden treu, sanftmütig und gehorsam sein – aber berauben Sie sie nicht des Geldes, das sie kaum verdient haben, sonst werden sie sich gegen Sie wenden. Forli hat noch nie einen Unterdrücker unterstützt, und wenn Sie ihn unterdrücken, hüten Sie sich vor seinem Zorn. Was glauben Sie, sind Ihre Soldaten gegen den Zorn eines Volkes? Und bist du dir deiner Soldaten so sicher? Werden sie für dich gegen ihre Väter und Brüder, ihre Kinder kämpfen?

'Ruhig sein!' Girolamo war von seinem Sitz aufgestanden und stand mit drohend erhobenem Arm da. Er schrie, um Checco zu übertönen : „Sei still!" „Du warst immer gegen mich, Checco ", rief er. „Du hast mich gehasst, weil ich dich mit Großzügigkeit überhäuft habe." Es hat nie Ärger zwischen mir und meinem Volk gegeben, aber du bist gekommen, um sie noch wütender gegen mich zu machen.'

'Du lügst!' sagte Checco leidenschaftlich.

„Oh, ich kenne dich, Checco , und deinen Stolz! So wie Satan aus Stolz fiel, so kannst du es auch tun, ungeachtet all deines Reichtums und deiner Macht. Du dachtest, du wärst mir ebenbürtig, und weil du mich als deinen Meister empfunden hast, hast du mit den Zähnen geknirscht und mich verflucht.

„Bei Gott, du würdest mich töten, wenn du könntest!"

Checco verlor die Ruhe und schrie Girolamo wild gestikulierend zurück.

„Ich habe dich gehasst, weil du ein Tyrann dieser Stadt bist." Sind das nicht meine Mitbürger, meine Brüder, meine Freunde? Waren wir nicht seit unserer Kindheit zusammen und unsere Väter und Großväter vor uns? Und glaubst du, ich betrachte sie als Fremde?

'NEIN; Solange man Geld von den Reichen bekam, sagte ich nichts. Sie wissen, welche Summen ich Ihnen selbst geliehen habe; alles, was ich dir umsonst gebe. Ich will keinen Cent davon zurück – behalte alles. Aber wenn du das Äußerste von uns erpresst hast und du dich den Armen und Bedürftigen zuwendest und ihnen das Wenige raubt, dann werde ich nicht schweigen. Du sollst dem Volk diese Steuern nicht auferlegen! Und warum willst du sie? Für deine ausgelassene, wahnsinnige Extravaganz; damit du dir neue Paläste baust, dich in prächtige Gewänder schmückt und Diamanten und Edelsteine für deine Frau kaufst.'

„Sprich nicht von meiner Frau", unterbrach ihn der Graf.

„Damit du Gold in die Hände des Schmarotzers häufst, der zu deinem Lob ein Sonett schreibt." Du bist zu uns gekommen und hast um Geld gebettelt; Wir haben es gegeben und du hast es in Festen und Aufruhr weggeworfen . Der Mantel, den Sie tragen, wurde aus unseren Reichtümern hergestellt. Aber Sie haben kein Recht, das Geld der Menschen für diese unwürdigen Zwecke zu nehmen. Du bist nicht ihr Herr; du bist ihr Diener; Ihr Geld gehört nicht Ihnen, sondern Ihres gehört ihnen. Ihre Pflicht vor Gott besteht darin, sie zu beschützen, und stattdessen berauben Sie sie."

'Schweigen!' brach in Girolamo ein. „Ich werde nichts mehr hören." Du hast mich empört, wie es noch kein Mensch getan hat, ohne es zu bereuen. Du denkst, du bist allmächtig, Checco , aber bei Gott, du wirst feststellen, dass ich mächtiger bin!

„Jetzt geht ihr alle! Ich habe genug von dieser Szene. Gehen!'

Er wedelte gebieterisch mit der Hand. Dann stieg er mit einem Gesichtsausdruck voller Wut von seinem Thron herab und warf sich mit finsterer Miene aus dem Zimmer.

VIII

Die Höflinge folgten ihrem Herrn auf den Fersen, aber die Soldaten blieben unentschlossen. Ercole Piacentini blickte uns an und sprach leise mit dem Hauptmann der Garde. Ich dachte, sie diskutierten über die Möglichkeit, Checco mutig auf der Stelle zu verhaften, was, wie sie zweifellos wussten, ein für Girolamo sehr akzeptabler Schritt wäre; aber er war von seinen Freunden umgeben, und ganz offensichtlich wagten Ercole und der Kapitän nichts, was auch immer sie wünschten, denn Ersterer verließ still und heimlich die Kammer, und die Soldaten verließen auf einen geflüsterten Befehl lautlos den Raum wie ausgepeitschte Hunde.

Dann kannte die Aufregung unserer Freunde keine Grenzen. Am Ende der Rede hatte ich seine Hand ergriffen und gesagt:

'Gut gemacht.'

Jetzt stand er inmitten all dieser Menschen, glücklich und lächelnd, stolz auf die Begeisterung, die er geweckt hatte, und atmete schwer, so dass ein zufälliger Beobachter ihn für betrunken vom Wein gehalten hätte.

„Meine Freunde", sagte er als Antwort auf ihr Lob, und seine Stimme zitterte leicht, sodass seine Aufrichtigkeit deutlich zu erkennen war, „was auch immer passieren wird, seien Sie sicher, dass ich weiterhin Ihre Rechte wahren und bereitwillig mein Leben geben werde." für die Sache der Gerechtigkeit und Freiheit.'

Er war von der Heftigkeit seiner Gefühle erstickt und konnte nichts mehr sagen.

Die Beifallsrufe erklangen erneut, und dann strömten sie mit dem Drang, an die frische Luft zu gehen, aus dem Ratssaal auf die Piazza. Es war nicht genau bekannt, was im Palast vorgefallen war, aber die Leute wussten, dass Checco dem Grafen getrotzt hatte und dass dieser das Treffen wütend aufgelöst hatte. Wunderbare Gerüchte gingen um: Es hieß, Schwerter seien gezogen worden, und es hätte beinahe eine Schlacht gegeben; Andere sagten, der Graf habe versucht, Checco zu verhaften , und diese Geschichte gewann an Glaubwürdigkeit – einige sagten sogar, dass Checco gefangen gehalten wurde – und habe die Bürger auf Hochtouren gebracht.

Als Checco auftauchte, gab es lautes Geschrei und einen Ansturm auf ihn. 'Bravo!' 'Gut gemacht!' Ich weiß nicht, was sie nicht lobend über ihn sagen konnten. Ihre Begeisterung wuchs wie von selbst; sie wurden verrückt; Sie konnten sich nicht zurückhalten und suchten nach etwas, womit sie ihren Gefühlen Luft machen konnten. Ein Wort, und sie hätten den Palast angegriffen oder das Zollamt geplündert. Sie umzingelten uns und ließen uns nicht passieren. Bartolomeo Moratini drängte sich zu Checco und sagte:

„Beruhige sie schnell, bevor es zu spät ist."

Checco verstand es sofort. „Freunde", sagte er, „lassen Sie mich aus Liebe zu Gott ruhig gehen, und kehren Sie in Frieden zu Ihrer Arbeit zurück." Lass mich vorbei!'

Als sie vorwärts gingen, öffnete sich ihm die Menge, und immer noch brüllend, brüllend und gestikulierend ließen sie ihn durch. Als wir am Tor seines Palastes ankamen, drehte er sich zu mir um und sagte:

'Von Gott! Filippo, das ist das Leben. Ich werde diesen Tag nie vergessen!'

Die Menge war bis zur Tür gefolgt und wollte nicht weggehen. Checco musste auf dem Balkon erscheinen und sich bedanken. Als er dort stand, konnte ich sehen, dass sein Kopf wirbelte. Er war blass, fast besinnungslos vor großer Freude.

Schließlich ließen sich die Leute überreden , zu gehen, und wir betraten das Haus.

Wir waren in Checcos Privatzimmer. Außer den Cousins und mir waren Bartolomeo Moratini und seine beiden Söhne Fabio Oliva und Cesare Gnocchi anwesend, die beide mütterlicherseits mit den Orsi verwandt waren . Wir waren alle unruhig und aufgeregt und diskutierten über die Ereignisse; nur Bartolomeo war ruhig und ernst. Matteo wandte sich in bester Stimmung an ihn.

„Warum so still, Messer Bartolomeo?" er sagte. „Du bist wie das Skelett beim Bankett."

„Es ist eine Frage der Schwerkraft", antwortete er.

'Warum?'

'Warum! Mein Gott, Mann, glaubst du, dass nichts passiert ist!'

Wir hörten auf zu reden und standen um ihn herum, als wären wir plötzlich aufgewacht.

„Unsere Schiffe sind hinter uns verbrannt", fuhr er fort, und wir müssen vorrücken – müssen!"

'Wie meinst du das?' sagte Checco .

„Glauben Sie, Girolamo wird zulassen, dass alles so weitergeht wie bisher?" Du musst verrückt sein, Checco !

„Das glaube ich", war die Antwort. „Das alles hat mir den Kopf verdreht." Mach weiter.'

„Girolamo hat jetzt nur noch einen Schritt vor sich." Sie haben ihm öffentlich die Stirn geboten; Du bist triumphierend und unter dem Jubel des Volkes durch die Straßen gegangen, und sie haben dich unter Jubelrufen zu deinem Haus begleitet. Girolamo sieht in dir einen Rivalen – und vor einem Rivalen gibt es nur einen Schutz."

'Und das-?' fragte Checco .

'Ist tot!'

Wir schwiegen alle einen Moment; dann sprach Bartolomeo erneut.

„Er kann nicht zulassen, dass du lebst." Er hat Ihnen schon früher gedroht, aber jetzt muss er seine Drohungen in die Tat umsetzen. Aufpassen!'

„Ich weiß", sagte Checco , „das Schwert hängt über meinem Kopf." Aber er wagt es nicht, mich zu verhaften.'

„Vielleicht wird er ein Attentat versuchen. Du musst gut bewacht rausgehen.'

„Das tue ich", sagte Checco , „und ich trage ein Kettenhemd." Die Angst vor einem Attentat verfolgt mich seit Wochen. Oh Gott, es ist schrecklich! Ich könnte einen offenen Feind ertragen. Ich habe genauso viel Mut wie jeder andere; aber diese ewige Spannung! Ich schwöre dir, es macht mich zum Feigling. Ich kann nicht um eine Straßenecke biegen, ohne daran zu denken, dass mein Tod auf der anderen Seite sein könnte; Ich kann nachts nicht durch einen dunklen Korridor gehen, ohne daran zu denken, dass dort drüben in der Dunkelheit mein Mörder auf mich warten könnte. Beim leisesten Geräusch, dem Zuschlagen einer Tür, einem plötzlichen Schritt zucke ich zusammen. Und ich wache nachts mit einem Schrei und Schweiß auf. Ich kann es nicht ertragen, ich werde verrückt, wenn es so weitergeht. Was kann ich machen?'

Matteo und ich sahen uns an; wir hatten den gleichen Gedanken. Bartolomeo sprach.

„Erwarte ihn!"

Wir fingen beide an, denn es waren meine eigenen Worte. Checco schrie auf.

'Du auch! Dieser Gedanke begleitet mich Tag und Nacht! Erwarte ihn! Töte ihn! Aber ich wage nicht, daran zu denken. Ich kann ihn nicht töten.'

„Das musst du", sagte Bartolomeo.

„Pass auf, dass wir nicht gehört werden", sagte Oliva.

„Die Türen sind gut befestigt."

„Das musst du", wiederholte Bartolomeo. „Es ist der einzige Kurs, der dir noch bleibt." Und außerdem müssen Sie sich beeilen – denn er wird nicht zögern. Das Leben von uns allen steht auf dem Spiel. Er wird mit dir nicht zufrieden sein; Wenn du weg bist, wird er leicht genug Mittel finden, uns loszuwerden.'

„Schweige um Gottes willen, Bartolomeo! Es ist Verrat.'

„Wovor hast du Angst? Es wäre nicht schwierig.'

„Nein, wir dürfen kein Attentat verüben!" Es geht immer schlecht aus. Die Pazzi in Florenz wurden getötet, Salviati wurde an den Fenstern des Palastes gehängt und Lorenzo ist allmächtig, während die Knochen der Verschwörer auf ungeweihtem Boden verrotten. Und als sie in Mailand den Herzog töteten , entkam keiner von ihnen.

„Sie waren Narren. Wir irren uns nicht wie in Florenz; Wir haben das Volk bei uns, und wir werden es nicht verpfuschen, wie sie es getan haben.'

„Nein, nein, das kann nicht sein."

„Ich sage dir, das muss es sein. Es ist unsere einzige Sicherheit!'

Checco sah sich besorgt um.

„Wir sind alle in Sicherheit", sagte Oliva. 'Hab keine Angst.'

'Was denkst du darüber?' fragte Checco . „Ich weiß, was du denkst, Filippo und Matteo."

„Ich denke mit meinem Vater!" sagte Scipione .

'Ich auch!' sagte sein Bruder.

'Und ich!'

'Und ich!'

„Jeder von euch", sagte Checco ; „Du würdest mich ihn ermorden lassen."

„Es ist gerecht und rechtmäßig."

„Denken Sie daran, dass er mein Freund war. Ich habe ihm zu dieser Kraft verholfen. „Einst waren wir fast Brüder."

„Aber jetzt ist er dein Todfeind." Er schärft ein Messer für dein Herz – und wenn du ihn nicht tötest, wird er dich töten.'

„Es ist Verrat." Ich kann nicht!'

„Wenn ein Mann einen anderen getötet hat, tötet ihn das Gesetz." Es ist eine gerechte Rache. Wenn ein Mann versucht, das Leben eines anderen zu töten, erlaubt ihm das Gesetz, diesen Mann zur Selbstverteidigung zu töten . Girolamo hat Sie in Gedanken getötet – und in diesem Moment ordnet er möglicherweise die Einzelheiten Ihres Mordes. „Es ist gerecht und rechtmäßig, dass Sie ihm das Leben nehmen, um Ihr eigenes und unseres zu verteidigen."

„Bartolomeo hat recht", sagte Matteo.

Ein zustimmendes Murmeln zeigte, was die anderen dachten.

„Aber denken Sie, Bartolomeo", sagte Checco , „Sie sind grauhaarig; du bist nicht so weit vom Grab entfernt; Wenn Sie diesen Mann getötet haben, was ist dann danach?'

„Ich schwöre dir, Checco , dass du ein Diener der Rache Gottes sein würdest ." Hat er das Volk nicht wahnsinnig unterdrückt? Welches Recht hat er mehr als ein anderer? Durch ihn sind Männer, Frauen und Kinder aus Not gestorben; Unglück und Elend gingen durch das Land – und die ganze Zeit über aß und trank er und machte sich lustig.'

„Entscheide dich, Checco ." Ihr müsst uns Vorfahrt gewähren!' sagte Matteo. „Girolamo hat in jeder Hinsicht versagt." Im Hinblick auf Ehrlichkeit und Gerechtigkeit muss er sterben. Und um uns zu retten, muss er sterben.'

„Du machst mich wahnsinnig", sagte Checco . „Ihr seid alle gegen mich." Sie haben mit allem Recht, was Sie sagen, aber ich kann nicht – oh Gott, ich kann nicht!'

Bartolomeo wollte noch einmal sprechen, aber Checco unterbrach ihn.

„Nein, nein, um Himmels willen, sag nichts mehr." Lass mich in ruhe. Ich möchte ruhig sein und nachdenken.'

IX

Abends um zehn ging ich zum Palazzo Aste . Der Diener, der mich hereinließ, sagte mir, dass Donna Giulia bei ihrem Vater sei und er nicht wisse, wann sie zurückkommen würde. Ich war zutiefst enttäuscht. Ich hatte mich den ganzen Tag darauf gefreut, sie zu sehen, denn die Zeit in der Kirche war so kurz gewesen ... Der Diener sah mich an, als erwartete er, dass ich weggehen würde, und ich zögerte; Aber dann hatte ich so ein Verlangen, sie zu sehen, dass ich ihm sagte, ich würde warten.

Ich wurde in den Raum geführt, den ich bereits so gut kannte, und ich setzte mich auf Giulias Stuhl. Ich legte meinen Kopf auf die Kissen, die gegen ihr schönes Haar und ihre Wange gedrückt hatten; und ich atmete den Duft ein, den sie zurückgelassen hatten.

Wie lang war sie! Warum kam sie nicht?

Ich dachte an sie, wie sie dort saß. In meinem Kopf sah ich die schönen, sanften braunen Augen, die roten Lippen; Ihr Mund war exquisit, sehr zart geformt und hatte wundervolle Kurven. Für einen solchen Mund wie ihren wurde das Gleichnis vom Bogen des Amors erfunden.

Ich hörte unten ein Geräusch und ging zur Tür, um zu lauschen. Mein Herz schlug heftig, aber leider! Sie war es nicht, und bitter enttäuscht kehrte ich zu meinem Stuhl zurück. Ich dachte, ich hätte stundenlang gewartet, und jede Stunde schien ein Tag zu sein. Würde sie nie kommen?

Zu guter Letzt! Die Tür öffnete sich und sie kam herein – so schön. Sie reichte mir beide Hände.

„Es tut mir leid, dass Sie warten mussten", sagte sie, „aber ich konnte nicht anders."

„Ich würde hundert Jahre warten, um dich eine Stunde lang zu sehen."

Sie setzte sich und ich legte mich zu ihren Füßen.

„Erzähl mir " , sagte sie, „alles, was heute passiert ist."

Ich tat, was sie verlangte; Und als ich meine Geschichte erzählte, funkelten ihre Augen und ihre Wangen waren gerötet. Ich weiß nicht, was über mich gekommen ist; Ich verspürte ein Gefühl der Ohnmacht und hielt gleichzeitig den Atem an. Und ich hatte plötzlich den Impuls, sie in meine Arme zu nehmen und sie viele Male zu küssen.

'Wie schön du bist!' Sagte ich und stellte mich an ihre Seite.

Sie antwortete nicht, sondern sah mich lächelnd an. Ihre Augen glänzten vor Tränen, ihr Busen hob und senkte sich.

„Giulia!"

Ich legte meinen Arm um sie und nahm ihre Hände in meine.

„Giulia, ich liebe dich!"

Sie beugte sich zu mir und streckte ihr Gesicht hervor; und dann – dann nahm ich sie in meine Arme und bedeckte ihren Mund mit Küssen. Oh Gott! Ich war wütend, ich hatte noch nie zuvor so viel Glück gespürt. Ihr wunderschöner Mund, er war so weich, so klein, dass ich vor lauter Glücksangst nach Luft schnappte. Wenn ich damals nur hätte sterben können!

Julia! Julia!

. . . .

Die Hahnenmannschaft und die Nacht schienen im Grau zu verschwinden. Das erste Licht der Morgendämmerung brach durch die Fenster und ich drückte meine Liebe in einem letzten Kuss an mein Herz.

„Noch nicht", sagte sie; 'Ich liebe dich.'

Ich konnte nicht sprechen; Ich küsste ihre Augen, ihre Wangen, ihre Brüste.

„Geh nicht", sagte sie.

'Meine Liebe!'

Schließlich riss ich mich los, und als ich ihr den allerletzten Kuss gab, flüsterte sie:

'Komme bald.'

Und ich antwortete: –

'Heute Abend!'

Ich ging durch die grauen Straßen von Forli und wunderte mich über mein Glück; Es war zu großartig, um es zu realisieren . Es schien absurd, dass ich, ein armer, gewöhnlicher Mann, für diese Ekstase der Glückseligkeit ausgewählt wurde. Ich war in der Welt herumgeschubst worden, ein Verbannter, der hier und da umherirrte auf der Suche nach einem Kapitän, unter dem ich dienen konnte. Ich hatte schon früher Liebesbeziehungen gehabt, aber gewöhnliche, groteske Dinge – nicht so rein und himmlisch. Bei meinen anderen Lieben hatte ich oft eine gewisse Hässlichkeit empfunden; sie hatten einen schmutzigen und vulgären Eindruck gemacht; aber das war so rein, so sauber! Sie war so heilig und unschuldig. Oh, es war gut! Und ich lachte über mich selbst, weil ich dachte, ich sei nicht in sie verliebt. Ich hatte sie immer geliebt; Als es begann, wusste ich es nicht ... und es war mir egal;

Alles, was mich jetzt interessierte, war, an mich selbst zu denken, liebevoll und geliebt. Ich war ihrer nicht würdig; Sie war so gut, so nett, und ich war ein armer, gemeiner Kerl. Ich fühlte, dass sie eine Göttin war, und ich hätte niederknien und sie anbeten können.

Mit schwingenden Schritten ging ich durch die Straßen von Forli; Ich atmete die Morgenluft ein und fühlte mich so stark und wohl und jung. Alles war schön – alles Leben! Die grauen Wände haben mich verzaubert; die düsteren Schnitzereien der Kirchen; Die Marktfrauen betraten fröhlich gekleidet die Stadt, beladen mit Körben voller bunter Früchte. Sie begrüßten mich und ich antwortete mit lachendem Herzen. Wie nett sie waren! Tatsächlich war mein Herz so voller Liebe, dass es alles und jeden überflutete und bedeckte, so dass ich allen um mich herum eine seltsame, herzliche Güte empfand. Ich habe die Menschheit geliebt!

X

Als ich nach Hause kam, warf ich mich auf mein Bett und genoss einen herrlichen Schlaf, und als ich aufwachte, fühlte ich mich kühl und frisch und sehr glücklich.

'Was ist los mit dir?' fragte Matteo.

„Ich bin ziemlich zufrieden mit mir", sagte ich.

„Dann, wenn du andere Menschen zufrieden stellen willst, solltest du besser mit mir zu Donna Claudia kommen."

„Die schöne Claudia?"

'Das gleiche!'

„Aber können wir uns in das Lager des Feindes wagen?"

„Genau deshalb möchte ich, dass du kommst." Die Idee besteht darin, den Ereignissen von gestern keine Beachtung zu schenken und alle so zu tun, als wäre nichts geschehen.'

„Aber Messer Piacentini wird nicht sehr erfreut sein, uns zu sehen."

„Er wird mit den Zähnen knirschen und innerlich Feuer spucken; aber er wird uns in seine Arme nehmen und uns umarmen und versuchen, uns glauben zu machen, dass er uns mit der christlichsten Zuneigung liebt."

'Sehr gut; Komm schon!'

Jedenfalls freute sich Donna Claudia, uns zu sehen, und sie fing an, Augen zu machen, zu seufzen und ihre Hand auf die rührendste Weise an ihre Brust zu legen.

„Warum warst du nicht bei mir, Messer Filippo?" Sie fragte.

„In der Tat, meine Dame, ich hatte Angst, aufdringlich zu sein."

„Ah", sagte sie mit einem umfassenden Blick, „wie konnte das nur sein!" Nein, es gab einen anderen Grund für Ihre Abwesenheit. Ach!'

„Ich habe es nicht gewagt, diesen strahlenden Augen ins Auge zu sehen."

Sie richtete sie voll auf mich und drehte sie dann wie bei einer Madonna nach oben, wobei sie die Weißen zeigte.

„Sind sie so grausam, meinen Sie?"

„Sie sind zu brillant." Wie gefährlich ist die Kerze für die Motte; und in diesem Fall ist die Kerze zwei."

„Aber man sagt, dass die Motte, während sie in der Flamme flattert, eine vollkommene Ekstase genießt."

„Ah, aber ich bin eine sehr vernünftige Motte", antwortete ich sachlich, „und ich habe Angst, mir die Flügel zu verbrennen."

„Wie prosaisch!" sie murmelte.

„Die Muse", sagte ich höflich, „verliert ihre Kraft, wenn du anwesend bist."

Sie verstand offenbar nicht ganz, was ich meinte, denn in ihren Augen lag ein Ausdruck leichter Verwirrung; und ich war nicht überrascht, denn ich hatte selbst nicht die leiseste Ahnung, was ich meinte. Dennoch sah sie, dass es ein Kompliment war.

„Ah, du bist sehr höflich!"

Wir hielten einen Moment inne, in dem wir uns beide mit unaussprechlichen Blicken ansahen. Dann seufzte sie tief.

„Warum so traurig, süße Dame?" Ich fragte.

„Messer Filippo", antwortete sie, „ich bin eine unglückliche Frau." Sie schlug sich mit der Hand auf die Brust.

„Du bist zu schön", bemerkte ich galant.

'Ah nein! ah nein! Ich bin unglücklich.'

Ich warf einen Blick auf ihren Mann, der grimmig durch das Zimmer stolzierte und aussah wie ein pensionierter Soldat mit Gicht; und ich dachte, dass es ausreichte, in der Gesellschaft einer solchen Person zu sein, um jeden unglücklich zu machen.

„Du hast recht", sagte sie und folgte meinem Blick; „Es ist mein Mann." Er ist so unsympathisch.'

Ich habe ihr Beileid ausgesprochen.

„Er ist so eifersüchtig auf mich, und wie Sie wissen, bin ich für Forli ein Vorbild an Tugend!"

Ich hatte ihren Charakter noch nie so beschrieben gehört, aber natürlich sagte ich:

„Ein Blick auf dich würde ausreichen, um den gewalttätigsten aller Ehemänner zu beruhigen."

„Oh, ich habe genug Versuchung, das versichere ich Ihnen", antwortete sie schnell.

„Das kann ich durchaus glauben.“

„Aber ich bin ihm so treu, als wäre ich alt und hässlich; und doch ist er eifersüchtig.'

„Wir alle haben in diesem Leben unsere Kreuze“, bemerkte ich sentimental.

„Der Himmel weiß, dass ich meins habe; aber ich habe meinen Trost.'

Also vermutete ich und antwortete:

'Oh!'

„Ich schütte meine Seele in einer Reihe von Sonetten aus.“

„Ein zweiter Petrarca!“

„Meine Freunde sagen, dass einige von ihnen diesen großen Namen nicht unwürdig sind.“

„Das kann ich gut glauben.“

Hier kam Erleichterung, und wie der müde Wachposten verließ ich den Dienstposten. Ich dachte an meine süße Giulia und staunte über ihre Schönheit und ihren Charme; Es war alles so viel klarer und sauberer als die Schlacke, die ich um mich herum sah. Ich ging weg, denn ich sehnte mich nach Einsamkeit, und dann gab ich mich den exquisiten Träumen meiner Liebe hin.

Endlich war es soweit, der lange Tag war endlich vorbei, und die Nacht, die Freundin der Liebenden, gab mir die Erlaubnis, nach Giulia zu gehen .

XI

Ich war so glücklich. Die Welt ging weiter; In Forli passierte etwas, die rivalisierenden Parteien agitierten und trafen sich und diskutierten; Es herrschte allgemeine Unruhe – und das alles war mir zutiefst gleichgültig. Was bedeuten all die kleinen Angelegenheiten des Lebens? Ich sagte . Menschen arbeiten und kämpfen, planen, planen, verdienen Geld, verlieren es, verschwören sich um Platz und Ehre ; sie haben ihre Ambitionen und Hoffnungen; Aber was ist das alles außer Liebe? Ich war in Forli in die Aufregung der Politik geraten; Ich war hinter dem Schleier und kannte die Feinheiten, die Ambitionen, die Emotionen der Schauspieler; aber jetzt habe ich mich zurückgezogen. Was kümmerten mich die Aussichten von Forli, ob Steuern erhöht oder erlassen wurden oder ob A B tötete oder B A tötete, es schien mir wirklich so unwichtig. Ich betrachtete sie als Marionetten auf der Bühne und konnte ihre Taten nicht ernst nehmen. Julia! Das war die große Tatsache im Leben. Für mich war nichts wichtig außer Giulia. Als ich an Giulia dachte, war mein Herz voller Ekstase, und ich spuckte voller Verachtung auf all die albernen Details der Ereignisse aus.

Gerne hätte ich mich aus dem Strom herausgehalten, der die anderen mit sich riss; aber ich konnte nicht anders, als zu wissen, was passiert war. Und es war tatsächlich lächerlich. Nach der großen Szene im Palast begannen die Menschen, Schritte zu unternehmen, als ob sie zu großen Ereignissen bereit wären. Checco hatte eine große Geldsumme nach Florenz geschickt, damit die Medici sich darum kümmern sollten; Bartolomeo Moratini hatte Vorbereitungen getroffen; Es herrschte allgemein Aufruhr und Unruhe. Girolamo sollte einen Schritt machen; die Menschen waren auf alles vorbereitet; Als sie morgens aufwachten, fragten sie, ob in der Nacht etwas passiert sei; und Checco trug ein Kettenhemd. Auf der Seite des Grafen fragte man, was Checco vorhatte, ob die Ovationen, die er erhalten hatte, ihn zu einem gewalttätigen Schritt ermutigen würden. Die ganze Welt wartete auf große Ereignisse – und nichts geschah. Es erinnerte mich an ein Mysterienspiel, in dem nach sorgfältiger Vorbereitung des Dialogs ein großartiger Bühneneffekt erzielt wird – ein Heiliger wird in den Himmel aufsteigen oder ein Berg öffnet sich und der Teufel springt heraus. Die Zuschauer sitzen mit offenem Mund da; der Moment ist gekommen, alles ist bereit, das Signal ist gegeben; Der Mob stockt schon vor Staunen – und schon geht etwas schief und nichts passiert.

Die guten Forlivesi konnten es nicht verstehen: Sie suchten nach Zeichen und Wundern, und siehe da! sie kamen nicht. Jeden Tag sagten sie sich, dass dies ein unvergessliches Ereignis in der Geschichte der Stadt sein würde; dass Girolamo heute sicherlich seine Bedenken aufgeben würde; aber der Tag verlief ganz ruhig. Jeder nahm wie immer sein Mittag- und Abendessen ein , die Sonne wanderte wie am Vortag von Ost nach West, die Nacht kam, und der würdige Bürger legte sich zur gewohnten Stunde ins Bett und schlief in Frieden bis zum nächsten Sonnenaufgang . Es passierte nichts und es schien, als würde nichts passieren. Die aufgewühlten Geister kamen nach und nach zu dem Schluss, dass es keinen Grund zur Sorge gab, und die alte Stille kehrte in die Stadt ein; Von neuen Steuern war keine Rede, und die Welt ging weiter ... Checco , Matteo und die Moratini fanden sich damit ab, dass der Himmel heiter war und dass sie besser ihren Weg weiterverfolgen sollten, ohne sich über Verschwörungen Gedanken zu machen Mitternachtsdolche.

Unterdessen lachte ich und bewunderte ihre Torheit und meine eigene Weisheit. Denn ich habe mir um nichts davon Sorgen gemacht; Ich lebte in Giulia, für Giulia, von Giulia ... Ich hatte noch nie zuvor ein solches Glück genossen; Ihr war vielleicht ein wenig kalt, aber das machte mir nichts aus. Ich hatte eine Leidenschaft, die von ihrer eigenen Flamme lebte, und ich kümmerte mich um nichts, solange sie sich von mir lieben ließ. Und ich argumentierte mit mir selbst, dass es offensichtlich ist, dass Liebe nicht auf beiden Seiten gleich ist. Es gibt immer einen, der liebt, und einen, der sich lieben lässt. Vielleicht ist es ein besonderer Naturbeschluss; denn der Mann liebt aktiv, streichelt und ist leidenschaftlich; während die Frau sich ihm hingibt und in seinen Armen liegt wie ein süßes, hilfloses Tier. Ich habe nicht um die Liebe gebeten, die ich gegeben habe; Ich verlangte nur, dass meine Liebe sich lieben ließe. Das war alles, was mich interessierte; das war alles was ich wollte. Meine Liebe zu Giulia war selbst für mich wunderbar. Ich hatte das Gefühl, dass ich mich in ihr verloren hatte. Ich hatte mein ganzes Wesen in ihre Hand gegeben. Simson und Delila! Aber das war kein treuloser Philister. Ich hätte meine Ehre in ihre Obhut gegeben und sie so gewiss gespürt wie in meiner eigenen. In meiner großen Liebe empfand ich eine solche Hingabe, eine solche Ehrfurcht, dass ich es manchmal kaum wagte, sie zu berühren; Mir kam es so vor, als müsste ich zu ihren Füßen niederknien und anbeten. Ich lernte die große Freude kennen, die es mit sich bringt, mich vor der Geliebten zu erniedrigen. Ich könnte mich in meiner Demut so klein und gemein machen; aber nichts befriedigte meinen Wunsch, meine erbärmliche Sklaverei zu zeigen ... Oh, Giulia! Julia!

Aber diese Untätigkeit von Girolamo Riario hatte zur Folge, dass er seine Untertanen von seiner Schwäche überzeugte. Sie hatten es aufgegeben, Repressalien von seiner Seite zu erwarten, und die einzige Schlussfolgerung, zu der sie kommen konnten, war, dass er es nicht wagte, gegen Checco etwas zu unternehmen . Es war unvorstellbar, dass er die Beleidigungen, die er erlitten hatte, ungerächt zurücklassen sollte; dass er die Zeichen der

Popularität, die Checco empfing, unbemerkt ertragen sollte , nicht nur am Tag der Ratssitzung, sondern seitdem jedes Mal, wenn er auf der Straße erschien. Sie begannen, ihren Herrscher zu verachten und zu hassen, und sie erzählten einander Geschichten von heftigen Auseinandersetzungen im Palast zwischen dem Grafen und Caterina. Jeder kannte den Stolz und die Leidenschaft, die die Gräfin mit ihrem Sforza-Blut befiel, und sie waren sich sicher, dass sie die Beleidigungen, die ihr Mann offenbar nicht störte, nicht geduldig ertragen würde; denn die Furcht des Volkes konnte seinen Sarkasmus nicht stoppen, und wenn irgendein Mitglied des Haushalts gesehen wurde, wurde er mit Spott und Spott angegriffen; Caterina selbst musste sich im Vorbeigehen höhnisches Gelächter anhören , und die Stadt erklang mit einem Lied über den Grafen. Es wurde geflüstert, dass man Girolamos kleinen Sohn Ottaviano gehört hatte, der es sang, ohne die Bedeutung zu kennen, und dass er von seinem Vater in einer Leidenschaft der Wut beinahe getötet worden wäre. Über Caterinas Tugend begannen böse Gerüchte zu kursieren; man ging davon aus, dass sie einem solchen Ehemann nicht treu bleiben würde, und ein weiteres Lied wurde zum Lob des Hahnreitums komponiert.

Die Orsi ließen sich nicht davon überzeugen, dass diese Ruhe zu glauben war. Checco wurde versichert, dass Girolamo einen Plan im Sinn haben musste, und die Stille und das Schweigen wirkten umso bedrohlicher.

Der Graf erschien sehr selten in Forli; Aber eines Heiligen Tages ging er zur Kathedrale, und als er zum Palast zurückkam und über die Piazza ging, sah er Checco . Im selben Moment sah Checco ihn und blieb stehen, unsicher, was er tun sollte. Die Menge verstummte plötzlich und sie standen still wie durch einen Zauber versteinerte Statuen. Was würde passieren? Girolamo selbst zögerte einen Moment; ein seltsamer Krampf huschte über sein Gesicht. Checco machte Anstalten, weiterzugehen und tat so, als würde er den Grafen nicht bemerken. Matteo und ich waren sprachlos, völlig ratlos. Dann trat der Graf vor und streckte seine Hand aus.

„Ah, mein Checco ! wie geht es?'

Er lächelte und drückte herzlich die Hand, die der Orsi ihm reichte. Checco war verblüfft und blass, als wäre die Hand, die er hielt, die Hand des Todes.

„Du hast mich in letzter Zeit vernachlässigt, lieber Freund", sagte der Graf.

„Mir geht es nicht gut, Mylord."

Girolamo hakte sich bei Checco ein .

„Komm, komm", sagte er, „du darfst nicht böse sein, weil ich dir neulich scharfe Worte gesagt habe." Du weißt, dass ich jähzornig bin.'

„Sie haben das Recht zu sagen, was Sie wollen."

'Ach nein; „Ich habe nur das Recht, angenehme Dinge zu sagen."

Er lächelte, aber die beweglichen Augen wanderten die ganze Zeit prüfend hin und her Checcos Gesicht, das mir und Matteo hin und wieder einen kurzen Blick zuwirft. Er fuhr fort:

„Sie müssen einen verzeihenden Geist zeigen." Dann zu Matteo: „Wir müssen alle gute Christen sein, wenn wir können, nicht wahr, Matteo?"

'Natürlich!'

„Und doch ist dein Cousin bösartig."

„Nein, Mylord", sagte Checco . „Ich fürchte, ich war zu offen."

„Nun, wenn ja, dann habe ich dir vergeben, und du musst mir vergeben. Aber darüber werden wir nicht reden. Meine Kinder haben nach dir gefragt. Es ist seltsam, dass diese wilde Kreatur, die mir sagt, ich sei der Schlimmste unter den bösen Menschen, von meinen Kindern so verehrt wird. Dein kleiner Patensohn weint immer um dich.'

„Liebes Kind!" sagte Checco .

„Komm und sieh sie dir jetzt an." Es gibt keine Zeit wie die Gegenwart.'

Matteo und ich sahen uns an. War das alles ein Versuch, ihn in seine Gewalt zu bringen und ihn dieses Mal nicht gehen zu lassen?

„Ich muss Sie bitten, mich zu entschuldigen, denn heute kommen einige Herren zum Essen mit mir, und ich fürchte, ich komme schon zu spät."

Girolamo warf uns einen schnellen Blick zu und sah offenbar etwas von unseren Gedanken in unseren Augen, denn er sagte gut gelaunt :

„Du wirst nie etwas für mich tun, Checco ." Aber ich werde dich nicht behalten; Ich respektiere die Pflichten der Gastfreundschaft. Allerdings musst du an einem anderen Tag kommen.'

Er drückte Checco herzlich die Hand, nickte Matteo und mir zu und verließ uns.

Die Menge hatte nicht hören können, was gesagt wurde, aber sie hatte die Herzlichkeit gesehen, und sobald Girolamo hinter den Türen des Palastes verschwunden war, brach sie in höhnisches Murmeln aus. Das christliche Gefühl fand bei ihnen offensichtlich wenig Glauben, und sie hielten die Tat des Grafen für Furcht. Es sei klar, sagten sie, dass er Checco zu stark für sich fand und nichts wagte. Es war eine Entdeckung, dass der Mann, den sie so gefürchtet hatten, bereit war, die andere Wange hinzuhalten, als der eine geschlagen wurde, und zu all ihrem früheren Hass fügten sie einen neuen Hass hinzu, dass er ihnen Angst eingejagt hatte, ohne schrecklich zu sein. Sie hassten ihn jetzt wegen ihrer eigenen Kleinmütigkeit. Die Spottlieder gewannen an Bedeutung und Girolamo wurde als Cornuto, der Mann der Hörner, bekannt.

Auf diese Welle der Verachtung folgte ein weiterer Vorfall, der erneut die Schwäche des Grafen zeigte. Am Sonntag nach seinem Treffen mit Checco wurde bekannt, dass Girolamo die Messe in der Kirche San Stefano hören wollte, und Jacopo Ronchi, der Kommandeur einer Truppe, stellte sich zusammen mit zwei anderen Soldaten auf, um ihn zu erwarten. Als der Graf in Begleitung seiner Frau, seiner Kinder und seines Gefolges erschien, drängte Jacopo vor, warf sich auf die Knie und überreichte eine Petition, in der er die Lohnrückstände von ihm und seinen Kameraden forderte. Der Graf nahm es wortlos entgegen und setzte seinen Weg fort. Dann ergriff Jacopo seine Beine, um ihn aufzuhalten, und sagte:

„Um Himmels willen, mein Herr, gebt mir Gehör. Ich und diese anderen haben seit Monaten nichts bekommen und wir hungern.'

„Lassen Sie mich gehen", sagte der Graf, „Ihr Anspruch soll erledigt werden."

„Entlassen Sie mich nicht, Mylord. Ich habe bereits drei Petitionen eingereicht, und Sie haben keiner davon Beachtung geschenkt. Jetzt bin ich verzweifelt und kann nicht länger warten. Schau dir meine zerschlissenen Klamotten an. Gib mir mein Geld!'

„Lass mich gehen, sage ich dir ", sagte Girolamo wütend und versetzte ihm einen heftigen Schlag, sodass der Mann auf den Rücken zu Boden fiel. „Wie kannst du es wagen, mich hier in der Öffentlichkeit zu beleidigen!" Von Gott! Ich kann meine Geduld nicht mehr lange aufrechterhalten.'

Er brachte diese Worte mit solcher Heftigkeit und Leidenschaft zum Ausdruck, dass es schien, als würde in ihnen die Wut explodieren, die sich in dieser Zeit der Demütigung angesammelt hatte. Dann wandte er sich wütend den Leuten zu und schrie fast:

'Platz machen!'

Sie wagten es nicht, sich seinem Zorn zu stellen, und mit bleichen Gesichtern wichen sie zurück und ließen ihm und seiner Gruppe einen Weg frei, durch den sie gehen konnten.

XII

Ich betrachtete diese Ereignisse wie eine Komödie des Plautus; Es war sehr amüsant, aber vielleicht ein wenig vulgär. Ich war in mein eigenes Glück versunken und hatte Nemesis vergessen.

Eines Tages, vielleicht zwei Monate nach meiner Ankunft in Forlì, hörte ich, wie Checco seinem Cousin erzählte, dass ein gewisser Giorgio dall'Aste zurückgekehrt sei. Ich habe der Bemerkung keine besondere Beachtung geschenkt; aber später, als ich mit Matteo allein war, fiel mir auf, dass ich vorher noch nie von dieser Person gehört hatte. Ich wusste nicht, dass Giulia Verwandte auf der Seite ihres Mannes hatte. Ich fragte: –

„Übrigens, wer ist dieser Giorgio dall'Aste, von dem Checco sprach?"

„Eine Cousine von Donna Giulias verstorbenem Ehemann."

„Ich habe noch nie gehört, dass von ihm gesprochen wurde."

„Hast du nicht? Er genießt einen ganz besonderen Ruf, da er der einzige Liebhaber ist, den die tugendhafte Giulia länger als zehn Tage behalten hat.

„Noch eine Geschichte von deinen alten Frauen, Matteo!" Die Natur hat dich als Bettelmönch vorgesehen.'

„Ich habe oft gedacht, ich hätte meine Berufung verpasst. Mit meiner brillanten Gabe, wahrheitsgemäß zu lügen, hätte ich in der Kirche zu den höchsten Würden gelangen sollen. Während mir während meiner Ausbildung als Soldat gewisse antiquierte Vorstellungen von Ehre eingeflößt wurden, sind meine Gaben verloren gegangen; mit dem Ergebnis, dass die Leute denken, ich lüge, wenn ich die Wahrheit sage. Aber das ist ernste Wahrheit!'

„Alle deine Geschichten sind!" Ich spottete.

„Fragen Sie irgendjemanden. Das geht schon seit Jahren so. Als Giulia vom alten Tommaso geheiratet wurde, den sie vor der Verlobung noch nie in ihrem Leben gesehen hatte, verliebte sie sich als Erstes in Giorgio. Er verliebte sich in sie, aber da er ein ziemlich ehrlicher Mann war, hatte er einige Bedenken, mit der Frau seines Cousins Ehebruch zu begehen, zumal er vom Geld seines Cousins lebte. Wenn jedoch eine Frau bösartig ist, gehen die Skrupel eines Mannes bald zum Teufel über. Wenn Adam den Apfel nicht ablehnen konnte, kann man von uns armen gefallenen Kreaturen das auch nicht erwarten. Das Ergebnis war, dass Joseph nicht so schnell vor Potiphars Frau davonlief, um sie daran zu hindern, ihn zu fangen.

„Wie biblisch du bist."

„Ja", antwortete Matteo; „Ich mache Liebe mit der Geliebten eines Pfarrers und pflege den Stil, den sie meiner Meinung nach gewohnt ist ... Aber Giorgio, der noch jung war, bekam nach kurzer Zeit Gewissensbisse und ging weg von Forli. Giulia war untröstlich und ihre Trauer war so groß, dass sie die halbe Stadt haben musste, um sie zu trösten. Dann beruhigte sich Giorgios Gewissen, und er kam zurück, und Giulia warf alle ihre Liebhaber hin.'

„Ich glaube kein einziges Wort, das du sagst."

„Bei meiner Ehre , es ist wahr."

„Auf den ersten Blick ist die Geschichte falsch. Wenn sie ihn wirklich liebt, warum bleiben sie dann nicht zusammen, jetzt, wo es kein Hindernis mehr gibt?'

„Weil Giulia das Herz einer Trompete hat und keinem einzelnen Mann treu sein kann. Sie liebt ihn sehr, aber sie streiten sich, und plötzlich verliebt sie sich in jemand anderen, und eine Zeit lang werden sie sich nicht sehen. Aber zwischen ihnen scheint ein magischer Zauber zu liegen, denn früher oder später finden sie immer wieder zueinander. Ich glaube, wenn sie am Ende der Welt wären, würden sie irgendwann zusammengeführt werden, selbst wenn sie mit aller Kraft dagegen ankämpfen würden. Und ich verspreche Ihnen, Giorgio hat gekämpft; Er versucht, sich für immer von ihr zu trennen, und jedes Mal, wenn sie sich trennen, schwört er, dass es für immer so sein wird . Aber es gibt eine unsichtbare Kette und sie bringt ihn immer zurück.'

Ich stand da und sah ihn schweigend an. Seltsame, schreckliche Gedanken gingen mir durch den Kopf und ich konnte sie nicht vertreiben. Ich habe versucht, ganz ruhig zu sprechen.

„Und wie ist es, wenn sie zusammen sind?"

„Alles Sonnenschein und Sturm, aber mit der Zeit wird der Sturm länger und schwärzer; und dann geht Giorgio weg.'

„Aber, guter Gott! Mann, woher weißt du das?' Ich weinte vor Schmerz.

Er zuckte mit den Schultern.

„Sie streiten sich?" Ich fragte.

„Wütend! Er fühlt sich gegen seinen Willen eingesperrt, mit offener Tür zur Flucht, aber nicht der Kraft dazu; und sie ist wütend, dass er sie so lieben sollte und versucht, sie nicht zu lieben. Es scheint mir eher, dass es ihre eigenen Exzesse erklärt; Ihre anderen Lieben dienen zum Teil dazu, ihm zu zeigen, wie sehr sie geliebt wird, und sich selbst davon zu überzeugen, dass sie liebenswert ist."

Ich habe es nicht geglaubt. Oh nein, ich schwöre, ich habe es nicht geglaubt, und doch hatte ich Angst, schreckliche Angst; aber ich würde kein einziges Wort davon glauben.

„Hör zu, Matteo", sagte ich. „Du glaubst schlecht von Giulia; aber du kennst sie nicht. Ich schwöre dir, dass sie gut und rein ist, was auch immer sie in der Vergangenheit gewesen sein mag; und ich glaube kein Wort dieser Skandale. Ich bin mir sicher, dass sie jetzt ebenso treu und treu wie schön ist."

Matteo sah mich einen Moment lang an.

„Bist du ihr Liebhaber?" er hat gefragt.

'Ja!'

Matteo öffnete den Mund, als wollte er etwas sagen, hielt dann inne und wandte sich nach kurzem Zögern ab.

An diesem Abend ging ich zu Giulia. Ich fand sie der Länge nach auf einem Diwan liegend, den Kopf in weiche Kissen gesunken. Sie war in Träumereien versunken. Ich fragte mich, ob sie an mich dachte, und ging schweigend auf sie zu, beugte mich über sie und küsste sanft ihre Lippen. Sie schrie auf und ein Stirnrunzeln verdunkelte ihre Augen.

'Du hast mich erschreckt!'

„Es tut mir leid", antwortete ich demütig. „Ich wollte dich überraschen."

Sie antwortete nicht, sondern zog die Augenbrauen hoch und zuckte leicht mit den Schultern. Ich fragte mich, ob irgendetwas passiert war, was sie verärgerte. Ich wusste, dass sie jähzornig war, aber es machte mir nichts aus; Auf ein Kreuzwort folgten so bald ein reuiger Blick und ein Wort der Liebe. Ich fuhr mit meiner Hand über ihr wunderschönes weiches Haar. Das Stirnrunzeln kam wieder und sie wandte den Kopf ab.

„Giulia", sagte ich, „was ist?" Ich nahm ihre Hand; sie zog es sofort zurück.

„Nichts", antwortete sie.

„Warum wendest du dich von mir ab und ziehst deine Hand zurück?"

„Warum sollte ich mich nicht von dir abwenden und meine Hand zurückziehen?"

„Liebst du mich nicht, Giulia?"

Sie seufzte und tat so, als ob sie gelangweilt aussah. Ich sah sie an, im Herzen schmerzerfüllt und verwundert.

„Giulia, meine Liebe, sag mir, was es ist." Du machst mich sehr unglücklich.'

„Oh, sage ich dir nicht, nichts, nichts, nichts!"

„Warum bist du böse?"

Ich lege mein Gesicht an ihr und meine Arme um ihren Hals. Sie löste sich ungeduldig.

„Du verweigerst meine Küsse, Giulia!"

Sie machte eine weitere genervte Geste.

„Giulia, liebst du mich nicht?" Mein Herz begann zu sinken und ich erinnerte mich an das, was ich von Matteo gehört hatte. Oh Gott! Könnte es wahr sein?...

„Ja, natürlich liebe ich dich, aber manchmal muss ich in Ruhe gelassen werden."

„Du brauchst nur das Wort zu sagen, und ich werde ganz verschwinden."

„Ich möchte nicht, dass du das tust, aber wir werden uns viel besser mögen, wenn wir uns nicht zu oft sehen."

„Wenn man wirklich und wahrhaftig verliebt ist, denkt man nicht an solch kluge Vorsichtsmaßnahmen."

„Und du bist so oft hier, dass ich Angst um meinen guten Namen habe."

„Du brauchst keine Angst um deinen Charakter zu haben", antwortete ich bitter. „Ein weiterer Skandal wird keinen großen Unterschied machen."

„Du brauchst mich nicht zu beleidigen!"

Ich konnte ihr nicht böse sein, ich liebte sie zu sehr und die Worte, die ich gesagt hatte, verletzten mich zehnmal mehr als sie. Ich fiel neben ihr auf die Knie und ergriff ihre Arme.

„Oh, Giulia, Giulia, vergib mir! Ich möchte nichts sagen, was Sie verletzen könnte. Aber um Himmels willen! Sei nicht so kalt. Ich liebe dich, ich liebe dich. Sei gut zu mir.'

„Ich glaube, ich war gut zu dir ... Schließlich ist es keine so ernste Angelegenheit." Ich habe die Dinge nicht ernster genommen als Sie.'

'Wie meinst du das?' Ich weinte entsetzt.

Sie zuckte mit den Schultern.

„Ich nehme an, Sie fanden mich hübsch und dachten, Sie könnten ein paar freie Momente mit einer angenehmen Liebe verbringen. Sie können kaum erwartet haben, dass ich von Gefühlen beeinflusst werde, die ganz anders sind als Sie.'

„Du meinst, du liebst mich nicht?"

„Ich liebe dich genauso sehr, wie du mich liebst." Ich nehme nicht an, dass Sie Lancelot sind oder ich Guinevere.'

Ich kniete immer noch schweigend an ihrer Seite und mein Kopf fühlte sich an, als würden die Gefäße darin platzen ...

„Weißt du", fuhr sie ganz ruhig fort, „man kann nicht ewig lieben."

„Aber ich liebe dich, Giulia; Ich liebe dich von ganzem Herzen und ganzer Seele! Ich habe Liebesbeziehungen um der Gelegenheit willen oder aus reinem Müßiggang auf mich nehmen lassen; Aber meine Liebe zu dir ist anders. Ich schwöre dir, es ist eine Angelegenheit meines ganzen Lebens.'

„Das wurde mir schon so oft gesagt..."

Ich begann, überwältigt zu sein.

„Aber meinst du, dass alles fertig ist? Meinst du etwa, dass du nichts mehr mit mir zu tun haben wirst?

„Ich sage nicht, dass ich nichts mehr mit dir zu tun haben werde."

'Aber die Liebe? Es ist Liebe, die ich will.'

Sie zuckte mit den Schultern.

'Aber warum nicht?' sagte ich verzweifelt. „Warum hast du es mir überhaupt gegeben, wenn du es mir wegnehmen willst?"

„Man ist nicht Herr seiner Liebe." Es kommt und geht.'

„Liebst du mich überhaupt nicht?"

'NEIN!'

'Oh Gott! Aber warum erzählst du mir das heute?'

„Ich musste es dir irgendwann sagen."

„Aber warum nicht gestern oder vorgestern? Warum gerade heute?'

Sie antwortete nicht.

„Liegt es daran, dass Giorgio dall ' Aste gerade zurückgekehrt ist?"

Sie fuhr auf und ihre Augen blitzten.

„Was haben sie dir über ihn erzählt?"

„War er heute hier? Hast du an ihn gedacht, als ich kam? Warst du träge von seinen Umarmungen?'

'Wie kannst du es wagen!'

„Der einzige Liebhaber, dem du mehr oder weniger treu geblieben bist!"

„Du hast geschworen, den Skandalen um mich nicht zu glauben , und jetzt, wo ich dir die kleinste Kleinigkeit verweigere, bist du bereit, jedes Wort zu glauben." Was für eine Liebe ist das! Ich dachte, ich hätte Sie so oft von grenzenlosem Selbstvertrauen sprechen hören.'

„Ich glaube jedes Wort, das ich gegen dich gehört habe." Ich glaube, du bist eine Hure.'

Sie hatte sich von ihrer Couch erhoben und wir standen uns gegenüber.

'Willst du Geld? Sehen! Ich habe so gutes Geld wie jeder andere. Ich werde dich für deine Liebe bezahlen; Hier nimm es.'

Ich nahm Goldstücke aus meiner Tasche und warf sie ihr vor die Füße.

„Ah", rief sie empört, „du Mistkerl! Los Los!'

Sie zeigte auf die Tür. Dann verspürte ich plötzlich Abscheu. Ich fiel auf die Knie und ergriff ihre Hände.

„Oh, vergib mir, Giulia. Ich weiß nicht, was ich sage; Ich bin wütend. Aber beraube mich nicht deiner Liebe; Es ist das Einzige, wofür ich leben muss. Um Gottes willen, vergib mir! Oh, Giulia, ich liebe dich, ich liebe dich. Ich kann nicht ohne dich leben.' Die Tränen strömten aus meinen Augen. Ich konnte sie nicht aufhalten.

'Verlasse mich! verlasse mich!'

Ich schämte mich meiner Erbärmlichkeit; Ich stand empört auf.

„Oh, du bist ziemlich herzlos. Du hast kein Recht, mich so zu behandeln. Du warst nicht verpflichtet, mir deine Liebe zu schenken; aber wenn du es einmal gegeben hast, kannst du es nicht wieder wegnehmen. Niemand hat das Recht, einen anderen so unglücklich zu machen, wie du mich machst. Du bist eine böse, böse Frau. Ich hasse dich!'

Ich stand mit geballten Fäusten über ihr. Sie zuckte zurück, voller Angst.

„Hab keine Angst", sagte ich; „Ich werde dich nicht anfassen." Ich hasse dich zu sehr.'

Dann wandte ich mich dem Kruzifix zu und hob meine Hände.

'Oh Gott! Ich bitte Sie, lassen Sie diese Frau so behandeln, wie sie mich behandelt hat. Und zu ihr: „Ich hoffe bei Gott, dass du genauso unglücklich bist wie ich." Und ich hoffe, dass das Unglück bald kommt – du Hure!'

Ich verließ sie und schlug in meiner Wut die Tür zu, sodass das Schloss hinter mir zersprang.

XIII

Ich ging durch die Straßen wie ein Mann, der zum Tode verurteilt wurde. Mein Gehirn drehte sich, und manchmal hielt ich inne und drückte mit beiden Händen meinen Kopf, um den unerträglichen Druck zu lindern. Ich konnte nicht erkennen, was passiert war; Ich wusste nur, dass es schrecklich war. Ich hatte das Gefühl, verrückt zu werden; Ich hätte mich umbringen können. Als ich schließlich nach Hause kam, warf ich mich auf mein Bett und versuchte, mich zu sammeln. Ich habe gegen diese Frau geschrien. Ich wünschte, ich hätte meine Finger um ihren weichen, weißen Hals geschlungen, dass ich das Leben aus ihr herauswürgen könnte. Oh, ich habe sie gehasst!

Schließlich schlief ich ein und genoss in dieser süßen Vergesslichkeit ein wenig Frieden. Als ich aufwachte, lag ich einen Moment lang still, ohne mich daran zu erinnern, was passiert war; Dann kam es mir plötzlich wieder in den Sinn, und das Blut schoß mir ins Gesicht, als ich daran dachte, wie ich mich ihr gegenüber gedemütigt hatte. Sie muss hart wie Stein sein, sagte ich mir, um mein Elend zu sehen und kein Mitleid mit mir zu haben. Sie sah meine Tränen und war kein bisschen gerührt. Während ich die ganze Zeit betete und flehte, war sie so ruhig wie eine Marmorfigur. Sie muss meine Qual und die Leidenschaft meiner Liebe gesehen haben, und doch war sie absolut, absolut gleichgültig. Oh, ich habe sie verachtet! Selbst als ich sie wahnsinnig verehrte, wusste ich, dass es nur meine Liebe war, die ihr die Eigenschaften verlieh, die ich verehrte. Ich hatte gesehen, dass sie unwissend und dumm, banal und bösartig war; Aber es war mir egal, solange ich sie liebte und ihre Liebe erwidern konnte. Aber als ich an sie dachte, so schrecklich herzlos und so gleichgültig gegenüber meinem Unglück, hasste ich sie nicht nur – ich verachtete sie zutiefst. Ich verachtete mich dafür, dass ich sie geliebt hatte. Ich verachtete mich selbst dafür, dass ich sie immer noch liebte ...

Ich stand auf und ging meinen täglichen Pflichten nach und versuchte, mich selbst in ihrem Auftritt zu vergessen. Aber ich grübelte immer noch über mein Elend und verfluchte in meinem Herzen die Frau. Es war Nemesis, immer Nemesis! In meiner Torheit hatte ich sie vergessen; und doch hätte ich mich daran erinnern sollen, dass in meinem Leben auf alles Glück alles Elend folgte ... Ich hatte versucht, das Böse durch Opfer abzuwehren; Ich hatte mich über den Schaden gefreut, der mir widerfahren war, aber gerade die Freude schien den Schmerz nutzlos zu machen, und mit der Unausweichlichkeit des Schicksals war Nemesis gekommen und hatte mich in das alte Unglück zurückgeworfen. Aber in letzter Zeit hatte ich es vergessen. Was bedeutete Nemesis für mich jetzt, da ich mein Glück für so groß hielt, dass es nur von Dauer sein konnte? Es war so robust und stark, dass ich nie daran dachte, es würde aufhören. Ich hätte nicht einmal gedacht, dass die Götter endlich gut zu mir wären. Ich hatte die Götter vergessen; Ich dachte an nichts als an Liebe und Giulia.

Checco zum Palast zu gehen , auf den besonderen Wunsch von Girolamo, der ihnen den Fortschritt der Dekorationen zeigen wollte. Ich würde nicht gehen. Ich wollte allein sein und nachdenken.

Aber meine Gedanken machten mich wahnsinnig. Immer wieder wiederholte ich jedes Wort des schrecklichen Streits und mehr denn je erfüllte mich das Entsetzen über ihre kalte Grausamkeit. Welches Recht haben diese Menschen, uns unglücklich zu machen? Gibt es nicht schon genug Elend auf der Welt? Oh, es ist brutal!

Ich konnte es nicht ertragen; Ich bedauerte, dass ich nicht zum Palast gegangen war. Ich verabscheute diese Einsamkeit.

Die Stunden vergingen wie Jahre, und als mein Gehirn müde wurde , verfiel ich in einen Zustand nassen, passiven Elends.

Schließlich kamen sie zurück und Matteo erzählte mir , was passiert war. Ich versuchte zuzuhören, mich selbst zu vergessen ... Es schien, dass der Graf äußerst herzlich gewesen war. Nachdem er ihnen von seinem Haus erzählt und die schönen Dinge gezeigt hatte, mit denen er es eingerichtet hatte, führte er sie zu Caterinas Gemächern, wo sie die Gräfin umgeben von ihren Kindern vorfanden. Sie war sehr charmant und liebenswürdig gewesen und hatte sich sogar dazu herabgelassen, Matteo für seine Tapferkeit zu loben. Wie sehr es mich interessierte, das alles zu wissen! Die Kinder waren sofort zu Checco gerannt , als sie ihn sahen, und hatten ihn in ihr Spiel hineingezogen. Die anderen sahen zu, während die Orsi gut gelaunt mit den kleinen Jungen spielten , und Girolamo hatte seine Hand auf Checcos Schulter gelegt und bemerkt:

„Sehen Sie, lieber Freund, die Kinder sind entschlossen, dass es zwischen uns keine Feindschaft geben soll. Und wenn die Kleinen dich so sehr lieben, kannst du dir vorstellen, dass ich dich hassen sollte?'

Und als sie gingen , begleitete er sie bis zum Tor und verabschiedete sich sehr liebevoll.

Endlich kam die Nacht und ich konnte mich in meinem Zimmer einschließen. Ich dachte mit einem bitteren Lächeln, dass es die Stunde war, zu der ich normalerweise nach Giulia ging. Und jetzt sollte ich nie wieder zu Giulia gehen. Mein Unglück war zu groß für den Zorn; Ich fühlte mich zu sehr elend, um an meine Beschwerden oder meine Verachtung zu denken. Ich fühlte mich nur gebrochen. Ich konnte die Tränen nicht zurückhalten, vergrub mein Gesicht in den Kissen und weinte aus tiefstem Herzen. Es war viele Jahre her, dass ich geweint hatte, nicht seit ich ein ganzer Junge war, aber dieser Schlag hatte mir jegliche Männlichkeit genommen, und ich gab mich leidenschaftlich und schamlos meiner Trauer hin. Es war mir egal, dass ich schwach war; Ich hatte keinen Respekt vor mir selbst oder kümmerte mich nicht um mich selbst. Das Schluchzen folgte dem anderen wie Wellen, und der Schmerz, als sie meine Brust zerrissen, linderte die Qual meines Geistes. Endlich kam die Erschöpfung und mit ihr der Schlaf.

Aber ich wusste, dass ich die Veränderung in mir nicht verbergen konnte, und Matteo bemerkte sie bald.

„Was ist los mit dir, Filippo?" er hat gefragt. Ich wurde rot und zögerte.

„Nichts", antwortete ich schließlich.

„Ich dachte, du wärst unglücklich."

Unsere Blicke trafen sich, aber ich konnte seinen fragenden Blick nicht ertragen und blickte nach unten. Er kam zu mir, setzte sich auf die Armlehne meines Stuhls, legte seine Hand auf meine Schulter und sagte liebevoll:

„Wir sind Freunde, nicht wahr, Filippo?"

„Ja", antwortete ich lächelnd und nahm seine Hand.

„Willst du mir nicht vertrauen?"

Nach einer Pause antwortete ich:

„Das würde ich so gerne tun." Ich hatte das Gefühl, dass es mich tatsächlich erleichtern würde, mich jemandem anvertrauen zu können, so sehr sehnte ich mich nach Mitgefühl.

Er fuhr mit seiner Hand sanft über mein Haar.

Ich zögerte ein wenig, konnte aber nicht anders und erzählte ihm die ganze Geschichte von Anfang bis Ende.

„ Poverino !" sagte er, als ich fertig war; dann biss er die Zähne zusammen: „Sie ist ein Biest, diese Frau!"

„Ich hätte deine Warnung beherzigen sollen, Matteo, aber ich war ein Narr."

„Wer nimmt schon eine Warnung an?" antwortete er und zuckte mit den Schultern. „Wie kann man von dir erwarten, dass du mir glaubst?"

„Aber ich glaube dir jetzt. „Ich bin entsetzt, wenn ich an ihre Lasterhaftigkeit und Grausamkeit denke."

„Ah, nun ja, jetzt ist es vorbei."

„ Ganz !" Ich hasse sie und verachte sie. Oh, ich wünschte, ich könnte sie von Angesicht zu Angesicht sehen und ihr sagen, was ich von ihr halte.'

Ich dachte, mein Gespräch mit Matteo hätte mich erleichtert, ich dachte, das Schlimmste sei überstanden; aber nachts überkam mich die Melancholie stärker als je zuvor und ich stöhnte, als ich mich auf mein Bett warf. Ich fühlte mich so schrecklich allein auf der Welt ... Ich hatte keinen Verwandten außer einem Halbbruder, einem zwölfjährigen Jungen, den ich kaum gesehen hatte; und während ich als Verbannter durch das Land wanderte, wurde ich ständig vom hasserfüllten Dämon der Einsamkeit angegriffen. Und manchmal hatte ich in meiner Einsamkeit das Gefühl, ich könnte mich umbringen. Aber als ich herausfand, dass ich in Giulia verliebt war, weinte ich laut vor Freude ... Ich warf alles in den Wind und sammelte mich für die höchste Anstrengung der Leidenschaft. Aller Sturm und Stress waren vorüber; Ich war nicht mehr allein, denn ich hatte jemanden, dem ich meine Liebe schenken konnte. Ich war wie das Schiff, das im Hafen ankommt , seine Segel einholt, sein Deck frei macht und sich in der Stille des Wassers niederlässt.

Und nun war alles vorbei! Oh Gott, wenn ich daran denke, dass meine Hoffnungen in so kurzer Zeit zunichte gemacht werden könnten, dass das Schiff so bald im Sturm hin und her geschleudert werden würde und die Sterne von den Wolken verdeckt würden! Und die vergangene Freude machte die gegenwärtige Dunkelheit noch bitterer. Ich stöhnte. In meinem Elend sprach ich ein Gebet zu Gott, er möge mir helfen. Ich konnte mir nicht vorstellen, dass ich von nun an leben sollte. Wie könnte ich mit dieser schmerzenden Leere in meinem Herzen weiterleben? Ich könnte nicht Tage, Wochen und Jahre mit dieser Verzweiflung verbringen. Es war zu schrecklich, um von Dauer zu sein. Mein Verstand sagte mir, dass die Zeit Abhilfe schaffen würde; aber die Zeit war so lang und was für ein Elend musste ich durchmachen, bevor die Wunde geheilt war! Und als ich daran dachte, was ich verloren hatte, wurde meine Qual immer unerträglicher. Es wurde lebendig und ich fühlte Giulia in meinen Armen. Ich keuchte, als ich meine Lippen auf ihre drückte, und sagte zu ihr:

'Wie konntest du!'

Ich vergrub mein Gesicht in meinen Händen, um meinen Traum besser genießen zu können. Ich roch den Duft ihres Atems; Ich spürte die leichte Berührung ihrer Haare auf meinem Gesicht. Aber es würde nicht von Dauer sein. Ich habe versucht, das Bild zu ergreifen und zurückzuhalten, aber es verschwand und ließ mich mit gebrochenem Herzen zurück ...

Ich wusste, dass ich sie nicht hasste. Ich hatte so getan, als ob, aber die Worte kamen aus dem Mund. In meinem Herzen liebte ich sie immer noch, leidenschaftlicher als je zuvor. Was kümmerte es mich, wenn sie herzlos und grausam und treulos und bösartig war! Es bedeutete mir nichts, solange ich sie in meinen Armen halten und mit Küssen bedecken konnte. Ich habe sie verachtet; Ich kannte sie als das, was sie war, aber ich liebte sie trotzdem wahnsinnig. Oh, wenn sie nur zu mir zurückkommen würde! Ich würde bereitwillig alles vergessen und ihr vergeben. Nein, ich würde sie um

Verzeihung bitten und vor ihr kriechen, wenn sie mich nur wieder ihre Liebe genießen lassen würde.

Ich würde zu ihr zurückkehren, auf die Knie fallen und sie um Gnade bitten. Warum sollte ich annehmen, dass sie sich in den wenigen Tagen verändert hatte? Ich wusste, dass sie mich mit der gleichen Gleichgültigkeit behandeln und nur eine wundersame Verachtung empfinden würde, weil ich mich so erniedrigen würde. Es war wie ein Schlag ins Gesicht, der Gedanke an ihre kalte Grausamkeit und ihre Ruhe. Nein, ich habe mir geschworen, dass ich mir das nie wieder antun würde. Ich spürte, wie ich bei der Erinnerung an die Demütigung errötete. Aber vielleicht tat es ihr leid, was sie getan hatte. Ich wusste, dass ihr Stolz sie davon abhalten würde, zu mir zu kommen oder mir etwas zu schicken, und sollte ich ihr keine Gelegenheit dazu geben? Wenn wir uns nur ein paar Augenblicke sehen würden, wäre vielleicht alles geregelt, und ich wäre vielleicht wieder glücklich. Ein großes Gefühl der Hoffnung erfüllte mich. Ich dachte, ich müsste mit meiner Idee Recht haben; Sie konnte nicht so herzlos sein, dass sie es nicht bereute. Wie bereitwillig würde ich sie zurücknehmen! Mein Herz machte einen Sprung. Aber ich wagte es nicht, zu ihr nach Hause zu gehen. Ich wusste, dass ich sie morgen bei ihrem Vater finden würde, der ein Bankett für einige Freunde geben wollte. Ich würde dort beiläufig mit ihr sprechen, als wären wir normale Bekannte; Und dann brach ich beim ersten Anzeichen von Nachgiebigkeit ihrerseits aus, auch wenn ich nur einen Anflug von Bedauern in ihren Augen sah. Ich war mit meinem Plan zufrieden und schlief mit dem Namen Giulia auf meinen Lippen und ihrem Bild in meinem Herzen ein .

XIV

Ich ging zum Moratini- Palast und schaute mich mit klopfendem Herzen nach Giulia um. Sie war von ihrem gewohnten Hofstaat umgeben und schien lebhafter und aufgeregter als je zuvor. Ich hatte sie noch nie schöner gesehen. Sie war ganz in Weiß gekleidet und ihre Ärmel waren mit Perlen genäht; sie sah aus wie eine Braut. Sie erblickte mich sofort, tat aber so, als würde sie mich nicht sehen, und redete weiter.

Ich ging auf ihren Bruder Alessandro zu und sagte beiläufig zu ihm:

„Mir wurde gesagt, dass ein Cousin deiner Schwester nach Forli gekommen ist. Ist er heute hier?'

Er sah mich fragend an, ohne sofort zu verstehen.

„Giorgio dall , Aste ", erklärte ich.

„Oh, ich wusste nicht, dass du ihn meinst. Nein, er ist nicht hier. Er und Giulias Mann waren keine Freunde, und so …"

„Warum waren sie keine Freunde?" Ich unterbrach spontan, da ich die Unverschämtheit der Frage erst erkannte, als ich sie gestellt hatte.

„Oh, ich weiß es nicht. Beziehungen zueinander sind immer feindselig; wahrscheinlich einige Meinungsverschiedenheiten hinsichtlich ihrer Güter.'

'War das alles?'

'Soweit ich weiß.'

Ich erinnerte mich, dass bei einem Skandal die Personen, die am meisten interessiert sind, die letzten sind, die davon hören. Der Ehemann erfährt nichts vom Verrat seiner Frau, bis die ganze Stadt jedes Detail kennt.

„Ich hätte ihn gern gesehen", fuhr ich fort.

„ Giorgo ?" Oh, er ist ein schwaches Wesen; Einer dieser Männer, die Sünden begehen und Buße tun!'

„Das ist kein Fehler, dessen du jemals schuldig sein wirst, Alessandro", sagte ich lächelnd.

„Ich hoffe aufrichtig, dass das nicht der Fall ist." Denn wer ein Gewissen hat , sollte nichts Unrechtes tun. Aber wenn er es tut, muss er ein sehr armer Narr sein, der Buße tut.'

„Ohne den Dorn kann man keine Rose haben."

'Warum nicht? Es braucht nur Pflege. Am Boden jeder Tasse befindet sich Rest, aber Sie sind nicht verpflichtet, ihn zu trinken.'

„Du hast beschlossen, dass du, wenn du Sünden begehst , bereit bist, dafür in die Hölle zu fahren?" Ich sagte .

„Es ist mutiger, als durch die Hintertür in den Himmel zu kommen und fromm zu werden, wenn man zu alt ist, um etwas zu tun, was man nicht tun sollte."

„Ich stimme Ihnen zu, dass man wenig Respekt vor dem Mann hat, der zum Mönch wird, wenn etwas mit ihm schief geht."

Ich sah, dass Giulia allein war und nutzte die Gelegenheit, mit ihr zu sprechen.

„Giulia", sagte ich und näherte mich.

Sie sah mich einen Moment lang verwirrt an, als könnte sie sich wirklich nicht erinnern, wer ich war.

„Ah, Messer Filippo!" sagte sie, als würde sie sich plötzlich erinnern.

„Es ist noch nicht so lange her, dass wir uns kennengelernt haben, als dass du mich vergessen hättest."

'Ja. Ich erinnere mich, dass du, als du mir das letzte Mal die Ehre erwiesen hast , mich zu besuchen, sehr unhöflich und verärgert warst.'

Ich sah sie schweigend an und fragte mich.

'Also?' sagte sie, antwortete stetig meinem Blick und lächelte.

„Hast du mir nichts mehr zu sagen als das?" Ich fragte leise.

„Was soll ich dir sagen?"

„Bist du ziemlich herzlos?"

Sie seufzte gelangweilt und schaute zum anderen Ende des Raumes, als erwartete sie, dass jemand käme und ein langweiliges Gespräch unterbrach.

'Wie konntest du!' Ich flüsterte.

Trotz ihrer Selbstbeherrschung huschte eine leichte Röte über ihr Gesicht. Ich stand eine Weile da und schaute sie an, dann wandte ich mich ab. Sie war ziemlich herzlos. Ich verließ Moratini und ging hinaus in die Stadt. Dieses letzte Interview hatte mir insofern geholfen, als es dafür sorgte, dass meine Liebe hoffnungslos war. Ich stand still und stampfte auf den Boden und schwor, dass ich sie nicht lieben würde. Ich würde sie völlig aus meinen Gedanken verbannen; Sie war eine verächtliche, bösartige Frau, und ich war zu stolz, um ihr unterworfen zu sein. Ich fragte mich, ob ich sie nicht getötet hatte. Ich beschloss, meinen Mut zusammenzunehmen und Forli zu verlassen. Sobald ich weg bin, würde ich mich zu anderen Dingen hingezogen fühlen, und wahrscheinlich würde es nicht mehr lange dauern, bis ich eine andere Frau finde, die Giulias Platz einnimmt. Sie war nicht die einzige Frau in Italien; Sie war weder die Schönste noch die Klügste. Gib mir einen Monat und ich könnte über meine Qualen lachen ...

Am selben Abend sagte ich Matteo, dass ich Forli verlassen wollte.

'Warum?' fragte er erstaunt.

„Ich bin schon mehrere Wochen hier", antwortete ich; „Ich möchte meine Begrüßung nicht versäumen."

„Das ist Quatsch." Du weißt, ich wäre nur zu froh, wenn du dein ganzes Leben hier bleiben würdest.'

„Das ist sehr nett von Ihnen", antwortete ich lachend, „aber das Establishment gehört nicht Ihnen."

„Das macht keinen Unterschied. Außerdem hat Checco dich sehr liebgewonnen, und ich bin sicher, er möchte, dass du bleibst.'

„Natürlich weiß ich, dass Ihre Gastfreundschaft keine Grenzen kennt; aber ich fange an, nach Città di Castello zurückkehren zu wollen .'

'Warum?' fragte Matteo zweifelnd.

„Man kehrt gerne in seine Heimat zurück."

„Sie sind seit zehn Jahren von Castello weg; Sie können es nicht besonders eilig haben, zurückzukommen.'

Ich begann gerade zu protestieren, als Checco hereinkam, und Matteo unterbrach mich mit:

„Hör zu, Checco , Filippo sagt, er will uns verlassen."

„Aber das soll er nicht ", sagte Checco lachend.

„Das muss ich wirklich!" Ich antwortete ernst.

„Das darfst du wirklich nicht", antwortete Checco . „Wir können dich nicht entbehren, Filippo."

„Sie haben keine große Eile, nach Hause zu gehen", fügte er hinzu, nachdem ich meine Gründe dargelegt hatte, „und ich vermute, dass wir Sie bald hier haben wollen." „Ein gutes Schwert und ein tapferes Herz werden uns wahrscheinlich von Nutzen sein."

„Alles ist still wie auf einem Friedhof", sagte ich achselzuckend.

„Oben ist es still; aber unten gibt es Grollen und seltsame Bewegungen. Ich bin mir sicher, dass diese Ruhe nur ein Vorbote eines Sturms ist. Für

Girolamo ist es unmöglich, so weiterzumachen wie bisher; Seine Schulden nehmen täglich zu und seine Schwierigkeiten werden bald unlösbar sein. Er muss etwas tun. Bei jedem Versuch, die Steuern zu erhöhen, wird es mit Sicherheit zu Unruhen kommen, und dann weiß der Himmel, was passieren wird.'

Ich wurde langsam etwas verärgert über ihren Widerstand und antwortete gereizt:

„Nein, ich muss gehen."

„Bleib noch einen Monat; Bis dahin müssen sich die Dinge zuspitzen.'

Ein Monat wäre genauso schlimm gewesen wie ein Jahr.

„Ich bin nicht mehr gesund", antwortete ich; „Ich habe das Gefühl, ich möchte in eine andere Atmosphäre eintauchen."

Checco dachte einen Moment nach.

„Sehr gut", sagte er, „wir können die Dinge so arrangieren, dass sie für uns beide passen." Ich möchte, dass jemand nach Florenz fährt, damit ich eine kleine Geschäftsangelegenheit mit Messer Lorenzo de' Medici abschließe. Du würdest vierzehn Tage weg sein; Und wenn Sie nicht auf dem richtigen Weg sind, wird Ihnen die Fahrt quer durchs Land Abhilfe schaffen. Wirst du gehen?'

Ich dachte einen Moment nach. Es war keine sehr lange Abwesenheit, aber die neuen Sehenswürdigkeiten würden mich ablenken und ich wollte Florenz noch einmal sehen. Im Großen und Ganzen dachte ich, es würde ausreichen und ich könnte mit der Heilung meiner Krankheit rechnen, bevor die Zeit abgelaufen wäre.

„Sehr gut", antwortete ich.

'Gut! Und Sie werden einen angenehmen Begleiter haben. Ich hatte mit Scipione gesprochen Moratini darüber; Es kam mir nicht in den Sinn, dass du gehen würdest. Aber es wird umso schöner sein, zwei von euch zu haben."

„Wenn ich gehe", sagte ich, „gehe ich alleine."

Checco war ziemlich erstaunt.

'Warum?'

„ Scipione langweilt mich." „Ich möchte ruhig sein und tun, was ich will."

Ich war fest entschlossen, dass keiner der Moratini mit mir kommen sollte. Sie hätten mich zu sehr an das erinnert, was ich vergessen wollte.

„Wie du willst", sagte Checco . „Ich kann Scipione leicht sagen , dass ich möchte, dass er etwas anderes für mich tut."

'Danke.'

'Wann fängst du an?'

'Auf einmal.'

„Dann kommen Sie und ich gebe Ihnen die Anweisungen und notwendigen Papiere."

XV

Am nächsten Morgen bestieg ich mein Pferd und machte mich mit Matteo auf den Weg, der mich ein Stück begleiten sollte.

Doch am Stadttor hielt uns ein Wachmann an und fragte, wohin wir wollten.

'Aus!' Ich antwortete kurz und ging weiter.

'Stoppen!' sagte der Mann und ergriff mein Zaumzeug.

„Was zum Teufel meinst du?" sagte Matteo. „Wissen Sie, wer wir sind?"

„Ich habe den Befehl, niemanden ohne die Erlaubnis meines Kapitäns passieren zu lassen."

„Was sind das für Tyrannen!" rief Matteo. „Nun, warum zum Teufel stehst du da? Gehen Sie und sagen Sie Ihrem Kapitän, er soll herauskommen.'

Der Mann gab einem anderen Soldaten ein Zeichen, der in das Wachhaus ging; er hielt immer noch mein Zaumzeug. Ich war an diesem Morgen nicht sehr gut gelaunt.

„Haben Sie die Güte, Ihre Hände wegzunehmen", sagte ich.

Er sah aus, als wollte er sich weigern.

„Wirst du tun, was dir gesagt wird?" Dann, als er zögerte, ließ ich das Ende meiner Peitsche auf seine Finger fallen und forderte ihn mit einem Fluch auf, Abstand zu halten . Er ließ sofort los, fluchte und sah aus, als würde er mich bereitwillig erstechen, wenn er es wagen würde. Wir warteten ungeduldig, aber der Kapitän erschien nicht.

„Warum zum Teufel kommt dieser Mann nicht?" Ich sagte; und Matteo wandte sich an einen der Soldaten und befahl:

„Geh und sag ihm, er soll sofort herkommen."

In diesem Moment erschien der Kapitän und wir verstanden den Vorfall, denn es war Ercole Piacentini . Offenbar hatte er uns kommen sehen oder von meiner geplanten Reise gehört und hatte sich zum Ziel gesetzt, uns zu beleidigen. Wir waren beide wütend.

„Warum zum Teufel beeilst du dich nicht , wenn man dich holt?" sagte Matteo.

Er blickte finster, antwortete aber nicht. Er drehte sich zu mir um und fragte:

'Wo gehst du hin?'

Matteo und ich sahen uns erstaunt über die Unverschämtheit des Mannes an und ich brach aus:

„Du unverschämter Kerl! Was meinst du damit, mich so aufzuhalten?'

„Ich habe das Recht, jedem, den ich möchte, die Durchfahrt zu verweigern."

'Aufpassen!' Ich sagte . „Ich schwöre, der Graf wird über Ihr Verhalten informiert werden , und heutzutage hat der Graf die Angewohnheit, das zu tun, was die Orsi ihm sagen."

„Er wird davon erfahren", knurrte der Piacentini .

„ Sag ihm, was dir gefällt." Glaubst du, es interessiert mich? Sie können ihm sagen, dass ich seinen Kapitän für einen sehr unverschämten Raufbold halte. Jetzt lass mich gehen.'

„Du sollst nicht passieren, bis ich es wähle."

'Von Gott! Mann", sagte ich völlig außer mir, „es scheint, ich kann dich hier nicht berühren, aber wenn wir uns jemals in Città di Castello treffen –"

„Ich werde dir jede gewünschte Befriedigung geben", antwortete er hitzig.

'Zufriedenheit! Ich würde mein Schwert nicht beschmutzen, indem ich es mit Deinem kreuze. Ich wollte sagen, wenn wir uns jemals in Castello treffen , werde ich dich auf öffentlichen Plätzen von meinen Lakaien auspeitschen lassen.'

Ich verspürte ein wildes Vergnügen, als ich ihm die verächtlichen Worte ins Gesicht schleuderte.

„Komm schon", sagte Matteo; „Wir können hier nicht unsere Zeit verschwenden."

Wir geben unseren Pferden die Sporen. Die Soldaten wandten sich an ihren Kapitän und fragten, ob sie uns aufhalten sollten, aber er gab keinen Befehl und wir gingen hindurch. Als wir draußen waren, sagte Matteo zu mir:

„Girolamo muss etwas planen, sonst hätte Ercole das nicht gewagt."

„Es ist nur der ohnmächtige Zorn eines dummen Mannes", antwortete ich. „Der Graf wird wahrscheinlich sehr wütend auf ihn sein, wenn er davon hört."

Wir fuhren ein paar Meilen, und dann kehrte Matteo um. Als ich allein war , atmete ich tief auf. Ich war zumindest für eine Weile frei ... Eine weitere Episode in meinem Leben war zu Ende; Ich könnte es vergessen und mich auf neue Dinge freuen.

Während ich weiterritt, drang der Märzwind in mein Blut und ließ ihn wild durch meine Adern wirbeln. Die Sonne schien hell und bedeckte alles mit einem Lächeln; Die Obstbäume standen alle in Blüte – Äpfel, Birnen, Mandeln – und die zierlichen Knospen bedeckten die Zweige mit einem Schnee aus Rosa und Weiß. Der Boden unter ihnen war mit Narzissen und Anemonen übersät, selbst die Olivenbäume sahen fröhlich aus. Die ganze Welt lachte vor Freude über den strahlenden Frühlingsmorgen, und ich lachte lauter als die anderen. Ich atmete lange die scharfe Luft ein, und sie machte mich betrunken, so dass ich meinem Pferd die Sporen gab und wild über die stille Straße galoppierte.

Ich hatte beschlossen, Giulia zu vergessen, und es gelang mir auch, denn die wechselnden Szenen rissen mich von mir selbst ab und ich konzentrierte mich auf die Welt als Ganzes . Aber ich konnte meine Träume nicht beherrschen. Nachts kam sie zu mir, und ich träumte, dass sie an meiner Seite war, ihre Arme um meinen Hals gelegt, mich sanft streichelte und versuchte, mich vergessen zu lassen, was ich erlitten hatte. Und das Erwachen war bitter ... Aber selbst das würde mich bald verlassen, hoffte ich, und dann würde ich tatsächlich frei sein.

Voller Mut und guter Laune ritt ich weiter, über endlose Straßen, übernachtete in Gasthöfen am Wegesrand, durch die Berge, vorbei an Dörfern und Weilern, vorbei an blühenden Städten, bis ich mich im Herzen der Toskana befand und schließlich die Dächer sah von Florenz breitete sich vor mir aus.

Nachdem ich mich im Gasthaus gereinigt und gegessen hatte, schlenderte ich durch die Stadt und erneuerte meine Erinnerungen. Ich ging um Madonna del Fiore herum und lehnte mich an eines der Häuser auf der Rückseite der Piazza und blickte auf die wunderschöne Apsis, deren Marmor im Mondlicht glitzerte. Es war sehr ruhig und friedlich; Die exquisite Kirche erfüllte mich mit einem Gefühl der Ruhe und Reinheit, so dass ich alles Laster von mir fernhielt ... Dann ging ich zum Baptisterium und versuchte, im trüben Licht die Einzelheiten von Ghibertis wunderbaren Türen zu erkennen. Es war spät und die Straßen waren still, als ich zur Piazza della Signoria schlenderte und vor mir den düsteren Steinpalast mit seinem Turm sah, und ich ging zum Arno hinunter und betrachtete das Glitzern des Wassers und die mit Wasser bedeckte Brücke Häuser; Und als ich über die Schönheit des Ganzen nachdachte, kam es mir seltsam vor, dass die Werke des Menschen so gut und rein und der Mensch selbst so niederträchtig sein sollte.

Am nächsten Tag machte ich mich an meine Arbeit. Ich hatte ein spezielles Empfehlungsschreiben für Lorenzo und wurde von einem Angestellten zu ihm geführt. Ich fand zwei Leute im Raum; einer, ein junger

Mann mit einem langen, ovalen Gesicht und sehr stark ausgeprägten Gesichts- und Kinnknochen; Er hatte eine ganz wundervolle Haut, wie braunes Elfenbein, schwarzes Haar, das ihm über die Stirn und die Ohren fiel, und, was am auffälligsten war, große braune Augen, sehr sanft und melancholisch. Ich dachte, ich hätte noch nie zuvor einen so schönen Mann gesehen. Neben ihm saß und redete lebhaft ein unbedeutender Mann, gebeugt, runzelig und gemein, der wie ein Angestellter in einem Tuchhändlerladen aussah, abgesehen von der massiven goldenen Kette um seinen Hals und dem Kleid aus dunkelrotem Samt mit besticktem Kragen. Seine Gesichtszüge waren hässlich; eine große, grobe Nase, ein schwerer, sinnlicher Mund, kleine Augen, aber sehr scharf und glitzernd; das Haar dünn und kurz, die Haut schlammig, gelb, faltig – Lorenzo de' Medici!

Als ich den Raum betrat, unterbrach er sich und sprach mit rauer, unangenehmer Stimme auf mich ein.

„Messer Filippo Brandolini , glaube ich." Du bist herzlich Willkommen.'

„Ich fürchte, ich unterbreche Sie", sagte ich und blickte den Jugendlichen mit melancholischen Augen an.

„Oh nein", antwortete Lorenzo fröhlich. „Wir haben von Platon gesprochen. Eigentlich hätte ich mich um viel ernstere Dinge kümmern sollen, aber ich kann Pico nie widerstehen.'

Dann war das der berühmte Pico della Mirandola . Ich schaute ihn noch einmal an und war neidisch, dass ein Mensch solch ein Genie und eine solche Schönheit besaß. Es war von Natur aus kaum fair.

„Es ist mehr das Subjekt als ich, das unwiderstehlich ist."

„Ah, das Bankett!" sagte Lorenzo und faltete die Hände. „Was für eine unerschöpfliche Angelegenheit! Ich könnte ein Jahr lang Tag und Nacht darüber reden und dann feststellen, dass ich die Hälfte von dem, was ich im Kopf hatte, unausgesprochen gelassen habe.

„Sie haben eine so große Erfahrung in dem behandelten Thema", sagte Pico lachend; „Man könnte zu jedem Satz von Platon ein Kapitel mit Kommentaren hinzufügen."

„Du Schlingel, Pico!" antwortete Lorenzo, ebenfalls lachend. „Und was denkst du über Liebe, Messer?" fügte er hinzu und drehte sich zu mir um.

Ich antwortete lächelnd:

'Con tua versprechen Sie , und Ihre falsche Bewährung,

Falsch _ Risi , et con vago sembiante ,

Donna, Menato Hallo , du fidele amante .'

. . . .

Diese deine Versprechen und diese falschen Worte,

Dieses Verräterlächeln und dieser unbeständige Schein,

Lady, damit hast du deinen treuen Liebhaber in die Irre geführt.

Es waren Lorenzos eigene Zeilen, und er freute sich, dass ich sie zitieren sollte, aber dennoch war die Freude nicht allzu groß, und ich sah, dass es tatsächlich eine subtile Schmeichelei sein musste, die ihm den Kopf verdrehen sollte.

„Sie haben den Geist eines Höflings, Messer Filippo", antwortete er auf mein Zitat. „Du bist eine Verschwendung von Freiheit!"

„In Florenz liegt es in der Luft – man atmet es durch jede Pore."

„Was, Freiheit?"

'NEIN; der Geist des Höflings.'

Lorenzo sah mich scharf an, dann Pico und unterdrückte ein Lächeln über meinen Sarkasmus.

„Na, was ist mit Ihrem Geschäft aus Forli?" er sagte; aber als ich anfing, die Transaktion zu erklären , unterbrach er mich. „Oh, alles, was Sie mit meinen Sekretärinnen vereinbaren können." Sag mir, was in der Stadt los ist. Es gab Gerüchte über Unruhen.'

Ich sah Pico an, der aufstand und hinausging und sagte:

'Ich werde dich verlassen. „Politik ist nichts für mich."

Ich erzählte Lorenzo alles, was passiert war, während er aufmerksam zuhörte und mich gelegentlich unterbrach, um eine Frage zu stellen. Als ich fertig war, sagte er:

„Und was wird jetzt passieren?"

Ich zuckte mit den Schultern.

'Wer weiß?'

„Der weise Mann weiß es", sagte er ernst, „denn er hat sich entschieden, was passieren wird, und ist dabei, es geschehen zu lassen." „Nur der Narr vertraut auf den Zufall und wartet darauf, dass sich die Umstände entwickeln ..."

„Sagen Sie es Ihrem Meister –"

'Wie bitte?' Ich habe unterbrochen.

Er sah mich fragend an.

„Ich habe mich gefragt, von wem du sprichst", murmelte ich.

Er verstand und sagte lächelnd:

„Ich entschuldige mich . " Ich dachte, du wärst ein Forliveser . Natürlich erinnere ich mich jetzt, dass Sie Bürger von Castello sind, und wir alle wissen, wie hartnäckig sie für ihre Freiheit waren und wie stolz sie auf ihre Freiheit waren."

Er hatte mich auf der Hüfte; denn Città di Castello gehörte zu den ersten Städten, die ihre Freiheit verloren, und hatte im Gegensatz zu anderen ihre Knechtschaft mit mehr Gelassenheit ertragen, als es ehrenhaft war .

„Aber", fuhr er fort, „sagen Sie es Checco. " d'Orsi , dass ich Girolamo Riario kenne . Es waren sein Vater und er, die die treibende Kraft hinter der Verschwörung waren, die meinen Bruder tötete und mich beinahe umbrachte. Er soll sich daran erinnern, dass der Riario vollkommen skrupellos ist und dass er es nicht gewohnt ist, eine Verletzung zu verzeihen – oder sie zu vergessen. Sie sagen, Girolamo habe Checco wiederholt bedroht . Hatte das keine Wirkung auf ihn?'

„Er war etwas beunruhigt."

'Außerdem?'

Ich sah ihn an und versuchte zu verstehen, was er meinte.

„Hat er sich vorgenommen, still zu sitzen und zu warten, bis Girolamo Mittel und Wege gefunden hat, seine Drohungen in die Tat umzusetzen?"

Ich war eher ratlos um eine Antwort. Lorenzos Augen waren scharf auf mich gerichtet; Sie schienen zu versuchen, mein Gehirn zu lesen.

„Es wurde ihm gesagt, dass es unklug wäre", antwortete ich langsam.

„Und was hat er darauf geantwortet?"

„Er erinnerte sich an die schlimmen Folgen bestimmter jüngster Ereignisse."

'Ah!'

Er wandte den Blick von mir ab, als hätte er plötzlich die Bedeutung meiner Worte erkannt und sei sich nun ganz sicher über alles, was er wissen wollte. Er ging im Zimmer auf und ab und dachte nach; dann sagte er zu mir:

„ Erzähl es Überprüfen Sie , dass Girolamos Position sehr unsicher ist. Der Papst ist gegen ihn, obwohl er vorgibt, ihn zu unterstützen. Sie erinnern sich, dass Girolamo, als die Zampeschi sein Schloss San Marco eroberten, glaubte, sie hätten die stillschweigende Zustimmung des Papstes, und es nicht wagte, Vergeltung zu üben. Lodovico Sforza würde seiner Halbschwester zweifellos zu Hilfe kommen, aber er ist mit den Venezianern beschäftigt – und wenn die Leute von Forli den Grafen hassen!'

„Dann raten Sie –"

„Ich rate nichts." Aber lassen Sie Checco wissen, dass es nur der Narr ist, der sich ein Ziel vorschlägt, wenn er es nicht erreichen kann oder will; aber der Mann, der den Namen Mensch verdient, marschiert mit klarem Geist und Willenskraft direkt zum Ziel. Er betrachtet die Dinge so, wie sie sind, und legt alle eitlen Erscheinungen beiseite; und wenn seine Intelligenz ihm die Mittel zu seinem Zweck gezeigt hat, ist er ein Narr, wenn er sie ablehnt, und er ist ein weiser Mann, wenn er sie beharrlich und ohne Zögern nutzt. Sag das Checco !'

Mit einem leisen Aufschrei der Erleichterung warf er sich auf seinen Stuhl.

„Jetzt können wir über andere Dinge reden." Pico!'

Ein Diener kam herein und sagte, Pico sei gegangen.

'Der Bösewicht!' rief Lorenzo. „Aber ich gehe davon aus, dass auch Sie weggehen wollen, Messer Brandolini . Aber du musst morgen kommen; wir werden die Menacchini von Plautus spielen; und außerdem der Witz der „ Lateinisch werden Sie die ganze Jugend und Schönheit von Florenz sehen."

Als ich mich verabschiedete, fügte er hinzu:

„Ich brauche Sie nicht zu ermahnen, diskret zu sein."

XVI

Ein paar Tage später befand ich mich in Sichtweite von Forli. Während ich weiterritt, meditierte ich; und plötzlich kam mir der Gedanke, dass es in dieser Welt vielleicht doch eine gewisse Gleichheit in der Aufteilung von Gut und Böse gibt. Wenn das Schicksal einer Person Glück bescherte, folgte ihr Unglück, aber beide hielten ungefähr gleich lange an, so dass das Gleichgewicht nicht ungleichmäßig gewahrt blieb ... In meiner Liebe zu Giulia hatte ich einige Tage intensiven Glücks erlebt; Der erste Kuss hatte mich so in Ekstase versetzt, dass ich in den Himmel entrückt war; Ich fühlte mich wie ein Gott. Und darauf folgte eine Art passives Glück, in dem ich nur lebte, um meine Liebe zu genießen, und mich um nichts anderes in der Welt kümmerte. Dann kam die Katastrophe, und ich durchlebte das schrecklichste Elend, das ein Mensch je empfunden hatte: Schon jetzt, als ich daran dachte, stand mir der Schweiß auf der Stirn. Aber ich bemerkte, dass dieses Elend seltsamerweise genauso lang war wie das erste Glück. Und darauf folgte ein passives Unglück, als ich nicht mehr die ganze Bitterkeit meines Kummers spürte, sondern nur noch ein gewisses dumpfes Elend, das wie Frieden war. Und halb lächelnd, halb seufzend dachte ich, dass das passive Elend wieder dem passiven Glück gleichkam. Schließlich kam der gesegnete Zustand der Gleichgültigkeit, und bis auf die Erinnerung war mein Herz, als wäre überhaupt nichts gewesen. Daher schien es mir, dass man sich nicht beschweren sollte; Denn wenn die Welt kein Recht hatte, einem ständiges Leid zu bereiten, hatte man auch keinen Grund, unvermischtes Glück zu erwarten, und die Verbindung beider schien, wenn alle Dinge gleich waren, normal und vernünftig zu sein. Und ich hatte nicht bemerkt, dass ich nach Forli gekommen war.

Ich betrat das Tor mit einem angenehmen Gefühl der Heimkehr. Ich ging durch die grauen Straßen, die ich so gut kannte, und empfand für sie etwas von der Zuneigung alter Freunde. Ich war auch froh, dass ich Checco und meinen lieben Matteo bald wiedersehen würde. Ich hatte das Gefühl, unfreundlich zu Matteo gewesen zu sein: Er liebte mich so sehr und war immer so gut gewesen, aber ich war so in meine Liebe vertieft gewesen, dass seine bloße Anwesenheit aufdringlich gewesen war, und ich hatte kalt auf seine Freundlichkeit reagiert. Und da ich damals in einer sentimentalen Stimmung war, dachte ich, wie viel besser und vertrauenswürdiger eine Freundin für die schönste Frau der Welt ist. Du könntest ihn vernachlässigen und ihm untreu sein, und doch, wenn du in Schwierigkeiten wärst, könntest du zurückkommen und er würde dich in seine Arme nehmen und dich trösten, und sich kein einziges Mal darüber beschweren, dass du vom Weg abgekommen bist. Ich sehnte mich danach, bei Matteo zu sein und seine Hand zu ergreifen. In meiner Eile gab ich meinem Pferd die Sporen und trottete die Straße entlang. In wenigen Minuten hatte ich den Palazzo erreicht, sprang von meinem Pferd, sprang die Treppe hinauf und warf mich in die Arme meines Freundes.

Nach der ersten Begrüßung schleppte mich Matteo zu Checco .

„Der gute Cousin ist sehr gespannt auf Ihre Neuigkeiten. Wir dürfen ihn nicht warten lassen.'

Checco schien genauso erfreut zu sein, mich zu sehen wie Matteo. Er drückte mir herzlich die Hand und sagte:

„Ich freue mich, dich wieder bei uns zu haben, Filippo. In deiner Abwesenheit haben wir geklagt wie verlassene Hirtinnen. Was gibt es denn für Neuigkeiten?'

Ich war völlig beeindruckt von meiner Wichtigkeit in diesem Moment und der Angst, mit der mir zugehört wurde. Ich beschloss, mich nicht zu früh zu verraten, und begann ihnen von der Freundlichkeit Lorenzos und dem Stück zu erzählen, zu dem er mich eingeladen hatte. Ich beschrieb die Brillanz der Versammlung und die Exzellenz der Schauspielerei. Sie hörten interessiert zu, aber ich konnte sehen, dass es nicht das war, was sie hören wollten.

„Aber ich sehe, dass Sie mehr über wichtigere Dinge erfahren möchten", sagte ich. 'Also-'

'Ah!' riefen sie, rückten ihre Stühle näher an mich heran und richteten sich darauf ein, aufmerksam zuzuhören.

Mit einem leichten Lächeln erzählte ich ihnen dann die Einzelheiten des Handelsgeschäfts, das angeblich der Zweck meines Besuchs gewesen war, und ich lachte vor mich hin, als ich ihren Abscheu sah. Checco konnte seine Ungeduld nicht zurückhalten, unterbrach mich aber nicht gern. Matteo aber merkte, dass ich mich lustig machte, und unterbrach mich.

„Verdammt, Filippo! Warum quälst du uns, wenn du doch weißt, dass wir auf der Kippe stehen?'

Checco blickte auf, sah mich lachen und flehte:

„Befreie uns von der Folter, um Himmels willen!"

'Sehr gut!' Ich antwortete. „Lorenzo fragte mich nach dem Zustand von Forli, und ich erzählte es ihm. Dann, nachdem er eine Weile nachgedacht hatte, sagte er: „Erzähl das Checco …"

Und ich wiederholte Wort für Wort, was Lorenzo zu mir gesagt hatte, und reproduzierte, soweit ich konnte, seinen Akzent und seine Geste.

Als ich fertig war , saßen sie beide still und schweigend da. Schließlich blickte Matteo zu seinem Cousin und sagte:

„Es scheint hinreichend klar zu sein."

„Es ist tatsächlich sehr klar", antwortete Checco ernst.

XVII

Ich habe mir vorgenommen, mich jetzt zu amüsieren. Ich hatte es satt, ernst zu sein. Wenn man bedenkt, wie kurz die Jugend ist, ist es töricht, sie nicht optimal zu nutzen; die Zeit, die dem Menschen zur Verfügung steht, reicht nicht für Tragödie und Klagen; Er hat nur Platz für ein wenig Lachen, und dann werden seine Haare grau und seine Knie zittern, und er bereut, dass er seine Chancen nicht mehr genutzt hat. So viele Menschen haben mir erzählt, dass sie ihre Laster nie bereut haben, oft aber ihre Tugenden! Das Leben ist zu kurz, um die Dinge ernst zu nehmen. Lasst uns essen, trinken und fröhlich sein, denn morgen sterben wir.

In Forli gab es wirklich so viel zu tun, dass die Unterhaltung fast zur harten Arbeit wurde. Es gab Jagdgruppen, bei denen wir den ganzen Tag das Land durchstreiften und abends müde und schläfrig, aber mit einem köstlichen Gefühl der Erleichterung zurückkehrten und unsere Glieder streckten wie Riesen, die aus dem Schlaf erwachten. Es gab Ausflüge zu Villen, wo wir von einer freundlichen Dame begrüßt wurden und in kleinerem Maßstab das Decameron von Boccaccio wiederholten oder die gelehrten Gespräche von Lorenzo und seinem Kreis in Careggio nachahmten ; wir konnten genauso gut platonisieren wie sie, und wir entdeckten den Reiz, Unangemessenheit aus philosophischer Sicht zu behandeln. Wir stellten uns ein Thema und schrieben alle Sonette darüber, und ich bemerkte, dass die Darbietungen unserer Damen immer würziger waren als unsere eigenen. Manchmal spielten wir die Rolle eines Hirten und einer Schäferin, aber dabei scheiterte ich immer kläglich, denn meine Nymphe beklagte sich immer darüber, dass ich nicht so unternehmungslustig sei, wie ein Hirten sein sollte. Dann führten wir im Schatten der Bäume pastorale Theaterstücke auf; Orpheus war unser Lieblingsthema , und ich hatte mich immer für den Titelteil entschieden, eher gegen meinen Willen, denn ich konnte meiner Klage um Eurydike nie den nötigen Nachdruck verleihen, da es mir immer sowohl unvernünftig als auch unhöflich vorkam, so untröstlich zu sein Der Verlust einer Liebe, wenn es überall so viele gab, die einen trösten konnten …

Und in Forli selbst herrschte ein ständiger Trubel von Vergnügungen, Festlichkeiten aller Art drängten sich auf einen, so dass man kaum Zeit zum Schlafen hatte; Von der Ernsthaftigkeit und der lehrreichen Langeweile einer Komödie von Terence bis hin zu einem Trinkgelage oder einer Kartenparty. Ich ging überall hin und überall wurde ich herzlichst willkommen geheißen. Ich konnte singen und tanzen, Laute spielen und schauspielern, und ich war jederzeit bereit, ein Sonett oder eine Ode zu komponieren; In einer Woche könnte ich eine Tragödie mit fünf Akten im Senecan-Stil oder ein Epos über

Rinaldo oder Launcelot produzieren. Und da mir alles egal war und ich so fröhlich war wie ein betrunkener Mönch, öffneten sie mir ihre Arme und gaben mir das Beste von allem, was sie hatten ...

Ich achtete auf alle Damen, und skandalöse Zungen gaben mir ein halbes Dutzend Mätressen mit Einzelheiten über die Belagerung und Gefangennahme. Ich fragte mich, ob die liebenswürdige Giulia die Geschichten gehört hatte und was sie davon hielt. Gelegentlich sah ich sie, aber ich machte mir nicht die Mühe, mit ihr zu sprechen; Forli war groß genug für uns beide; Und wenn Menschen unangenehm sind, warum solltest du dir darüber den Kopf zerbrechen?

Ehren einer Taufe ein Fest stattfinden sollte . Es war ein wunderschöner Ort mit Springbrunnen und schattigen Spazierwegen und schönen Rasenflächen mit gut gemähtem Gras; und ich stellte mich auf den Genuss eines weiteren Tages ein. Unter den Gästen war auch Claudia Piacentini . Ich tat so, als wäre ich sehr wütend auf sie, weil ich auf einem Ball, den sie kürzlich gegeben hatte, nicht die Ehre einer Einladung erhalten hatte . Sie kam zu mir, um um Vergebung zu bitten.

„Es war mein Mann", sagte sie, was ich ganz genau wusste. ' Er sagte, er würde dich nicht in seinem Haus haben. Du hattest schon wieder Streit mit ihm!'

„Wie kann ich es ändern, wenn ich ihn als den Besitzer der schönen Claudia sehe!"

„Er sagt, er wird nie zufrieden sein, bis er dein Blut hat."

Ich war nicht beunruhigt.

„Er sprach davon, einen Schwur abzulegen, sich niemals den Bart oder die Haare abzuschneiden, bis er seine Rache hatte, aber ich flehte ihn an, sich nicht noch abscheulicher zu machen, als die barmherzige Vorsehung ihn bereits gemacht hatte."

Ich dachte an den wilden Ercole mit einem langen, ungestutzten Bart und ungepflegten Haaren, die ihm ins Gesicht fielen.

„Er hätte wie ein wilder Mann aus dem Wald ausgesehen", sagte ich. „Ich hätte zulassen müssen, dass ich zum Wohle der Gesellschaft massakriert werde." Ich hätte einer der Märtyrer der Menschheit mehr sein sollen – der heilige Philipp Brandolini !'

Ich reichte ihr meinen Arm und schlug vor, durch die Gärten zu schlendern ... Wir wanderten auf kühlen Wegen entlang, die von Myrten, Lorbeer- und Zypressenbäumen gesäumt waren. Die Luft war erfüllt vom

Gesang der Vögel und eine sanfte Brise trug uns den Duft der Frühlingsblumen. Nach und nach kamen wir zu einem kleinen Rasen, der von hohen Sträuchern umgeben war; in der Mitte spielte ein Brunnen, und im Schatten eines Kastanienbaums befand sich ein Marmorsitz, der von Greifen getragen wurde; In einer Ecke stand eine von grünen Büschen eingerahmte Venusstatue. Wir hatten die Menge der Gäste weit hinter uns gelassen, und es war sehr still im Ort; Die Vögel hatten aufgehört zu singen, als wären sie von seiner Schönheit bedrückt, und nur der Brunnen durchbrach die Stille. Der unaufhörliche Wasserfall war in seiner Monotonie wie ein Schlaflied, und die Luft duftete nach Flieder.

Wir setzten uns. Die Stille war herrlich; Frieden und Schönheit erfüllten einen, und ich spürte, wie ein großes Glücksgefühl in mich eindrang, als würde eine subtile Flüssigkeit jeden Winkel meiner Seele durchdringen. Der Duft des Flieders begann mich zu berauschen; und aus meinem Glück ging ein Gefühl der Liebe zur gesamten Natur hervor; Ich hatte das Gefühl, ich könnte meine Arme ausstrecken und seinen unfühlbaren Geist umarmen. Die Venus in der Ecke nahm fleischähnliche Grün- und Gelbtöne an und schien mit Leben zu verschmelzen; Der Flieder kam in großen Wellen auf mich zu, bedrückend, überwältigend.

Ich sah Claudia an. Ich dachte, sie wäre genauso betroffen wie ich; Auch sie war überwältigt vom Rauschen des Wassers, der Wärme, der duftenden Luft. Und ich war erneut beeindruckt von der wunderbaren Sinnlichkeit ihrer Schönheit; Ihr Mund war sinnlich und feucht, die Lippen tiefrot und schwer. Ihr Hals war wunderbar massiv, so weiß, dass die Adern klar und blau hervortraten; Ihr eng anliegendes Kleid enthüllte die Fülle ihrer Form, ihre geschwungenen Kurven. Sie schien eine Göttin der Sinnlichkeit zu sein. Als ich sie ansah, verspürte ich plötzlich das blinde Verlangen, sie zu besitzen. Ich streckte meine Arme aus und sie ergab sich mit einem leidenschaftlichen Schrei wie ein Tier meiner Umarmung. Ich zog sie an mich und küsste ihren schönen Mund sinnlich und feucht, ihre Lippen tiefrot und schwer ...

Wir saßen Seite an Seite, blickten auf den Brunnen und atmeten die duftende Luft ein.

'Wann kann ich Dich sehen?' Ich flüsterte.

„Morgen.... Nach Mitternacht." Komm in die kleine Straße hinter meinem Haus, und eine Tür wird dir geöffnet.

„Claudia!"

'Auf Wiedersehen. Du darfst jetzt nicht mit mir zurückkommen, wir sind schon so lange weg, dass die Leute uns bemerken würden. Warten Sie hier eine Weile nach mir, dann wird es keine Angst mehr geben. Auf Wiedersehen.'

Sie verließ mich, und ich streckte mich auf dem Marmorsitz aus und betrachtete die kleinen Ringe, die die Tropfen bildeten, als sie auf das Wasser fielen. Meine Liebe zu Giulia war nun tatsächlich erloschen – tot, begraben und über ihr wurde als einziges Zeichen ihrer Existenz eine steinerne Venus errichtet. Ich versuchte, mir eine passende Inschrift auszudenken ... Die Zeit konnte die hartnäckigste Liebe töten, und eine schöne Frau konnte mit der Hilfe der Frühlingsbrise sogar die Erinnerung davontragen. Ich hatte das Gefühl, dass mein Leben nun vollständig war. Ich hatte alle erdenklichen Freuden zu meiner Verfügung: gute Weine zum Trinken, gutes Essen, schöne Kleidung; Spiele, Sport und Freizeitbeschäftigungen; und zu guter Letzt das größte Geschenk, das die Götter machen können: eine schöne Frau für meine Jugend und Kraft. Ich hatte den Gipfel der Weisheit erreicht, den Punkt, den der weise Mann anstrebt: den Tag so zu nehmen, wie er kommt, die Freuden zu ergreifen, das Unangenehme zu meiden, die Gegenwart zu genießen und weder an die Vergangenheit noch an die Zukunft zu denken. Das, sagte ich mir, ist die höchste Weisheit: niemals zu denken; Denn der Weg zum Glück besteht darin, mit seinen Sinnen zu leben wie die Tiere und wie der Ochse wiederkäut und seinen Verstand nur dazu zu nutzen, über seine Überlegenheit gegenüber dem Rest der Menschheit nachzudenken.

Ich lachte ein wenig, als ich an meine Tränen und Weine dachte, als Giulia mich verließ. Es war keine Angelegenheit, die es wert war, sich darüber Gedanken zu machen; Ich hätte mir nur sagen sollen, dass ich dumm war, sie nicht im Stich zu lassen, bevor sie mich im Stich ließ. Arme Giulia! Die Heftigkeit meiner Wut machte ihr große Angst.

Am folgenden Abend ließ ich Matteo nicht ins Bett gehen.

„Du musst mir Gesellschaft leisten", sagte ich, „ich gehe um eins aus."

„Sehr gut", sagte er, „wenn Sie mir sagen würden, wohin Sie gehen."

„Ah nein, das ist ein Geheimnis; aber ich bin bereit, mit dir auf ihre Gesundheit zu trinken.'

'Ohne Name?'

'Ja!'

„Zu dem Namenlosen also; und viel Glück!'

Dann, nach einer kurzen Unterhaltung, sagte er:

dall ' Aste gelitten hast ." Ich hatte Angst-'

„Oh, diese Dinge passieren. Ich habe Ihren Rat befolgt und festgestellt, dass der beste Weg, mich zu trösten, darin besteht, mich in jemand anderen zu verlieben.'

Es war ein wenig aufregend, zu diesem mysteriösen Treffen zu gehen. Ich fragte mich, ob es eine Falle war, die der liebenswürdige Ercole arrangiert hatte , um mich in seine Gewalt zu bringen und sich von meiner unangenehmen Person zu befreien. Aber schwaches Herz hat nie gewonnen, schöne Dame; und selbst wenn er mich zusammen mit zwei oder drei anderen angreifen würde, sollte ich in der Lage sein, eine vernünftige Aussage über mich selbst zu machen.

Aber es gab nichts zu befürchten. Auf dem Heimweg, als der Tag anbrach, lächelte ich in mich hinein, als ich sah, wie sachlich eine Frau die kleine Tür öffnete und mich in das Zimmer führte, von dem Claudia mir erzählt hatte. Sie war offensichtlich gut an ihr Geschäft gewöhnt; Sie machte sich nicht einmal die Mühe, mir ins Gesicht zu schauen, um zu sehen, wer der Neuankömmling war. Ich fragte mich, wie viele gut gekleidete Galanten sie durch dieselbe Tür hereingelassen hatte; Es war mir egal, ob es ein halbes Hundert waren. Ich hätte nicht gedacht, dass die schöne Claudia tugendhafter wäre als ich. Plötzlich kam mir der Gedanke, dass ich mich an Ercole gerächt hatte Endlich Piacentini ; und der seltsame Gedanke, der unerwartet kam, ließ mich stehen bleiben und in schallendes Gelächter ausbrechen. Der Gedanke an das Gesicht eines hängenden Hundes und an den wunderschönen Schmuck, den ich ihm geschenkt hatte, genügte, um einen Toten fröhlich zu machen. Oh, es war eine gerechtere Rache als jede andere, die ich mir hätte erträumen können!

Aber darüber hinaus erfüllte mich eine große Freude, weil ich endlich frei war. Ich hatte das Gefühl, dass, wenn mich jetzt noch eine leichte Kette an Giulia fesselte, selbst diese zerrissen war und ich meine Freiheit wiedererlangt hatte. Diesmal gab es keine Liebe. Es gab ein großes Verlangen nach dem großartigen sinnlichen Geschöpf mit den tiefroten und schweren Lippen; aber es ließ meinen Kopf frei. Ich war jetzt wieder ein vollständiger Mann; und dieses Mal hatte ich keinen Erzfeind, den ich fürchten musste.

XVIII

UND so ging mein Leben noch eine Weile weiter, erfüllt von Freude und Vergnügen. Ich war mit meinem Schicksal zufrieden und hatte keinen Wunsch nach Veränderung. Die Zeit verging und wir erreichten die erste Aprilwoche. Girolamo hatte einen großen Ball organisiert , um die Fertigstellung seines Palastes zu feiern. Er hatte damit begonnen, darin zu wohnen, sobald es Wände und ein Dach gab, aber er hatte Jahre mit der Dekoration verbracht und die besten Künstler, die er in Italien finden konnte, in seine Dienste genommen; und nun war endlich alles fertig. Die Orsi waren mit besonderer Herzlichkeit eingeladen worden, und am Abend begaben wir uns in den Palast.

Wir stiegen die stattliche Treppe hinauf, ein Meisterwerk der Architektur, und befanden uns in der riesigen Halle, die Girolamo speziell für prächtige Veranstaltungen entworfen hatte. Es strahlte vor Licht. Am anderen Ende, auf einer niedrigen Bühne, zu der drei breite Stufen führten, saßen unter einem Podest auf goldenen Stühlen mit hohen Lehnen Girolamo und Caterina Sforza. Hinter ihnen, im Halbkreis und auf den Stufen zu beiden Seiten, befanden sich die Damen von Caterinas Suite und eine Reihe von Herren; Hinten standen wie Statuen eine Reihe bewaffneter Männer.

„Es ist fast königlich!" sagte Checco und schürzte die Lippen.

„Es ist gar nicht so arm, Herr von Forli zu sein", antwortete Matteo. Treibstoff ins Feuer!

Wir näherten uns, und als Girolamo uns sah, erhob er sich und stieg die Stufen hinunter.

„Heil, mein Checco !" sagte er und nahm beide Hände. „Bis du gekommen bist, war die Versammlung noch nicht abgeschlossen."

Matteo und ich gingen zur Gräfin . Sie hatte sich in dieser Nacht selbst übertroffen. Ihr Kleid war aus silbernem Stoff, der schimmerte und glitzerte. In ihrem Haar schimmerten Diamanten wie Glühwürmchen in der Nacht; Ihre Arme, ihr Hals, ihre Finger glitzerten mit kostbaren Edelsteinen. Ich hatte sie noch nie so schön und prachtvoll gesehen. Sie sollten sagen, was sie wollten, Checco und Matteo und die anderen, aber sie wurde als Königin geboren. Wie seltsam, dass dieser Nachkomme des rauen Condottiere und der unzüchtigen Frau eine Majestät haben sollte, wie man sie sich von einer mächtigen Kaiserin vorstellt, die von unzähligen Königen abstammt.

Sie hat sich die Mühe gemacht, besonders freundlich zu uns zu sein. Sie machte mir Komplimente für einige Verse, die sie gesehen hatte, und war sehr schmeichelhaft in Bezug auf ein von mir arrangiertes Pastoralstück. Zu irgendwelchen intellektuellen Leistungen konnte sie meinem guten Matteo zwar nicht gratulieren, aber der Ruhm seiner Liebschaften gab ihr ein Thema, über das sie ihm scherzhaft Vorwürfe machen konnte. Sie verlangte Einzelheiten, und ich ließ sie gespannt einer Geschichte lauschen, die Matteo ihr ins Ohr flüsterte; und ich wusste, dass er in dem, was er sagte, nicht wählerisch war.

Ich fühlte mich besonders gut gelaunt und suchte nach jemandem, an dem ich meine gute Laune auslassen konnte . Ich erblickte Giulia. Ich hatte sie seit meiner Rückkehr nach Forli ein- oder zweimal gesehen, aber nie mit ihr gesprochen. Jetzt fühlte ich mich meiner selbst sicher; Ich wusste, dass sie mir egal war, aber ich dachte, es würde mir Freude bereiten, mich ein wenig zu rächen. Ich sah sie einen Moment an. Ich habe mich entschieden; Ich ging zu ihr und verbeugte mich feierlich.

„Donna Giulia, siehe die Motte!" Ich hatte das Gleichnis schon einmal verwendet, aber nicht zu ihr, also spielte es keine Rolle.

Sie sah mich unentschlossen an und wusste nicht so recht, wie sie mich annehmen sollte.

„Darf ich dir meinen Arm anbieten", sagte ich so sanft, wie ich konnte.

Sie lächelte etwas verlegen und nahm es entgegen.

„Wie schön ist die Gräfin heute Abend!" Ich sagte . „Jeder wird sich in sie verlieben." Ich wusste, dass sie Caterina hasste, ein Gefühl, das die große Dame mit Nachdruck erwiderte . „Ich würde es nicht wagen, es einem anderen zu sagen; aber ich weiß, dass du niemals eifersüchtig bist: Sie ist tatsächlich wie der Mond unter den Sternen.'

„Die Idee scheint nicht allzu neu zu sein", sagte sie kühl.

„Umso verständlicher." Ich denke darüber nach, ein Sonett zu diesem Thema zu schreiben.'

„Ich habe mir vorgestellt, dass es das schon einmal gegeben hat; aber die Damen von Forli werden Ihnen zweifellos dankbar sein.'

Sie wurde wütend; und ich wusste aus Erfahrung, dass sie immer weinen wollte, wenn sie wütend war.

„Ich fürchte, du bist wütend auf mich", sagte ich.

„Nein, du bist derjenige, der wütend auf mich ist", antwortete sie ziemlich weinerlich.

'ICH? Warum solltest du das denken?'

„Du hast mir nicht vergeben, dass —"

Ich fragte mich, ob der gewissenhafte Giorgio erneut einen Anfall von Moral erlitten hatte und aufs Land geritten war.

„Meine liebe Dame", sagte ich mit einem kleinen Lachen, „ich versichere Ihnen, dass ich Ihnen vollständig vergeben habe." Schließlich war es keine so ernste Angelegenheit.'

'NEIN?' Sie sah mich etwas überrascht an.

Ich zuckte mit den Schultern.

„Du hattest völlig recht mit dem, was du getan hast. „Diese Dinge müssen irgendwann zu Ende sein, und es spielt eigentlich keine Rolle, wann."

„Ich hatte Angst, ich hätte dich verletzt", sagte sie mit leiser Stimme.

Die Szene kam mir in den Sinn; der schwach beleuchtete Raum, die zarte Gestalt, die kalt und gleichgültig auf der Couch lag, während ich einer Qual der Verzweiflung ausgeliefert war. Ich erinnerte mich an das Glitzern des juwelenbesetzten Rings vor der weißen Hand. Ich hätte keine Gnade.

„Meine liebe Giulia – erlaubst du mir, dich Giulia zu nennen?"

Sie nickte.

„Meine liebe Giulia, ich muss zugeben, dass ich anfangs ein wenig unglücklich war, aber über diese Dinge kommt man so schnell hinweg – eine Flasche Wein und einen guten Schlaf: Das ist wie Ausbluten bis zum Fieber."

„Du warst unglücklich?"

'Natürlich; man ist immer ziemlich verärgert, wenn man entlassen wird. „Am liebsten hätte man das Brechen selbst gemacht."

„War es eine Frage des Stolzes?"

„Ich fürchte, ich muss es gestehen."

„Das habe ich damals nicht gedacht."

Ich lachte.

„Oh, das ist meine aufgeregte Art, Dinge auszudrücken." Ich habe dir Angst gemacht; aber es hatte eigentlich keine Bedeutung.'

Sie antwortete nicht. Nach einer Weile sagte ich: –

„Wissen Sie, wenn man jung ist, sollte man das Beste aus seiner Zeit machen. „Treue ist eine dumme Tugend, unphilosophisch und äußerst unmodern."

'Wie meinst du das?'

„Einfach das; Du hast mich nicht besonders geliebt, und ich habe dich nicht besonders geliebt.

'Oh!'

„Wir hatten eine vorübergehende Vorliebe füreinander und das befriedigte uns, dass es nichts mehr gab, was uns zusammenhielt. Wir hätten sehr dumm sein sollen, die Kette nicht zu sprengen; Wenn du es nicht getan hättest, hätte ich es getan. Mit der Intuition Ihrer Frau haben Sie das gesehen und sind mir zuvorgekommen!'

Wieder antwortete sie nicht.

„Natürlich wäre es anders gewesen, wenn du in mich verliebt gewesen wärest oder ich in dich gewesen wäre. Aber wie es war —"

„Ich sehe meine Cousine Violante dort in der Ecke; wirst du mich zu ihr führen?'

Ich tat, was sie verlangte, und als sie sich vor mir verneigte, sagte ich:

„Wir hatten ein sehr angenehmes Gespräch und sind ziemlich gute Freunde, nicht wahr?"

'Ganz!' Sie sagte.

Ich holte tief Luft, als ich sie verließ. Ich hoffte, dass ich verletzt war; Ich hoffte, ich hätte sie gedemütigt. Ich wünschte, ich hätte mir Dinge ausdenken können, die ihr das Herz berührt hätten. Ich war ihr gegenüber ziemlich gleichgültig, aber als ich mich erinnerte, hasste ich sie.

Giulia abwandte, mangelte es mir nicht an Freunden, mit denen ich reden konnte. Die Räume wurden von Minute zu Minute voller. Die Versammlung war die brillanteste, die Forli je gesehen hatte; und als der Abend voranschritt, wurden die Menschen lebhafter; ein Gerede übertönte die Musik, und das Hauptgesprächsthema war die wunderbare Schönheit von Caterina. Sie sprudelte vor Hochstimmung; Niemand wusste, was sie so glücklich gemacht hatte, denn in letzter Zeit hatte sie ein wenig unter der Unbeliebtheit ihres Mannes gelitten, und ein mürrischer Gesichtsausdruck war an die Stelle des alten Lächelns und der Anmut getreten. Aber heute Abend war sie wieder sie selbst. Männer standen um sie herum und unterhielten sich mit ihr, und man hörte ein lautes Gelächter von ihnen, als sie hin und wieder eine witzige Bemerkung machte; und ihre Unterhaltung gewann durch eine Art soldatenhafter Unverblümtheit, an die man sich von Francesco Sforza erinnerte und die sie geerbt hatte, noch einen weiteren Reiz. Man sprach auch von der Herzlichkeit Girolamos gegenüber unserem Checco ; er ging mit ihm Arm in Arm im Zimmer auf und ab und redete liebevoll; es erinnerte die Zuschauer an die Zeit, als sie als Brüder zusammen gewesen waren. Caterina warf ihnen gelegentlich einen Blick und ein kleines anerkennendes Lächeln zu; Sie war offensichtlich sehr zufrieden mit der Versöhnung.

Ich ging durch die Menge, beobachtete die verschiedenen Leute, sagte hier und da ein Wort oder nickte, und ich dachte, dass das Leben wirklich eine sehr amüsante Sache sei. Ich war sehr zufrieden mit mir selbst und fragte mich, wo meine gute Freundin Claudia war; Ich muss gehen und ihr meinen Respekt erweisen.

„Filippo!"

Ich drehte mich um und sah Scipione Moratini steht an der Seite seiner Schwester, zusammen mit einer Reihe von Herren und Damen, von denen ich die meisten kannte.

„Warum lächelst du so zufrieden?" er sagte. „Du siehst aus, als hättest du einen Kieselstein verloren und an seiner Stelle einen Diamanten gefunden."

„Vielleicht habe ich; Wer weiß?'

In diesem Moment sah ich Ercole Piacentini betritt mit seiner Frau den Raum; Ich fragte mich, warum sie so spät kamen. Claudia wurde sofort von einem ihrer Verehrer angegriffen, verließ ihren Mann und schlenderte auf dem ausgestreckten Arm davon. Ercole kam auf dem Weg zum Grafen das Zimmer entlang. Sein grimmiges Gesicht verzerrte sich zu einem Ausdruck der Liebenswürdigkeit, der ihm unangenehm auffiel.

„Dies ist tatsächlich ein Tag der Freude", sagte ich; „Selbst der böse Oger versucht, freundlich auszusehen."

Giulia lachte leicht silbrig. Ich dachte, es wäre erzwungen.

„Du hast einen verzeihenden Geist, lieber Freund", sagte sie und betonte das letzte Wort in Erinnerung an das, was ich ihr gesagt hatte. „Eine wahrhaft christliche Gesinnung!"

'Warum?' fragte ich lächelnd.

„Ich bewundere die Art und Weise, wie Sie Ercole die Beleidigungen vergeben haben, die er Ihnen zugefügt hat; Man findet nicht oft einen Gentleman, der dem Peiniger so barmherzig seine andere Wange hinhält !'

Ich lachte innerlich; Sie versuchte, mit mir gleich zu sein. Ich war froh zu sehen, dass meine Darts gute Wirkung zeigten. Scipione mischte sich ein, denn was seine Schwester gesagt hatte, war bitter genug.

„Unsinn, Giulia!" er sagte. „Weißt du, Filippo ist der letzte Mann, der seinen Feinden verzeiht, bis der Atem aus ihren Körpern verschwunden ist; aber die Umstände –"

Giulia schürzte die Lippen zu einem Ausdruck der Verachtung.

'Umstände. Ich war überrascht, denn ich erinnerte mich an die Kraft , mit der Messer Filippo geschworen hatte, sich zu rächen.'

„Oh, aber Messer Filippo ist der Meinung, dass er sich sehr effektiv gerächt hat", sagte ich.

'Wie?'

„Es gibt mehr Möglichkeiten, seine Ehre zu befriedigen , als einem Menschen ein Loch in die Brust zu schneiden."

„Was meinst du, Filippo?" sagte Scipione .

„Hast du nicht gesehen, wie er vorbeiging?"

„ Ercole ?" Was?'

„Hast du nicht den Schmuck seines edlen Hauptes gesehen, das elegante Hörnerpaar?"

Sie sahen mich an, nicht ganz verständnisvoll; dann erblickte ich Claudia, die dicht neben uns stand.

„Ah, ich sehe den Diamanten, den ich gefunden habe, anstelle des Kieselsteins, den ich verloren habe." Ich bitte Sie, mich zu entschuldigen.'

Als sie mich dann auf Claudia zugehen sahen, verstanden sie es und ich hörte ein lautes Gelächter. Ich nahm die Hand meiner Dame, verneigte mich tief und küsste sie mit größter Inbrunst . Aus den Augenwinkeln warf ich einen Blick auf Giulia und sah, wie sie mit einer tiefen Wutröte im Gesicht auf den Boden blickte. Mein Herz hüpfte vor Freude, als ich daran dachte, dass ich etwas von dem Schmerz erwidert hatte, den sie mir verursacht hatte.

Der Abend wurde spät und die Gäste begannen zu gehen. Als Checco an mir vorbeiging, fragte er:

'Sind Sie bereit?'

'Ja!' Sagte ich und begleitete ihn zu Girolamo und der Gräfin, um uns zu verabschieden.

„Sie sind sehr unfreundlich, Checco ", sagte die Gräfin . „Du bist den ganzen Abend nicht in meine Nähe gekommen."

„Du warst so beschäftigt", antwortete er.

„Aber das bin ich jetzt nicht", antwortete sie lächelnd.

„In dem Moment, als ich dich frei sah, kam ich zu dir."

'Aufwiedersehen sagen.'

'Es ist sehr spät.'

„Nein, sicherlich; setz dich und rede mit mir.'

Checco tat, was ihm gesagt wurde, und als ich merkte, dass er länger bleiben wollte, schlenderte ich wieder davon, um Freunde zu suchen. Das Gespräch zwischen Checco und der Gräfin wurde durch die ständigen Abschiede eher erschwert, da die Leute begannen, in Gruppen rasch zu verschwinden. Ich setzte mich mit Matteo ans Fenster und wir begannen, unsere Erinnerungen an den Abend auszutauschen; Er erzählte mir von einer neuen Liebe, zu der er zum ersten Mal seine Leidenschaft entdeckt hatte.

„Guter Wind, schlechter Wind?" fragte ich lachend.

„Sie tat so, als wäre sie sehr wütend", sagte er, „aber sie ließ mich erkennen, dass sie mir im schlimmsten Fall nicht das Herz brechen würde."

Ich schaute in den Raum und stellte fest, dass alle außer Ercole gegangen waren Piacentini , der leise mit dem Grafen sprach.

„Ich werde so müde", sagte Matteo. Wir gingen zur Gräfin, die, als sie uns kommen sah, sagte:

„Geh weg, Matteo! Ich werde nicht zulassen, dass du Checco noch wegziehst; „Wir haben die letzte halbe Stunde lang versucht, miteinander zu reden, und jetzt, wo wir endlich die Gelegenheit dazu haben , lasse ich mich nicht stören."

„Um Himmels Willen würde ich Checco dieses Vergnügens nicht nehmen", sagte Matteo; Als wir uns an unser Fenster zurückzogen, fügte er zu mir hinzu: „Was für eine Plage, auf seinen Cousin warten zu müssen, während eine hübsche Frau mit ihm flirtet!"

„Du hast mich zum Reden – was willst du mehr!"

„Ich möchte überhaupt nicht mit dir reden", antwortete er lachend.

Girolamo war immer noch bei Ercole . Seine beweglichen Augen wanderten durch den Raum und ruhten kaum auf Ercoles Gesicht, sondern manchmal auf uns, häufiger auf Checco . Ich fragte mich, ob er eifersüchtig war.

Schließlich stand Checco auf und sagte Gute Nacht. Dann kam Girolamo nach vorne.

„Du gehst noch nicht", sagte er. „Ich möchte mit Ihnen über das Thema dieser Steuern sprechen."

Es war das erste Mal, dass er sie erwähnte.

„Es wird so spät", sagte Checco , „und diese guten Herren sind müde."

„Sie können nach Hause gehen." Es ist wirklich sehr dringend.'

Checco zögerte und sah uns an.

„Wir werden auf dich warten", sagte Matteo.

Girolamos Augen wanderten hin und her, ohne einen Moment auszuruhen, von Checco zu mir, von mir zu Matteo und weiter zu seiner Frau und dann wieder weiter, mit außerordentlicher Geschwindigkeit – es war ziemlich erschreckend.

„Man könnte meinen, Sie hätten Angst davor, Checco in unseren Händen zu lassen", sagte die Gräfin lächelnd.

„Nein", erwiderte Matteo; „Aber ich freue mich darauf, etwas von Ihrer Aufmerksamkeit zu bekommen, da Checco jetzt anderweitig beschäftigt ist." Willst du mich schmachten lassen?'

Sie lachte und ein schneller Blick wechselte zwischen ihr und dem Grafen.

„Ich würde mich nur zu sehr freuen", sagte sie, „kommen Sie und setzen Sie sich zu mir, einer auf jeder Seite."

Der Graf wandte sich an Ercole .

„Gute Nacht, mein Freund", sagte er. 'Gute Nacht!'

Ercole verließ uns, und Girolamo nahm Checcos Arm, ging im Raum auf und ab und sprach. Die Gräfin und Matteo begannen ein fröhliches Gespräch. Obwohl ich in ihrer Nähe war , wurde ich allein gelassen und beobachtete den Grafen. Seine Augen faszinierten mich und bewegten sich unaufhörlich. Was könnte dahinter stecken? Was könnten die Gedanken des Mannes sein, dass seine Augen niemals ruhen sollten? Sie umhüllten die Person, die sie ansahen – seinen Kopf, jedes Merkmal seines Gesichts, seinen Körper, seine Kleidung; man konnte sich vorstellen, dass es kein Detail gab, das sie nicht erfasst hatten; es war, als ob sie bis in die Seele des Mannes hineinfrassen.

Die beiden Männer stapften auf und ab und unterhielten sich ernst; Ich fragte mich, was sie sagten. Schließlich blieb Girolamo stehen.

„Ah, nun ja, ich muss Mitleid mit dir haben; Ich werde dich zu Tode ermüden. Und du weißt, dass ich nichts tun möchte, was dir schaden könnte.'

Checco lächelte.

„Welche Schwierigkeiten es auch immer zwischen uns gegeben hat, Checco , du weißt, dass ich dir gegenüber nie ein schlechtes Gefühl gehabt habe. „Ich habe immer eine sehr aufrichtige und liebevolle Freundschaft mit dir gehabt."

Und als er diese Worte sagte, überkam ihn eine außergewöhnliche Veränderung. Die Augen, die beweglichen Augen, blieben endlich stehen; zum ersten Mal sah ich sie vollkommen ruhig, bewegungslos, wie Glas; Sie sahen Checco fest in die Augen, ohne zu zwinkern, und ihre Unbeweglichkeit war ebenso seltsam wie ihre ständige Bewegung, und für mich war sie noch erschreckender. Es war, als ob Girolamo versuchte, sein eigenes Abbild in Checcos Seele zu sehen.

Wir verabschiedeten uns von ihnen und gingen gemeinsam hinaus in die Stille der Nacht; und ich hatte das Gefühl, dass hinter uns die bewegungslosen Augen uns wie Glas in die Dunkelheit folgten.

XIX

WIR traten hinaus in die Stille der Nacht. Tagsüber hatte es ein wenig geregnet, und die Luft war daher frisch und süß; Die leichte Brise des Frühlings ließ einen die Lungen weiten und tief einatmen. Man spürte, wie die Bäume ihre grünen Blätter ausbreiteten und wie die Knospen der Pflanzen ihre flaumigen Mäntel öffneten und die Blüte darin entdeckten. Leichte Wolken zogen träge am Himmel entlang, und zwischen ihnen leuchteten ein paar schwache Sterne. Checco und Matteo gingen voran, während ich die Frühlingsnacht genoss; Es erfüllte mich mit einer süßen Traurigkeit, einer Reaktion auf die ausgelassene Freude des Abends und angenehm durch den Kontrast.

Als Matteo zurückblieb und sich zu mir gesellte, empfing ich ihn etwas unwillig, enttäuscht über die Unterbrechung meiner Träume.

„Ich fragte Checco , was der Graf ihm über die Steuern gesagt hatte, aber er wollte es mir nicht sagen; Er sagte, er wolle über das Gespräch nachdenken.'

Ich gab keine Antwort und wir gingen schweigend weiter. Wir hatten die Piazza verlassen und gingen durch die engen Gassen, die von hohen schwarzen Häusern gesäumt waren. Es war sehr spät, und es war keine Menschenseele zu sehen; Außer dem unserer eigenen Schritte und dem von Checco , der ein paar Meter vor uns ging, waren keine Geräusche zu hören. Zwischen den Dächern der Häuser war nur ein kleiner Streifen Himmel zu sehen, ein einzelner Stern und die träge dahinschwebenden Wolken. Die warme Luft wehte mir ins Gesicht und erfüllte mich mit einem Rausch der Melancholie. Ich dachte, wie süß es wäre, diese Nacht einzuschlafen und nie wieder aufzuwachen. Ich war müde und wollte den Rest eines endlosen Schlafes...

Plötzlich wurde ich von einem Schrei erschreckt.

Ich sah, wie aus dem Schatten der Häuser schwarze Formen auf Checco hervorsprangen . Ein Arm wurde erhoben und ein glitzerndes Instrument blitzte in der Dunkelheit auf. Er taumelte vorwärts.

„Matteo", rief er. 'Helfen! Helfen!'

Wir stürmten vorwärts und zogen unsere Schwerter. Es gab ein Handgemenge, drei von uns gegen vier von ihnen, ein Aufblitzen von Schwertern, ein Schrei von einem der Männer, als er taumelte und mit einer Wunde von Matteos Schwert zu Boden ging. Dann ein weiterer Ansturm, plötzlich tauchte eine kleine Gruppe Männer um die Ecke und Ercole Piacentinis weinende Stimme –

'Was ist es? Was ist es?'

Und Matteos Antwort:

„Hilf uns, Ercole ! Ich habe einen getötet. „ Checco wird erstochen."

'Ah!' ein Schrei von Ercole , und mit seinen Männern stürzte er sich in den Kampf.

Noch ein paar Schreie, immer noch das Aufblitzen von Schwertern, der Sturz schwerer Körper auf die Steine.

„Sie sind erledigt!" sagte Matteo.

Die Schreie, das Klirren von Metall weckten die Nachbarn ; An den Fenstern waren Lichter zu sehen, und Frauen mit Nachtmützen erschienen schreiend; Türen wurden aufgerissen und Männer in ihren Hemden, das Schwert in der Hand, kamen heraus.

'Was ist es? Was ist es?'

„ Checco , bist du verletzt?" fragte Matteo.

'NEIN; mein Panzer!'

„ Gott sei Dank , dass du es anhattest! Ich sah dich taumeln.'

„Es war der Schlag. „Zuerst wusste ich nicht, ob ich verletzt war oder nicht."

'Was ist es? Was ist es?'

Die Nachbarn umringten uns.

„Sie haben versucht, Checco zu ermorden !" Checco d'Orsi !'

'Mein Gott! Ist er in Sicherheit?'

„Wer hat es getan?"

Alle Augen waren auf die vier Männer gerichtet, von denen jeder aufgehäuft auf dem Boden lag und aus seinen Wunden Blut strömte.

'Sie sind tot!'

„Fußpolster!" sagte Ercole ; „Sie wollten dich ausrauben und wussten nicht, dass du in Begleitung warst."

„Fußpolster! Warum sollten mich Fußstapfen diese Nacht ausrauben?' sagte Checco . „Ich wünschte, sie wären nicht tot."

'Sieh an!' sagte ein Umstehender: „Da bewegt sich einer."

Die Worte waren kaum aus dem Mund des Mannes, als einer von Ercoles Soldaten seinen Dolch ergriff, ihn dem Mann in den Hals rammte und schrie:

„Bestia!"

Ein Zittern ging durch den am Boden liegenden Körper, und dann war es ganz still.

'Du Narr!' sagte Matteo wütend. 'Warum hast du das getan?'

„Er ist ein Mörder", sagte der Soldat.

„Du Narr, wir wollten ihn lebend, nicht tot." „Wir hätten herausfinden können, wer ihn angeheuert hat."

'Wie meinst du das?' sagte Ercole . „Sie sind gewöhnliche Räuber."

„Hier ist die Wache", rief jemand.

Der Wärter kam und sofort gab es eine Erklärungsgeschichte. Der Kapitän trat vor und untersuchte die am Boden liegenden Männer.

„Sie sind alle tot", sagte er.

„Nimm sie weg", sagte Ercole . „Lasst sie bis zum Morgen in einer Kirche untergebracht werden."

'Stoppen!' rief Checco . „Bringt ein Licht und lasst uns sehen, ob wir sie erkennen können ."

„Nicht jetzt, es ist spät." Morgen kannst du machen, was du willst.'

„Morgen wird es später sein, Ercole ", antwortete Checco . „Bring ein Licht."

Fackeln wurden gebracht und jedem Toten ins Gesicht gehalten. Jeder untersuchte eifrig die Gesichtszüge, die er in letzter Qual gezeichnet hatte.

„Ich kenne ihn nicht."

Dann zu einem anderen.

'NEIN.'

Und auch die anderen beiden waren unbekannt. Checco betrachtete das Gesicht des Letzten und schüttelte den Kopf. Aber ein Mann brach aufgeregt aus:

'Ah! Ich kenne ihn.'

Ein Schrei von uns allen.

'Wer ist es?'

'Ich kenne ihn. Es ist ein Soldat, einer aus der Garde des Grafen .'

'Ah!' sagten Matteo und Checco und sahen sich an. „Einer von der Wache des Grafen !"

„Das ist eine Lüge", sagte Ercole . „Ich kenne sie alle und habe dieses Gesicht noch nie zuvor gesehen." Es ist ein Fußstapfen, sage ich Ihnen.'

'Es ist nicht. Ich kenne ihn gut. Er ist Mitglied der Wache.'

„Es ist eine Lüge, das sage ich dir."

„ Ercole hat zweifellos recht", sagte Checco . „Sie sind gewöhnliche Diebe." Lasst sie wegnehmen. Sie haben für ihren Versuch einen hohen Preis bezahlt. Gute Nacht meine Freunde. Gute Nacht, Ercole , und danke.'

Der Wachmann packte die Toten am Kopf und an den Füßen, und einer nach dem anderen trugen sie sie im Gänsemarsch die dunkle Straße entlang. Wir drei zogen weiter, die Menge löste sich allmählich auf und alles wurde wieder dunkel und still.

Wir gingen Seite an Seite nach Hause, ohne zu sprechen. Wir kamen zum Palazzo Orsi , traten ein, gingen einer nach dem anderen die Treppe hinauf, in Checcos Arbeitszimmer, Lichter wurden angezündet, die Tür wurde sorgfältig geschlossen, und Checco drehte sich zu uns um.

'Also?'

Weder ich noch Matteo sprachen. Checco ballte die Faust und seine Augen blitzten, als er zischte :

„Der Hund!"

Wir alle wussten, dass der Versuch vom Grafen stammte ...

'Von Gott! „Ich bin froh, dass du in Sicherheit bist", sagte Matteo.

„Was für ein Narr ich war, mich von seinen Beteuerungen täuschen zu lassen! Ich hätte wissen müssen, dass er die Verletzung, die ich ihm zugefügt habe, nie vergessen würde.'

„Er hat es gut geplant", sagte Matteo.

„Außer dem Soldaten", bemerkte ich. „Er hätte niemanden wählen sollen, der erkennbar wäre ."

„Wahrscheinlich war er der Anführer." Aber wie gut hat er alles gemeistert, uns hinter den anderen aufgehalten und Filippo und mich beinahe überredet, vor dir nach Hause zu gehen. Caterina war an der Verschwörung beteiligt.'

„Ich frage mich, ob er den Versuch nicht aufgeschoben hat, als er feststellte, dass du nicht allein sein würdest", sagte ich zu Checco .

„Er weiß, dass ich nie allein bin und dass sich eine solche Gelegenheit nicht so leicht wiederholen würde." Vielleicht dachte er, sie könnten euch beiden aus dem Weg gehen oder euch sogar ermorden.'

„Aber Ercole und seine Männer?" Ich sagte .

„Ja, ich habe über sie nachgedacht. Die einzige Erklärung, die ich habe, ist, dass er sie dort platziert hat, um ihre Flucht zu decken, falls sie erfolgreich waren, und um sie zu töten, wenn sie scheiterten oder nicht fliehen konnten.'

„Das haben sie tatsächlich auch getan. „Ich dachte, ich hätte gesehen, wie Ercole dem Soldaten, der den einzigen Lebenden erstochen hat, ein Zeichen gegeben hat."

'Möglicherweise. Die Absicht bestand offensichtlich darin, alle Zeugen und jede Möglichkeit für Nachforschungen zu vernichten.'

„Nun", sagte Matteo, „es wird anderen zeigen, dass es gefährlich ist, Drecksarbeit für das Riario zu erledigen ."

„Das wird es tatsächlich!"

„Und was soll nun passieren?" sagte Matteo.

Checco sah ihn an, antwortete aber nicht.

„Weigern Sie sich immer noch, Girolamo das anzutun, was er versucht hat, Ihnen anzutun?"

Checco antwortete ruhig:

'NEIN!'

'Ah!' wir weinten beide. „Dann stimmen Sie zu?"

„Ich sehe jetzt keinen Grund mehr, das Gesetz nicht selbst in die Hand zu nehmen."

'Ermordung?' flüsterte Matteo.

Und Checco antwortete kühn:

'Ermordung!' Dann, nach einer Pause: „Das ist der einzige Weg, der mir offensteht." Erinnern Sie sich an Lorenzos Worte? Sie waren jeden Tag bei mir und ich habe sehr, sehr tief über sie nachgedacht: „Lass Checco wissen, dass es nur der Narr ist, der sich ein Ziel vorschlägt, wenn er es nicht erreichen kann oder will; aber der Mann, der das verdient Der Name des Menschen marschiert mit klarem Verstand und Willenskraft direkt auf das Ziel zu. Er betrachtet die Dinge, wie sie sind, legt alle eitlen Erscheinungen beiseite, und wenn seine Intelligenz ihm den Weg zu seinem Ziel gezeigt hat, ist er ein Narr, wenn er lehnt sie ab, und er ist ein weiser Mann, wenn er sie beharrlich und ohne Zögern anwendet." Ich kenne das Ende, und ich werde es erreichen. Ich kenne die Mittel und werde sie ohne zu zögern konsequent einsetzen.'

„Ich freue mich, dich endlich so sprechen zu hören!" sagte Matteo. „Wir werden genug haben, um uns zu helfen." Die Moratini werden sofort beitreten. Jacopo Ronchi und Lodovico Pansecchi sind so verbittert gegen den Grafen, dass sie uns begleiten werden, sobald sie erfahren, dass Sie beschlossen haben, unseren Feind zu töten.

„Du bist blind, Matteo. Sehen Sie nicht, was wir tun müssen? Sie verwechseln die Mittel mit dem Zweck.'

'Wie meinst du das?'

„Der Tod von Girolamo ist nur ein Mittel." Das Ende ist weiter und höher.'

Matteo sagte nichts.

„Ich muss meine Hände frei von jedem niederträchtigen Motiv halten." Es darf nicht den Anschein erwecken, dass ich von irgendeinem persönlichen Anreiz beeinflusst werde. Von mir darf nichts kommen. „Die Idee eines Attentats muss von außen kommen."

„Wer meinst du —"

„Ich denke, Bartolomeo Moratini muss es vorschlagen, und ich werde seinen Instanzen nachgeben."

'Gut! dann werde ich zu ihm gehen.'

„Das geht auch nicht." Weder Sie noch ich müssen sich darum kümmern. Danach muss allen klar sein, dass die Orsi ausschließlich vom Gemeinwohl beeinflusst wurden. Siehst du? Ich werde dir sagen, wie es sein muss. Filippo muss uns helfen. Er muss zu Bartolomeo gehen und aus großer Zuneigung zu uns von unserer Gefahr sprechen und Bartolomeo bitten, mich zum Attentat zu überreden. Verstehst du, Filippo?'

'Perfekt!'

„Wirst du es tun?"

„Ich werde morgen zu ihm gehen."

„Warten Sie, bis sich die Nachricht von dem Anschlag verbreitet hat."

Ich lächelte über die Vollständigkeit, mit der Checco alles arrangiert hatte; er hatte offenbar alles durchdacht. Wie waren seine Skrupel verschwunden?

Die Schwärze der Nacht sank vor der Morgendämmerung, als wir uns gegenseitig eine gute Nacht wünschten.

XX

Es schien, als hätte ich kaum eine halbe Stunde geschlafen, als ich unten von einem lauten Lärm geweckt wurde. Ich stand auf und sah aus dem Fenster, dass sich unten auf der Straße eine Menschenmenge versammelte; sie redeten und gestikulierten wütend. Dann erinnerte ich mich an das Ereignis der Nacht und sah, dass sich die Nachricht verbreitet hatte und dass es sich um Bürger handelte, die gekommen waren, um Einzelheiten zu erfahren. Ich ging nach unten und stellte fest, dass der Hof voller Menschen war. Sofort war ich von besorgten Menschen umgeben, die nach Neuigkeiten fragten. Es waren sehr gegenteilige Berichte im Umlauf; Einige sagten, Checco sei völlig getötet worden, andere, er sei entkommen, während die meisten behaupteten, er sei verwundet worden. Alle fragten nach Checco .

„Wenn er unverletzt ist, warum zeigt er sich dann nicht?" Sie fragten.

Ein Diener versicherte ihnen, dass er sich gerade anziehe und sofort bei ihnen sein würde ... Plötzlich ertönte ein Schrei. Checco war oben auf der Treppe aufgetaucht. Sie stürmten auf ihn zu und umringten ihn mit Freudenschreien; Sie ergriffen seine Hand, sie klammerten sich an seine Beine, einige von ihnen berührten ihn am ganzen Körper, um zu sehen, dass er tatsächlich unverwundet war, andere küssten die Lappen seines Mantels ... Bartolomeo Moratini betrat mit seinen Söhnen den Hof, und das Volk schrumpfte zurück, als er nach vorne trat und Checco umarmte .

„Gott sei Dank bist du gerettet!" er sagte. „Es wird ein schlimmer Tag für Forli sein, wenn dir etwas passiert."

Die Leute antworteten mit Rufen. Aber in diesem Moment war draußen ein anderes Geräusch zu hören – ein langes und schweres Murmeln. Die Menschen rund um die Tür schauten hinaus und drehten sich erstaunt zu ihren Nachbarn um , wobei sie auf die Straße zeigten; Das Murmeln breitete sich aus. Was war es?

'Platz machen! Platz machen!'

Eine schrille Stimme rief die Worte, und die Platzanweiser schoben die Leute beiseite. Ein kleiner Trupp Männer erschien im Eingang, und als sie dort zurücksanken, trat der Graf vor. Die Zählung! Checco zuckte zusammen, erholte sich aber sofort und ging seinem Besucher entgegen. Girolamo ging auf ihn zu, nahm ihn in die Arme, küsste ihn auf die Wangen und sagte:

„Mein Checco ! Mein Checco !'

Wir, die es wussten, und die anderen, die es vermuteten, sahen erstaunt zu.

„Sobald ich die schreckliche Nachricht hörte , beeilte ich mich, Sie zu finden", sagte der Graf. „Bist du in Sicherheit – ziemlich sicher?"

Er umarmte ihn erneut.

„Du kannst dir nicht vorstellen, was für eine Qual ich erlitten habe, als ich hörte, dass du verwundet wurdest." Wie froh bin ich, dass es nicht stimmte. Oh Gott im Himmel, ich danke Dir für meinen Checco !'

„Sie sind sehr freundlich, mein Herr", antwortete unser Freund.

„Aber es ist ein gewisser Trost, dass die Schurken das Ende gefunden haben, das sie verdient haben." Wir müssen Schritte unternehmen, um die Stadt von all diesen gefährlichen Personen zu befreien. Was werden die Menschen über meine Herrschaft sagen, wenn bekannt wird, dass der friedliche Bürger nachts nicht ohne Gefahr für sein Leben nach Hause gehen kann? Oh, Checco , ich gebe mir bittere Vorwürfe.'

„Sie haben keinen Grund, Mylord, aber – wäre es nicht gut, die Männer zu untersuchen, um zu sehen, ob sie in Forli bekannt sind? Vielleicht haben sie Mitarbeiter.'

'Sicherlich; Die Idee war in meinem Kopf. Laßt sie auf dem Marktplatz ausbreiten, damit jeder sie sehen kann.'

„Verzeihung, Sir", sagte einer aus seinem Gefolge , „aber sie wurden letzte Nacht in der Kirche San Spirito beigesetzt, und heute Morgen sind sie verschwunden."

Matteo und ich sahen uns an. Checco hielt den Blick auf den Grafen gerichtet.

'Verschwunden!' rief dieser und zeigte jedes Anzeichen von Ungeduld. „Wer ist dafür verantwortlich? Bieten Sie eine Belohnung für die Entdeckung ihrer Leichen und etwaiger Komplizen an. Ich bestehe darauf, dass sie entdeckt werden!'

Kurz darauf verabschiedete er sich, nachdem er Checco mehrmals geküsst und Matteo und mir herzlich zu der Hilfe gratuliert hatte, die wir unserem Freund gegeben hatten. Zu mir sagte er: –

„Ich bedaure, Messer Filippo, dass Sie kein Forliveser sind ." „Ich sollte stolz sein, einen solchen Bürger zu haben."

Bartolomeo Moratini war immer noch im Palazzo Orsi , also nutzte ich meine Gelegenheit, nahm ihn am Arm und ging mit ihm zur Statuengalerie, wo wir uns in Ruhe unterhalten konnten.

„Was haltet Ihr von all dem?" Ich sagte .

Er schüttelte den Kopf.

„Es ist der Anfang vom Ende." Natürlich ist uns allen klar, dass das Attentat vom Grafen angeordnet wurde; er wird niemanden durch seine vorgetäuschte Besorgnis von seiner Unschuld überzeugen. Die ganze Stadt flüstert seinen Namen.

Checco erlitten hat, verzeihen könnte, kann er niemals die Verletzung verzeihen, die er ihm selbst zugefügt hat." Und das nächste Mal wird er nicht scheitern.'

„Ich mache mir schreckliche Sorgen", sagte ich. „Du kennst die große Zuneigung, die ich für beide Orsi hege ."
Er blieb stehen und schüttelte mir herzlich die Hand.

„Ich kann nicht zulassen, dass Checco sein Leben auf diese Weise wegwirft", sagte ich.

„Was kann getan werden?"

„Nur eins, und du hast es vorgeschlagen ... Girolamo muss getötet werden."

„Ah, aber Checco wird dem niemals zustimmen."

„Ich fürchte nicht", sagte ich ernst. „Sie kennen die Zartheit seines Gewissens."

'Ja; und obwohl ich es für übertrieben halte, bewundere ich ihn dafür. Heutzutage findet man selten einen Mann, der so ehrlich, aufrichtig und gewissenhaft ist wie Checco . Aber, Messer Filippo, man muss sich den Vorstellungen der Zeit beugen, in der man lebt."

„Auch ich bin von seiner Edelmut überzeugt, aber es wird ihn ruinieren."

„Das fürchte ich", seufzte der alte Mann und strich sich über den Bart.

„Aber er muss gegen seinen Willen gerettet werden." Ihm muss klar gemacht werden, dass es notwendig ist, den Grafen zu töten.' Ich sprach so nachdrücklich, wie ich konnte.

„Er wird niemals zustimmen."

„Er muss zustimmen; und du bist der Mann, der ihn dazu bringt. Er würde auf nichts hören, was Matteo oder ich sagten, aber vor Ihnen hat er den größten Respekt. Ich bin mir sicher, dass Sie es sind, wenn ihn jemand beeinflussen kann.'

„Ich glaube, ich habe Macht über ihn."

'Werden Sie versuchen? Lassen Sie ihn nicht vermuten, dass Matteo oder ich etwas damit zu tun haben, sonst hört er nicht zu. Es muss ausschließlich von dir kommen.'

'Ich werde mein Bestes geben.'

„Ah, das ist gut von dir." Aber lassen Sie sich von seinen Ablehnungen nicht entmutigen; Seien Sie in unserem Namen hartnäckig. Und noch etwas:

Sie kennen seine Selbstlosigkeit; Er würde seine Hand nicht bewegen, um sich selbst zu retten, aber wenn man ihm zeigen würde, dass es zum Wohle anderer ist, könnte er sich nicht weigern. Lassen Sie ihn denken, dass die Sicherheit von uns allen von ihm abhängt. „Er ist ein Mann, den man nur durch seine Gefühle für andere bewegen kann."

„Ich glaube dir", antwortete er. „Aber ich werde zu ihm gehen und keinen Streit ungenutzt lassen."

„Ich bin sicher, dass Ihre Bemühungen belohnt werden."

Hier zeigte ich, dass ich ein vollkommen weiser Mann war, denn ich prophezeite nur, weil ich es wusste.

XXI

Am Abend kehrte Bartolomeo in den Palast zurück und bat um Checco . Auf seine Bitte hin gesellten sich Matteo und ich zu ihm in Checcos Arbeitszimmer, außerdem waren noch seine beiden Söhne Scipione und Alessandro da. Bartolomeo war ernster denn je.

„Ich bin jetzt zu dir gekommen, Checco , getrieben von einem sehr starken Pflichtgefühl, und ich möchte mit dir über eine Angelegenheit von größter Bedeutung sprechen."

Er räusperte sich.

„Erstens: Sind Sie davon überzeugt, dass der Anschlag auf Ihr Leben von Girolamo Riario geplant wurde ?"

„Es tut mir um seinetwillen leid, aber – das tue ich."

„Das sind wir alle, absolut." Und was haben Sie jetzt vor?'

'Was kann ich machen? Nichts!'

„Die Antwort ist nicht nichts." Du hast etwas zu tun.'

'Und das ist?'

„Um Girolamo zu töten, bevor er Zeit hat, dich zu töten."

Checco sprang auf.

„Sie haben mit dir gesprochen – Matteo und Filippo. Sie sind es, die dir das in den Kopf gesetzt haben. Ich wusste, dass es noch einmal vorgeschlagen werden würde.'

„Nichts hat mich auf die Idee gebracht außer der unwiderstehlichen Kraft der Umstände."

'Niemals! Dem werde ich niemals zustimmen.'

„Aber er wird dich töten."

'Ich kann sterben!'

„Es wird der Ruin Ihrer Familie sein." Was passiert mit Ihrer Frau und Ihren Kindern, wenn Sie tot sind?'

„Wenn es sein muss , können sie auch sterben." „Niemand, der den Namen Orsi trägt , fürchtet den Tod."

„Man kann ihr Leben nicht kaltblütig opfern."

„Ich kann keinen Mitmenschen kaltblütig töten." Ach, mein Freund, du weißt nicht, was in mir steckt. Ich bin nicht religiös; Ich habe mich nie mit Priestern beschäftigt; Aber etwas in meinem Herzen sagt mir, dass ich das nicht tun soll. Ich weiß nicht, was es ist – Gewissen oder Ehre –, aber es spricht deutlich in mir."

Er hatte die Hand aufs Herz und sprach sehr ernst. Wir folgten seinen Augen und sahen sie auf einem Kruzifix ruhen.

„Nein, Bartolomeo", sagte er, „man kann Gott nicht vergessen." Er ist immer über uns und beobachtet uns immer; und was soll ich zu ihm sagen, wenn das Blut dieses Mannes an meinen Händen klebt? Sie können sagen, was Sie wollen, aber glauben Sie mir, es ist am besten, ehrlich und direkt zu sein und die Lehren, die Christus uns hinterlassen hat und die er mit dem Siegel versehen hat, so weit wie möglich in die Tat umzusetzen Blut an seinen Händen und Füßen und die Wunde in seiner Seite.'

Bartolomeo sah mich an, als wäre es aussichtslos, etwas gegen solche Gefühle zu unternehmen. Aber ich bedeutete ihm energisch, weiterzumachen; er zögerte. Es wäre fast tragisch, wenn er die Sache aufgeben würde, bevor Checco Zeit hatte, sich zu ergeben. Er fuhr jedoch fort:

„Du bist ein guter Mann, Checco , und ich respektiere dich zutiefst für das, was du gesagt hast." Aber wenn du dich nicht rührst, um dich selbst zu retten, denk an die anderen.'

'Wie meinst du das?' sagte Checco und zuckte zusammen wie aus einem Traum.

„Haben Sie das Recht, Ihre Mitmenschen zu opfern? Die Bürger von Forli sind auf Sie angewiesen.'

„Ah, sie werden leicht einen anderen Anführer finden." Sie selbst werden ihnen eine größere Hilfe sein, als ich es jemals war. Wie viel besser werden sie in deinen starken Händen sein als bei mir!'

„Nein, nein! Du bist der einzige Mann, der hier Macht hat. „Du konntest nicht ersetzt werden."

„Aber was kann ich mehr tun, als ich tue." Ich habe nicht vor, Forli zu verlassen; Ich werde hier bleiben und mich schützen, so gut ich kann. Ich kann nicht mehr tun.'

„Oh, Checco , sieh dir ihren Zustand an." Es kann nicht weitergehen. Sie sind jetzt zermahlen; Der Graf muss diese Steuern erheben, und wie wird dann ihre Bedingung sein? Die Menschen sterben in ihrem Elend, und die Überlebenden freuen sich über die Verstorbenen. Wie kannst du das alles sehen und sehen? Und du, du weißt, dass Girolamo dich töten wird; Es ist eine Frage der Zeit, und wer kann sagen, wie kurz diese Zeit ist? Vielleicht schmiedet er gerade jetzt die Waffe deines Todes.'

'Mein Tod! Mein Tod!' rief Checco . „Das ist alles nichts!"

„Aber was wird das Los der Menschen sein, wenn du weg bist? Sie sind der einzige Eindämmer der Tyrannei von Riario . Wenn du tot bist, kann ihn nichts mehr zurückhalten. Und wenn er ihm einmal durch Mord den Weg geebnet hat, wird er es nicht versäumen, dies noch einmal zu tun. Wir werden unter ständiger Angst vor dem Messer leben. „Oh, erbarme dich deiner Mitbürger."

'Mein Land!' sagte Checco . 'Mein Land!'

„Du kannst dem nicht widerstehen. Zum Wohle Ihres Landes müssen Sie uns voranbringen.'

„Und wenn meine Seele –"

„Es ist für Ihr Land." Ah! Checco , denk an uns alle. Nicht nur für uns selbst, sondern auch für unsere Frauen, unsere unschuldigen Kinder bitten wir Sie, wir flehen Sie an. Sollen wir vor dir auf die Knie gehen?'

„Oh mein Gott, was soll ich tun?" sagte Checco äußerst aufgeregt.

„Hör auf meinen Vater, Checco !" sagte Scipione . „Er hat das Recht auf seiner Seite."

„Oh, du auch nicht! Überwältige mich nicht. Ich habe das Gefühl, dass ihr alle gegen mich seid. Gott hilf mir! Ich weiß, dass es falsch ist, aber ich spüre, wie ich schwanke.'

„Denk nicht an dich selbst, Checco ; „Für andere, für unsere Freiheit, unser Leben, unser Alles flehen wir Sie an."

„Du rührst mich furchtbar." Sie wissen, wie sehr ich mein Land liebe, und wie kann ich Ihnen widerstehen, wenn Sie in seinem Namen appellieren!'

„Sei mutig, Checco !" sagte Matteo.

„Das ist das Höchste, worum wir Sie bitten", fügte Bartolomeo hinzu. „Der Mensch kann nichts Größeres tun." Wir bitten Sie, sich selbst zu opfern, vielleicht sogar Ihre Seele, zum Wohle von uns allen.'

Checco vergrub sein Gesicht in seinen Händen und stöhnte:

'Oh Gott! Oh Gott!'

Dann erhob er sich mit einem tiefen Seufzer und sagte:

„Es sei, wie ihr wollt... Zum Wohle meines Landes!"

„Ah, danke, danke!"

Bartolomeo nahm ihn in die Arme und küsste ihn auf beide Wangen. Dann riss sich Checco plötzlich los.

„Aber hört euch das alle an." Ich habe zugestimmt, und jetzt müssen Sie mich sprechen lassen. Ich schwöre, dass ich in dieser Sache nicht an mich gedacht habe. Wenn ich allein besorgt wäre, würde ich mich nicht bewegen; Ich würde ruhig auf das Messer des Attentäters warten. Ich würde sogar meine Frau und meine Kinder opfern, und Gott weiß, wie sehr ich sie liebe! Ich würde keinen Finger rühren, um mich zu retten. Und ich schwöre bei allem, was mir am heiligsten ist, dass ich von keinem niederen Motiv, keinem Ehrgeiz, keinem Selbstgedanken, keiner kleinlichen Rache angetrieben werde. Ich würde Girolamo gerne alles verzeihen. Glauben Sie mir, meine Freunde, ich bin ehrlich. Ich schwöre Ihnen, dass ich dies nur zum Wohl der Männer tue, die ich liebe, für Sie alle und – für die Freiheit.'

Sie drückten ihm herzlich die Hände.

„Wir wissen es, Checco , wir glauben es." „Du bist ein großartiger und guter Mann."

Wenig später begannen wir, über die Mittel und Wege zu diskutieren. Jeder hatte seinen Plan, und die anderen hatten die schlüssigsten Einwände dagegen. Wir unterhielten uns alle miteinander, jeder war ziemlich verärgert darüber, dass die anderen nicht bereit waren, ihm zuzuhören, und darüber nachzudenken, wie verächtlich ihre Ideen im Vergleich zu seinen eigenen waren. Checco saß schweigend da. Nach einer Weile Checco gesprochen,-

„Wirst du mir zuhören?"

Wir hielten den Mund.

„Zuallererst", sagte er, „müssen wir herausfinden, wer für uns und wer gegen uns ist."

„Nun", unterbrach Scipione , „da sind die beiden Soldaten, Jacopo Ronchi und Lodovico Pansecchi ; Sie sind wütend auf den Grafen und haben mir vor langer Zeit gesagt, dass sie ihn bereitwillig töten würden.

„Unsere sechs Selbst und diese beiden ergeben acht."

„Dann sind da noch Pietro Albanese, Paglianino und Marco Scorsacana ."

Sie waren treue Anhänger des Hauses Orsi und man konnte sich darauf verlassen, dass sie dem Familienoberhaupt bis zum Abgrund folgten.

„Elf", zählte Bartolomeo.

'Und dann-'

Jeder nannte einen Namen, bis sich die Gesamtzahl auf siebzehn erhöhte.

'Wer sonst?' fragte Matteo.

„Das reicht", sagte Checco . „Es ist genauso dumm, mehr als nötig zu haben, als weniger zu haben." Nun noch einmal: Wer sind sie?'

Die Namen wurden wiederholt. Sie alle waren bekannte Feinde des Grafen und die meisten von ihnen waren mit den Orsi verwandt .

„Wir sollten besser getrennt zu ihnen gehen und mit ihnen reden."

„Es wird Pflege wollen!" sagte Bartolomeo.

„Oh, sie werden nicht rückständig sein. Das erste Wort wird ihre Zustimmung bringen.'

„Davor", sagte Checco , „müssen wir alle Vorkehrungen treffen." „Jeder Punkt der Ausführung muss geregelt werden, und ihnen bleibt nichts anderes übrig als die Aufführung."

„Nun, meine Idee ist –"

„Haben Sie die Güte, mir zuzuhören", sagte Checco . „Sie haben davon gesprochen, die Tat in der Kirche zu begehen oder wenn er unterwegs ist. Beide Wege sind gefährlich, denn er ist immer gut umzingelt, und bei ersterem muss man sich an das Abscheu erinnern, das die Menschen vor einem Sakrileg empfinden. Zeuge Galeazzo in Mailand und die Medici in Florenz. „Man ist immer klug, die Vorurteile der Menge zu respektieren …"

'Was schlägst du vor?'

„Nach dem Mittagessen zieht sich unser Freund in ein Privatzimmer zurück, während seine Diener speisen . Er ist dann fast allein. Ich habe oft gedacht, dass es eine ausgezeichnete Gelegenheit für einen Attentäter wäre; Ich wusste nicht, dass es meine Aufgabe wäre, diese Gelegenheit zu nutzen.'

Er hielt inne und lächelte über die angenehme Ironie.

„Anschließend werden wir die Stadt errichten, und es ist gut, dass so viele unserer Partisanen wie möglich anwesend sind." Der beste Tag dafür ist ein Markttag, an dem sie eintreffen, und wir brauchen sie nicht besonders zu rufen und so Verdacht zu erregen.

Checco schaute uns an, um zu sehen, was wir von seiner Idee hielten; dann fügte er , wie aus einem nachträglichen Gedanken , hinzu:

„Natürlich ist das alles spontan."

Es war gut, dass er das sagte, denn ich dachte darüber nach, wie ausführlich alles geplant war. Ich fragte mich, wie lange er den Plan schon im Kopf hatte.

Wir haben nichts dagegen einzuwenden gefunden.

„Und wer wird die eigentliche Tat vollbringen?"

'Ich werde!' antwortete Checco leise.

'Du!'

'Ja allein. Ich werde dir später deine Rollen erzählen.'

'Und wann?'

'Nächsten Samstag. Das ist der erste Markttag.'

'So früh.' Wir waren alle überrascht; Es waren nur fünf Tage frei, das gab uns sehr wenig Zeit zum Nachdenken. Es war schrecklich nah . Alessandro äußerte unsere Gefühle.

„Ist uns das genug Zeit?" Warum nicht Samstagswoche? Es gibt viele notwendige Vorbereitungen.'

„Es gibt keine notwendigen Vorbereitungen. Du hast deine Schwerter bereit; die anderen können in ein paar Stunden gewarnt werden. Ich wünschte, es wäre morgen.'

„Es ist – es ist sehr bald."

„Die Gefahr, dass unser Mut inzwischen versagt, ist geringer." Wir haben unser Ziel vor uns und müssen es direkt angehen, mit klarem Verstand und Willenskraft.'

Mehr gab es nicht zu sagen. Als wir uns trennten, einer der Moratini fragte,-

„Was die anderen betrifft, sollen wir –"

„Du kannst mir alles überlassen." Ich nehme alles auf meine Hände. Kommt ihr drei am Freitagabend um zehn hierher, um eine Partie Schach zu spielen? Unsere Angelegenheiten werden uns beschäftigen, so dass wir uns in der Zwischenzeit nicht treffen werden. Ich empfehle Ihnen, so viel wie möglich umherzugehen und sich auf allen Versammlungen und Partys sehen zu lassen …"

Checco nahm seine Kapitänsrolle ernst. Er ließ keinen Widerspruch und kein Abweichen von dem Weg zu, den er spontan vorgezeichnet hatte.

Wir hatten vier Tage Zeit, um fröhlich zu sein und die Rosen zu sammeln; danach, wer weiß? Vielleicht baumelten wir in einer gleichmäßigen

Linie an den Fenstern des Palastes, aufgehängt an eleganten Hanfseilen; oder unsere Köpfe könnten Speerspitzen schmücken und unsere Körper weiß Gott wo. Ich schlug Matteo diese Gedanken vor, aber ich fand ihn außerordentlich undankbar. Dennoch stimmte er mir zu, dass wir unsere Zeit besser nutzen sollten, und da es Checcos Wünschen entsprach, konnten wir uns aus Pflichtgefühl zum Teufel begeben. Ich bin mir sicher, dass Claudia in diesen vier Tagen nie einen leidenschaftlicheren Liebhaber hatte als mich; Aber zu meinen Pflichten gegenüber diesem schönen Geschöpf kamen noch Aufregungen und Bankette, Trinkgelage und Spielpartys hinzu, bei denen ich mich tief in meine Ungewissheit über die Zukunft stürzte und infolgedessen ein Vermögen gewann. Checco hatte alle Vorbereitungen selbst übernommen, so dass Matteo und ich nichts anderes tun mussten, als uns zu amüsieren; und das haben wir getan. Das einzige Anzeichen dafür, dass Checco gearbeitet hatte, war ein intelligenter Blick, den mir ein oder zwei von denen zuwarfen, deren Namen in Checcos Arbeitszimmer erwähnt worden waren. Jacopo Ronchi verabschiedete sich am Donnerstagabend von mir und sagte:

„Wir werden uns morgen treffen."

„Ich glaube, du kommst zum Schachspielen", sagte ich lächelnd.

Als Matteo und ich uns zur verabredeten Stunde wieder in Checcos Arbeitszimmer befanden, waren wir beide ziemlich ängstlich und nervös. Mein Herz schlug ziemlich schmerzhaft und ich konnte meine Ungeduld nicht zurückhalten. Ich wünschte, die anderen würden kommen. Allmählich gelangten sie hinein, und wir schüttelten uns leise und ziemlich geheimnisvoll die Hand, mit der Miene von Schuljungen, die sich im Dunkeln treffen, um gestohlene Früchte zu essen. Es wäre vielleicht komisch gewesen, wenn unser geistiges Auge uns nicht ein so lebendiges Bild eines Halfters präsentiert hätte.

Checco begann mit leiser und leicht zitternder Stimme zu sprechen; Diesmal waren seine Gefühle ziemlich real und er tat alles, was er konnte, um sie zu verbergen.

„Meine sehr lieben und treuen Mitbürger", begann er, „es scheint, dass es das größte Unglück ist, mit dem man geboren werden kann oder mit dem man leben kann, in Forli geboren zu sein und in unserer Zeit dort zu leben."
'
Eine solche Stille habe ich unter den Zuhörern noch nie gehört. Es war furchtbar. Checcos Stimme sank immer tiefer, aber dennoch war jedes Wort deutlich zu hören. Das Zittern nahm zu.

„Ist es notwendig, dass die Geburt und das Leben hier die Geburt und das Leben von Sklaven sein sollten? Unsere glorreichen Vorfahren haben sich diesem schrecklichen Unglück nie ausgesetzt. Sie waren frei und in ihrer Freiheit fanden sie das Leben. Aber das ist ein lebendiger Tod...'

Er erzählte von den verschiedenen Taten der Tyrannei, die den Grafen bei seinen Untertanen verhasst gemacht hatten, und betonte die Unsicherheit, in der sie lebten.

„Sie alle kennen das schwere Unrecht, das ich durch den Mann erlitten habe, dem ich geholfen habe, den Thron zu besteigen." Aber dieses Unrecht verzeihe ich gern. Ich bin nur von Hingabe an mein Land und Liebe zu meinen Mitmenschen erfüllt. Wenn Sie andere private Beschwerden haben, flehe ich Sie an, diese beiseite zu legen und nur daran zu denken, dass Sie die Befreier von der Unterdrückung all derer sind, die Sie lieben und schätzen. Sammeln Sie in Ihren Herzen den Geist von Brutus, als er um der Freiheit willen den Mann tötete, den er über alle anderen liebte.

Er gab ihnen die Einzelheiten der Verschwörung; sagte ihnen, was er selbst tun würde und was sie tun sollten, und entließ sie schließlich.

„Beten Sie heute Abend zu Gott", sagte er ernst, „dass er die Arbeit, die wir uns vorgenommen haben, mit Wohlwollen betrachten und ihn anflehen möge, uns nach der Reinheit unserer Absichten zu richten und nicht nach den Taten, die wir uns vorgenommen haben." „Die Unvollkommenheit unseres Wissens scheint uns das einzige Mittel zu unserem Ziel zu sein."

Wir machten das Kreuzzeichen und zogen uns ebenso schweigend zurück, wie wir gekommen waren.

XXII

Mein Schlaf war unruhig, und als ich am nächsten Morgen aufwachte , war die Sonne gerade erst aufgegangen.

Es war Samstag, der 14. April 1488.

Ich ging an mein Fenster und sah einen wolkenlosen Himmel, der im Osten leuchtend gelb und anderswo flüssig und weiß war und sich allmählich ins Blaue verfärbte. Die Strahlen kamen tanzend in mein Zimmer und in ihnen wirbelten unaufhörlich unzählige Staubatome herum. Durch das offene Fenster wehte der Frühlingswind, beladen mit den Düften des Landes, der Blüten der Obstbäume, der Primeln und Veilchen. Ich hatte mich noch nie so jung, stark und gesund gefühlt. Was könnte man an so einem Tag nicht tun! Ich ging in Matteos Zimmer und fand ihn so ruhig schlafend, als wäre dies ein ganz gewöhnlicher Tag wie jeder andere.

„Steh auf, du Fauler!" Ich weinte.

In wenigen Minuten waren wir beide fertig und gingen zu Checco . Wir fanden ihn an einem Tisch sitzend und polierten einen Dolch.

„Erinnern Sie sich an Tacitus", sagte er freundlich lächelnd, „wie die Verschwörung gegen Nero aufgedeckt wurde, als einer der Verschwörer seinem Freigelassenen seinen Dolch zum Schärfen gab?" Daraufhin wurde der Freigelassene misstrauisch und warnte den Kaiser .

„Die Philosophen sagen uns, wir sollen auf den Fehlern anderer aufbauen", bemerkte ich im gleichen Ton.

„Ein Grund für meine Zuneigung zu dir, Filippo", antwortete er, „ist, dass du gute moralische Gefühle hast und eine angenehme moralische Sichtweise auf die Dinge hast."

Er hielt seinen Dolch hin und betrachtete ihn. Die Klinge war wunderschön mit Damast verziert , der Griff mit Juwelen besetzt .

„Sehen Sie", sagte er, zeigte mir die Qualität des Stahls und verwies auf den Namen des Herstellers. Dann, nachdenklich: „Ich habe mich gefragt, welche Art von Schlag am effektivsten wäre, wenn man einen Mann töten wollte."

„Die größte Kraft erhältst du", sagte Matteo, „indem du den Dolch von über deinem Kopf herabführst – also."

'Ja; aber dann könnten Sie die Rippen treffen, in diesem Fall würden Sie Ihren Freund nicht ernsthaft verletzen.'

„Du kannst ihn in den Nacken schlagen."

„Der Platz ist zu klein und das Kinn könnte im Weg sein." Andererseits ist eine Wunde in den großen Gefäßen dieser Region fast sofort tödlich."

„Es ist ein interessantes Thema", sagte ich. „Meiner Meinung nach ist der beste aller Schläge ein Hinterhandschlag, der einem den Magen aufreißt."

Ich nahm den Dolch und zeigte ihm, was ich meinte.

„Es gibt keine Hindernisse auf dem Weg der Knochen; es ist einfach und sicherlich tödlich.'

„Ja", sagte Checco , „aber nicht sofort!" Mein Eindruck ist, dass der beste Weg zwischen den Schultern liegt. Dann schlagen Sie von hinten zu, und Ihr Opfer sieht keine erhobene Hand, die es warnen und, wenn es sehr schnell ist, in die Lage versetzen würde, den Schlag abzuwehren.'

„Das ist größtenteils eine Frage des Geschmacks", antwortete ich und zuckte mit den Schultern. „In diesen Dingen muss der Mensch selbst nach seinen eigenen Eigenheiten urteilen."

Nach einer weiteren Unterhaltung schlug ich Matteo vor, auf den Marktplatz zu gehen und die Leute zu sehen.

'Ja mach!' sagte Checco , „und ich werde meinen Vater besuchen."

Während wir weitergingen, erzählte mir Matteo, dass Checco versucht hatte, seinen Vater zu überreden, für eine Weile wegzugehen, er sich jedoch geweigert hatte, ebenso wie seine Frau. Ich hatte den alten Orso gesehen d'Orsi ein- oder zweimal; er war sehr schwach und altersschwach; Er kam nie nach unten, sondern blieb den ganzen Tag in seinem eigenen Zimmer am Kamin und spielte mit seinen Enkelkindern. Checco hatte die Angewohnheit, ihn jeden Tag, morgens und abends, zu besuchen, aber für den Rest von uns war es, als ob er nicht existierte. Checco beherrschte alles vollkommen.

Der Marktplatz war voller Menschen. In Reihen wurden Stände aufgestellt, und auf den Tischen hatten die Bäuerinnen ihre Waren ausgestellt: Gemüse und Blumen, Hühner, Enten und allerlei Hausgeflügel, Milch, Butter, Eier; und andere Stände mit Fleisch, Öl und Kerzen. Und die Verkäufer waren eine fröhliche Truppe, geschmückt mit roten und gelben Taschentüchern, großen Goldketten um den Hals und makellosem Kopfschmuck; Sie standen hinter ihren Tischen, in der einen Hand eine Waage und in der anderen ein kleines Becken voller Kupfermünzen, schrieen einander zu, feilschten, schrien und scherzten, lachten, stritten. Dann waren da noch die Käufer, die umhergingen und sich die Waren ansahen, Dinge aufhoben und kniffen, daran rochen, schmeckten und sie aus allen Blickwinkeln begutachteten. Und die Verkäufer von Münzen, Amuletten und Glücksbringern gingen durch die Menge und schrieen ihre Waren, stießen mit den Ellbogen und fluchten, wenn jemand gegen sie stieß. Unzählige

Bengel glitten zwischen den Beinen der Menschen, unter den Karrenrädern und hinter den Buden hinein und hinaus, jagten einander durch die Menge, ohne auf Tritte und Handschellen zu achten, stürzten sich auf jede Bude, deren Besitzer den Rücken gekehrt hatte, und packten die erste Sie schnappten sich das Ding, das sie in die Finger bekommen konnten, und rannten mit aller Kraft davon. Und da war ein Zauberer mit einer klaffenden Menge, ein Quacksalber, der Zähne zog, ein Balladensänger. Überall herrschte Lärm, Hektik und Leben.

„Man würde auf den ersten Blick nicht sagen, dass diese Leute erbärmlich unterdrückte Sklaven waren", sagte ich böswillig.

„Man muss unter die Oberfläche schauen", antwortete Matteo, der begonnen hatte, die Dinge im Allgemeinen sehr ernst zu nehmen. Ich sagte ihm immer, dass er eines Tages einen Anruf erhalten und als rasierter Mönch enden würde.

„Lasst uns amüsieren", sagte ich, nahm Matteo am Arm und zog ihn mit auf die Suche nach Beute. Wir haben uns für einen Verkäufer von billigem Schmuck entschieden – eine riesige Frau mit einem dreifachen Kinn und einem roten, schweißtriefenden Gesicht. Sie tat uns sehr leid und wir gingen, um sie zu trösten.

„Es ist ein sehr kalter Tag", bemerkte ich zu ihr, woraufhin sie ihre Wangen hervortrat und einen Schwall ausstieß, der mich fast mitgerissen hätte.

Sie nahm eine Perlenkette und bot sie Matteo als Geschenk für seine Geliebte an. Wir fingen an zu verhandeln, boten ihr nur ein wenig weniger, als sie verlangte, und machten ihr dann, als sie Anzeichen zeigte, dass sie nachgeben würde, ein letztes Angebot, das noch etwas niedriger war. Schließlich ergriff sie einen Besen und griff uns an , so dass wir überstürzt davonfliegen mussten.

Ich hatte mich noch nie so gut gelaunt gefühlt. Ich bot Matteo an, auf jede Art und Weise Rennen zu fahren, die ihm gefiel – Reiten, Laufen und Gehen –, aber er lehnte ab und sagte mir brutal, dass ich leichtfertig sei. Dann gingen wir nach Hause. Ich stellte fest, dass Checco gerade die Messe gehört hatte und so ernst und still wie ein Henker war. Ich ging umher und beklagte mich darüber, dass ich niemanden dazu bringen konnte, mit mir zu reden, und flüchtete mich schließlich zu den Kindern, die mir erlaubten, an ihren Spielen teilzunehmen, so dass ich beim „Verstecken" und „Blindenbuff" spielen konnte . „Ich habe mich bis zum Abendessen sehr amüsiert." Wir aßen zusammen, und ich versuchte, nicht zum Schweigen gebracht zu werden, indem ich den größten Unsinn redete, den ich mir vorstellen konnte;

aber die anderen saßen wie Eulen da und hörten nicht zu, so dass auch ich anfing, deprimiert zu werden ...

Das Stirnrunzeln der anderen infizierte mich, und die dunklen Bilder, die sich vor ihren Augen befanden, erschienen mir; Mir fehlten die Worte und wir saßen alle drei düster da. Am Anfang hatte ich einen ausgezeichneten Appetit, aber wieder beeinflussten mich die anderen und ich konnte nicht essen. Wir spielten mit unserem Essen und wünschten, das Abendessen sei vorbei. Ich bewegte mich unruhig umher, aber Checco blieb ganz still, stützte sein Gesicht auf seine Hand, hob gelegentlich den Blick und richtete ihn auf Matteo oder mich. Einer der Diener ließ einige Teller fallen; Wir zuckten alle zusammen, als wir das Geräusch hörten, und Checco stieß einen Fluch aus; Ich hatte ihn noch nie zuvor fluchen hören. Er war so blass, dass ich mich fragte, ob er nervös war. Ich fragte nach der Uhrzeit: noch zwei Stunden bis wir starten konnten. Wie lange würde es dauern, bis sie vorbei wären! Ich hatte mich danach gesehnt, mit dem Abendessen fertig zu sein, damit ich aufstehen und gehen konnte. Ich verspürte das dringende Bedürfnis, zu Fuß zu gehen, aber als das Essen vorbei war, wurden meine Beine schwer und ich konnte nichts anderes tun, als mich hinzusetzen und die anderen beiden anzusehen. Matteo füllte seinen Krug und leerte ihn mehrmals, aber nach einer Weile , als er nach dem Wein griff, sah er, wie Checco den Blick auf den Krug richtete, die Stirn runzelte und seltsamerweise einen Mundwinkel hob war ein Zeichen dafür, dass er unzufrieden war. Matteo zog seine Hand zurück und schob seinen Becher weg; es rollte herum und fiel auf den Boden. Wir hörten, wie die Kirchenglocke die volle Stunde schlug; es war drei Uhr. Wäre es nie so weit! Wir saßen weiter und weiter. Schließlich erhob sich Checco und begann, im Zimmer auf und ab zu gehen. Er rief nach seinen Kindern. Sie kamen und er begann mit heiserer Stimme zu ihnen zu reden, so dass sie ihn kaum verstehen konnten. Dann, als hätte er Angst vor sich selbst, nahm er sie nacheinander in die Arme und küsste sie krampfhaft und leidenschaftlich, wie man eine Frau küsst; und er sagte ihnen, sie sollten gehen. Er unterdrückte ein Schluchzen. Wir saßen weiter und weiter. Ich habe die Minuten gezählt. Ich hatte noch nie so lange gelebt. Es war furchtbar....

Zu guter Letzt!

Es war halb drei; Wir standen auf und nahmen unsere Hüte.

„Jetzt, meine Freunde!" sagte Checco und atmete erleichtert auf, „unsere schlimmsten Probleme sind vorbei."

Wir folgten ihm aus dem Haus. Ich bemerkte den juwelenbesetzten Griff seines Dolches und hin und wieder sah ich, wie er seine Hand darauf legte, um zu sehen, ob er wirklich da war. Wir gingen durch die Straßen und wurden von den Menschen begrüßt. Ein Bettler hielt uns auf und Checco warf ihm ein Goldstück zu.

'Gott schütze dich!' sagte der Mann.

Und Checco dankte ihm herzlich.

Wir gingen im Schatten durch die engen Gassen, aber als wir um die Ecke bogen, schien uns die Sonne direkt ins Gesicht. Checco hielt einen Moment inne und öffnete seine Arme, als wollte er die Sonnenstrahlen in seinen Armen empfangen, und indem er sich lächelnd zu uns umdrehte, sagte er:

„Ein gutes Omen!"

Ein paar weitere Schritte brachten uns zur Piazza.

XXIII

Zu den Haushaltsmitgliedern des Grafen gehörte auch Fabrizio Tornielli, ein Cousin der Orsi mütterlicherseits. Checco hatte ihm gesagt, dass er mit Girolamo über das Geld sprechen wollte, das er ihm schuldete, und dachte, die beste Gelegenheit sei, wenn der Graf nach dem Essen, das er um drei Uhr zu sich zu nehmen pflegte, allein wäre. Da er jedoch sehr darauf bedacht war, den Grafen ganz allein zu finden, bat er seinen Cousin, ihm zu gegebener Zeit ein Zeichen zu geben ... Fabrizio hatte zugestimmt, und wir hatten verabredet, über die Piazza zu schlendern, bis wir ihn sahen. Wir trafen auf unsere Freunde; Für mich sahen sie anders aus als alle anderen. Ich wunderte mich, dass die Leute, die vorbeikamen, sie nicht anhielten und fragten, was sie störte.

Schließlich wurde eines der Palastfenster geöffnet und wir sahen Fabrizio Tornielli darin stehen und auf die Piazza hinunterblicken. Unsere Chance ist gekommen. Mein Herz schlug so heftig gegen meine Brust, dass ich meine Hand darauf legen musste. Neben Matteo und mir, Marco Scorsacana , Lodovico Pansecchi und Scipione Moratini sollte Checco in den Palast begleiten. Checco nahm meinen Arm und wir gingen langsam die Stufen hinauf, während die anderen uns auf den Fersen folgten. Das Oberhaupt der Orsi hatte einen goldenen Schlüssel, das heißt, er hatte Zutritt zum Herrscher, wann immer er sich vorstellte, und ohne Formalitäten. Der Wachmann an der Tür salutierte, als wir vorbeikamen, ohne eine Frage zu stellen. Wir stiegen zu Girolamos Privatgemächer hinauf und wurden von einem Diener eingelassen. Wir befanden uns in einem Vorraum, in dessen einer Wand sich eine große Tür befand, die mit Vorhängen verschlossen war ...

„Warte hier auf mich", sagte Checco . „Ich werde zum Grafen gehen."

Der Diener hob den Vorhang; Checco trat ein und der Vorhang fiel hinter ihm zurück.

Girolamo war allein und lehnte an der Fensterbank. Er streckte freundlich seine Hand aus.

„Ah, Checco , wie geht es?"

'Also; Und du?'

„Oh, mir geht es immer gut, wenn ich bei meinen Nymphen bin."

Er deutete mit der Hand auf die Fresken an den Wänden. Sie waren das Werk eines berühmten Künstlers und stellten Nymphen dar, die sich trieben, badeten, Girlanden webten und Pan Opfer darbrachten; Der Raum war „Kammer der Nymphen" getauft worden.

Girolamo sah sich mit einem zufriedenen Lächeln um.

„Ich bin froh, dass endlich alles fertig ist", sagte er. „ Vor acht Jahren waren die Steine, aus denen das Haus gebaut ist, nicht aus dem Fels gehauen worden, und jetzt ist jede Wand bemalt, alles ist geschnitzt und verziert, und ich kann mich hinsetzen und sagen: ‚Es ist fertig.‘"

„Es ist in der Tat eine Arbeit, auf die man stolz sein kann", sagte Checco .

„Du weißt nicht, wie ich mich darauf gefreut habe, Checco ." Bisher habe ich immer in Häusern gelebt, die andere gebaut und dekoriert und bewohnt hatten; aber dieser ist aus meinem eigenen Kopf heraus gewachsen; Ich habe jedes Detail seiner Konstruktion beobachtet und fühle, dass es mir gehört, wie ich noch nie zuvor etwas gespürt habe, das mir gehört."

Er hielt einen Moment inne und betrachtete den Raum.

„Manchmal denke ich, dass ich bei der Fertigstellung verloren habe, denn es hat mir viele angenehme Stunden beschert, den Fortschritt zu beobachten. Der Hammer des Zimmermanns, das Klicken der Kelle auf dem Ziegelstein waren Musik in meinen Ohren. In allem, was fertig ist, liegt immer eine Melancholie; Bei einem Haus ist der Moment seiner Fertigstellung der Beginn seines Verfalls. Wer weiß, wie lange es dauern wird, bis diese Bilder von den Wänden verschwunden sind und die Wände selbst zu Staub zerfallen?

„Solange Ihre Familie in Forli regiert, wird Ihr Palast seine Pracht bewahren ."

„Ja, und es scheint mir, dass so wie die Familie das Haus bewahren wird, so wird das Haus die Familie bewahren." Ich fühle mich in Forli fester und wohler; Das scheint ein Fels zu sein, an dem sich mein Schicksal festklammern kann. Aber ich bin voller Hoffnung. Ich bin immer noch jung und stark. Ich habe gute dreißig Lebensjahre vor mir, und was kann man in dreißig Jahren nicht tun? Und dann, Checco , meine Kinder! Was für ein stolzer Tag wird es für mich sein, wenn ich die Hand meines Sohnes nehme und zu ihm sagen kann: „Du bist ein erwachsener Mann und du bist in der Lage, das Zepter zu ergreifen, wenn der Tod es mir aus der Hand nimmt. " Und es wird ein schönes Geschenk sein, dass ich ihn hinterlassen werde. Mein Kopf ist voller Pläne. Forli wird reich und stark sein, und sein Prinz wird seine Nachbarn nicht zu fürchten brauchen , und der Papst und Florenz werden sich über seine Freundschaft freuen.

Er blickte in den Weltraum, als würde er die Zukunft sehen.

„Aber in der Zwischenzeit werde ich das Leben genießen." Ich habe eine Frau, die ich liebe, ein Haus, auf das ich stolz sein kann, und zwei treue Städte. Was will ich mehr?‘

„Sie sind ein glücklicher Mann", sagte Checco .

Es herrschte kurzes Schweigen. Checco sah ihn fest an. Der Graf wandte sich ab und Checco legte seine Hand an seinen Dolch. Er folgte ihm. Als er näher kam, drehte sich der Graf noch einmal mit einem Juwel um, das er gerade vom Fensterbrett genommen hatte.

„Ich habe mir diesen Stein angesehen, als du kamst", sagte er. „ Bonifazio hat es mir aus Mailand mitgebracht, aber ich fürchte, ich kann es mir nicht leisten." Es ist sehr verlockend.'

Er reichte es Checco , damit er es sich ansehen konnte.

„Ich glaube nicht, dass es besser ist als das, das du um den Hals trägst", sagte er und zeigte auf das Juwel, das in ein Medaillon aus Gold eingefasst war, das an einer schweren Kette hing.

„Oh ja", sagte Girolamo. „Es ist viel feiner." Schauen Sie sich die beiden zusammen an.'

Checco näherte sich dem Stein, den er in seiner Hand hielt, und drückte dabei seine anderen Finger gegen die Brust des Grafen. Er wollte sehen, ob er nicht zufällig ein Kettenhemd trug; er hatte nicht vor, den gleichen Fehler wie der Graf zu begehen ... Er dachte, es sei nichts; aber er wollte ganz sicher sein.

„Ich denke, Sie haben Recht", sagte er, „aber die Kulisse bringt die andere zur Geltung, so dass sie auf den ersten Blick brillanter erscheint." Kein Wunder, denn die Kette ist ein Meisterwerk."

Er ergriff es, als wollte er es betrachten, und legte dabei dem Grafen die Hand auf die Schulter. Er war sich jetzt sicher.

„Ja", sagte Girolamo, „das hat der beste Goldschmied Roms für mich angefertigt." Es ist wirklich ein Kunstwerk.'

„Hier ist dein Stein", sagte Checco und reichte ihn ihm, aber so ungeschickt, dass er zwischen ihren Händen fiel, als Girolamo ihn nehmen wollte. Instinktiv bückte er sich, um es aufzufangen. Einen Augenblick später zog Checco seinen Dolch und vergrub ihn im Rücken des Grafen. Er taumelte nach vorne und fiel auf sein Gesicht.

'Oh Gott!' Er schrie: „Ich bin getötet."

Es war das Erste, was wir draußen hörten. Wir hörten den Schrei, den schweren Sturz. Der Diener eilte zum Vorhang.

„Sie töten meinen Herrn", schrie er.

„Sei still, du Narr!" Sagte ich, packte seinen Kopf von hinten und zog ihn mit meinen Händen auf seinem Mund nach hinten. Im selben Moment zog Matteo seinen Dolch und durchbohrte das Herz des Mannes. Er sprang krampfhaft in die Luft, und als er dann fiel , stieß ich ihn so, dass er zur Seite rollte.

Unmittelbar darauf wurde der Vorhang gelüftet und Checco erschien, an den Türpfosten gelehnt. Er war totenbleich und zitterte heftig. Er stand einen Moment lang still und mit offenem Mund da, so dass ich dachte, er würde gleich ohnmächtig werden; dann sagte er mit Mühe und heiserer, gebrochener Stimme:

„Meine Herren, wir sind frei!"

Ein Schrei brach aus uns heraus:

'Freiheit!'

Lodovico Pansecchi fragte,-

'Ist er tot?'

Ein sichtbarer Schauder durchfuhr Checco , als wäre er von einem eisigen Wind getroffen worden. Er stolperte zu einem Stuhl und stöhnte:

'Oh Gott!'

„Ich werde gehen und nachsehen", sagte Pansecchi , hob den Vorhang und trat ein.

Wir standen still und warteten auf ihn. Wir hörten ein schweres Geräusch, und als er erschien, sagte er:

„Es gibt jetzt keinen Zweifel mehr."

An seinen Händen war Blut. Er ging zu Checco und reichte ihm den juwelenbesetzten Dolch.

'Nimm das. Es wird Ihnen mehr nützen als dort, wo Sie es zurückgelassen haben.'

Checco wandte sich angewidert ab.

„Hier, nimm meins", sagte Matteo. „Ich nehme deines." Es wird mir viel Glück bringen.'

Die Worte waren kaum aus seinem Mund, als draußen ein Schritt zu hören war. Scipione schaute vorsichtig hinaus.

„Andrea Framonti ", flüsterte er.

„Viel Glück, wirklich!" sagte Matteo.

Es war der Hauptmann der Wache. Er pflegte jeden Tag um diese Stunde zu kommen, um vom Grafen das Passwort zu erhalten. Wir hatten ihn vergessen. Er betrat.

„Guten Tag, meine Herren! Warten Sie darauf, den Grafen zu sehen?'

Er erblickte die an der Wand liegende Leiche.

'Guter Gott! was ist das? Was ist-?'

Er sah uns an und blieb plötzlich stehen. Wir hatten ihn umzingelt.

'Verrat!' er weinte. „Wo ist der Graf?"

Er blickte hinter sich; Scipione und Matteo verriegelten die Tür.

'Verrat!' schrie er und zog sein Schwert.

Im selben Moment zogen wir unsers und stürzten auf ihn zu. Er parierte einige unserer Schläge, aber wir waren zu viele, und er fiel mit einem Dutzend Wunden durchbohrt zu Boden.

Der Anblick des Kampfes hatte eine magische Wirkung auf Checco . Wir sahen ihn aufstehen, zu voller Größe aufgerichtet, seine Wangen glühten, seine Augen blitzten.

„Gut, meine Freunde, gut! „Das Glück ist auf unserer Seite", sagte er. „Jetzt müssen wir lebendig aussehen und arbeiten." Gib mir meinen Dolch, Matteo; es ist jetzt heilig. Es wurde mit Blut auf den Namen Freiheit getauft. Freiheit, meine Freunde, Freiheit!'

Wir zückten unsere Schwerter und riefen:

'Freiheit!'

„Nun, Filippo, nimm Lodovico Pansecchi und Marco und geh in die Wohnung der Gräfin ; Sagen Sie ihr, dass sie und ihre Kinder Gefangene sind, und lassen Sie niemanden hinein oder hinaus. Tun Sie dies um jeden Preis ... Der Rest von uns wird rausgehen und die Leute aufrütteln. Ich habe zwanzig bewaffnete Diener, denen ich gesagt habe, sie sollen auf der Piazza warten; Sie werden kommen und den Palast bewachen und dir jede Hilfe geben, die du brauchst. Kommen!'

Ich kannte den Weg zum Gemach der Gräfin nicht , aber Marco war ein besonderer Favorit gewesen und kannte die Besonderheiten des Palastes gut. Er führte mich zur Tür, wo wir warteten. Nach ein paar Minuten hörten wir auf der Piazza Schreie und „Freiheitsrufe". Schritte ertönten die Treppe hinauf. Es war Checcos bewaffnete Diener. Einige von ihnen tauchten dort auf, wo wir waren. Ich habe Marco geschickt, um die anderen zu führen.

„Räubern Sie den Palast von allen Dienern." Treibt sie auf die Piazza hinaus, und wenn jemand Widerstand leistet, tötet ihn."

Marco nickte und ging. Die Tür zu den Gemächern der Gräfin wurde geöffnet und eine Dame sagte:

„Was ist das für ein Geräusch?"

Aber als sie uns sah, schrie sie sofort auf und rannte zurück. Dann ließ ich zwei Männer zurück, die die Tür bewachten, und trat mit Pansecchi und den anderen ein. Die Gräfin trat vor.

'Was ist die Bedeutung davon?' sagte sie wütend. 'Wer bist du? Was sind das für Männer?'

„Madame", sagte ich, „der Graf, Ihr Mann, ist tot, und ich wurde geschickt, um Sie gefangen zu nehmen."

Die Frauen begannen zu weinen und zu jammern, aber die Gräfin bewegte keinen Muskel. Meine Intelligenz schien ihr gleichgültig zu sein.

„Sie", sagte ich und zeigte auf die Damen und Dienerinnen, „Sie müssen den Palast sofort verlassen." Die Gräfin wird so freundlich sein, hier bei ihren Kindern zu bleiben.'

Dann fragte ich, wo die Kinder seien. Die Frauen sahen ihre Herrin an, die kurz sagte :

'Bring ihnen!'

Ich gab Pansecchi ein Zeichen , der eine der Damen aus dem Zimmer begleitete und mit den drei kleinen Kindern wieder auftauchte.

„Nun, meine Dame", sagte ich, „werden Sie diese Damen entlassen?"

Sie sah mich einen Moment zögernd an. Die Schreie von der Piazza wurden lauter; es wurde zu einem Brüllen, das bis zu den Palastfenstern drang.

„Du kannst mich verlassen", sagte sie.

Sie brachen erneut in Schreie und Schreie aus und schienen nicht geneigt zu sein, dem Befehl Folge zu leisten. Ich hatte keine Zeit zu verlieren.

„Wenn du nicht sofort gehst, lasse ich dich rauswerfen!"

Die Gräfin stampfte mit dem Fuß auf.

„Geh, wenn ich es dir sage! Gehen!' Sie sagte. „Ich will kein Weinen und Schreien."

Sie gingen wie eine Schafherde zur Tür, trampelten aufeinander herum und beklagten ihr Schicksal. Endlich hatte ich das Zimmer frei.

„Madam", sagte ich, „Sie müssen zulassen, dass zwei Soldaten im Raum bleiben."

Ich schloss die beiden Türen der Kammer ab, stellte vor jeder eine Wache auf und verließ sie.

XXIV

Ich ging auf die Piazza hinaus. Es war voller Männer, aber wo blieben die Begeisterung, die wir erwartet hatten, der Tumult, die Freudenschreie? War der Tyrann nicht tot? Aber sie standen bestürzt und bestürzt da wie Schafe ... Und war der Tyrann nicht tot? Ich sah Partisanen von Checco mit den Rufen „Tod allen Tyrannen" und „Freiheit, Freiheit!" durch die Menge stürmen. aber die Leute rührten sich nicht. Hier und da saßen Männer auf Schubkarren, redeten dem Volk Reden und stießen feurige Worte aus, aber der Wind wehte still und sie breiteten sich nicht aus ... Einige der Jüngeren unterhielten sich aufgeregt, aber die Kaufleute blieben ruhig und schienen Angst zu haben . Sie fragten, was jetzt passieren würde – was Checco tun würde? Einige schlugen vor, die Stadt dem Papst anzubieten; andere sprachen von Lodovico Sforza und der Rache, die er aus Mailand bringen würde.

Ich erblickte Alessandra Moratini .

'Welche Neuigkeiten? Welche Neuigkeiten?'

„Oh Gott, ich weiß es nicht!" sagte er mit einem Ausdruck der Qual. „Sie werden sich nicht bewegen. Ich dachte, sie würden aufstehen und uns die Arbeit abnehmen. Aber sie sind so langweilig wie Steine.'

'Und die Anderen?' Ich fragte.

„Sie ziehen durch die Stadt und versuchen, die Leute aufzurütteln." Gott weiß, welchen Erfolg sie haben werden!'

In diesem Moment herrschte Aufregung an einem Ende des Platzes, und eine Menge Mechaniker stürmte herein, angeführt von einem riesigen Metzger, der eine große Fleischaxt schwenkte. Sie riefen „Freiheit!" Matteo ging auf sie zu und begann, sie anzusprechen, aber der Metzger unterbrach ihn und rief grobe Worte der Begeisterung, woraufhin alle jubelten.

Checco betrat den Tatort, begleitet von seinen Dienern. Eine kleine Menschenmenge folgte und weinte:

„Bravo, Checco ! Bravo!'

Sobald die Mechaniker ihn sahen, stürmten sie auf ihn zu und umringten ihn mit Schreien und Jubelrufen ... Der Platz wurde mit jedem Augenblick voller; Die Geschäfte waren geschlossen, und von allen Seiten strömten Handwerker und Lehrlinge herbei. Ich ging zu Checco und flüsterte ihm zu:

'Die Menschen! Feuern Sie sie ab, und der Rest wird folgen.'

„Ein Anführer des Gesindels!"

„Macht nichts", sagte ich. „Nutzt sie. Gib ihnen jetzt den Weg, und sie werden deinen Willen tun. Gebt ihnen die Leiche des Grafen!'

Er sah mich an, dann nickte er und flüsterte:

'Schnell!'

Ich rannte zum Palast und erzählte Marco Scorsacana , weshalb ich gekommen war. Wir gingen in die Halle der Nymphen; der Körper lag auf dem Gesicht, fast zusammengekrümmt, und der Boden war mit einem schrecklichen Blutstrahl befleckt; Am Rücken befanden sich zwei Wunden. Lodovico hatte tatsächlich dafür gesorgt, dass der Graf in Sicherheit war ... Wir ergriffen die Leiche; es war noch nicht kalt und zog es ans Fenster. Mit Mühe hoben wir es auf das Fensterbrett.

„Hier ist dein Feind!" Ich weinte.

Dann hoben wir ihn hoch und stießen ihn hinaus, und er fiel mit einem lauten, dumpfen Knall auf die Steine. Ein lauter Schrei ertönte aus der Menge, als sie auf die Leiche losgingen. Ein Mann riss sich die Kette vom Hals, aber als er damit davonlief, schnappte sich ein anderer sie. Im Kampf zerbrach es, und einer kam mit der Kette davon, der andere mit dem Juwel. Dann stürzten sie sich mit Hassschreien auf die Leiche. Sie traten ihn, schlugen ihm ins Gesicht und spuckten ihn an. Die Ringe wurden ihm von den Fingern gerissen, sein Mantel wurde abgerissen; sie nahmen seine Schuhe, seine Hose; In weniger als einer Minute war alles ausgeraubt, und er lag nackt da, nackt wie bei seiner Geburt. Sie hatten keine Gnade, diese Leute; Sie fingen an zu lachen und zu spotten und üble Witze über seine Nacktheit zu machen.

Die Piazza war überfüllt, und jeden Augenblick kamen Leute herein; Die Frauen der unteren Klassen waren gekommen und stimmten mit ihren schrillen Schreien in das Geschrei der Männer ein. Der Lärm war gewaltig, und über allem erklangen die Schreie von Freiheit und Tod.

„Die Gräfin ! Die Gräfin !'

Es wurde zum allgemeinen Schrei, der die anderen und von allen Seiten übertönte.

„Wo ist die Gräfin ? Bring sie raus. Tod der Gräfin!'

Ein Schrei erhob sich, sie sei im Palast, und der Ruf wurde:

„Zum Palast! Zum Palast!'

Checco sagte zu uns:

„Wir müssen sie retten." Wenn sie sie ergreifen, wird sie in Stücke gerissen. Lass sie zu mir nach Hause bringen.'

Matteo und Pansecchi nahmen alle Soldaten, die sie konnten, und betraten den Palast. Wenige Minuten später erschienen sie mit Caterina und ihren Kindern; Sie hatten sie umzingelt und gingen mit gezogenen Schwertern umher.

Ein Schrei brach aus diesen Tausenden von Kehlen hervor, und sie stürmten auf die kleine Gruppe zu. Checco rief ihnen zu, sie sollten sie in Frieden gehen lassen, und sie hielten sich ein wenig zurück; doch als sie vorbeikam , zischten und fluchten sie und beschimpften sie. Caterina ging stolz, drehte sich weder nach rechts noch nach links, kein Zeichen von Angst auf ihrem Gesicht, nicht einmal eine blasse Wange. Es könnte sein, dass sie inmitten der Hommage ihres Volkes über die Piazza ging. Plötzlich kam einem Mann der Gedanke, dass sie Juwelen bei sich versteckt hatte. Er drängte sich durch die Wachen und legte seine Hand auf ihre Brust. Sie hob ihre Hand und schlug ihm ins Gesicht. Ein Wutschrei erklang aus der Bevölkerung und sie rannten los. Matteo und seine Männer blieben stehen und schlossen sich zusammen, und er sagte:

'Von Gott! Ich schwöre, ich werde jeden Mann töten, der in meine Reichweite kommt.'

Sie wichen erschrocken zurück, und die kleine Gruppe nutzte dies aus und eilte von der Piazza.

Dann sahen sich die Leute an und warteten darauf, dass etwas getan werden konnte, ohne zu wissen, wo sie anfangen sollten. Ihre Augen begannen zu brennen und ihre Hände juckten nach Zerstörung. Checco erkannte ihre Gefühle und zeigte sofort auf den Palast.

„Da sind die Früchte Ihrer Arbeit , Ihr Geld, Ihre Juwelen, Ihre Steuern." Geh und nimm dein eigenes zurück. Da ist der Palast. Wir geben dir den Palast.'

Sie brachen in Jubel aus, stürmten los und kämpften sich durch die großen Türen hinein, kämpften sich auf der Suche nach Beute die Treppen hinauf und zerstreuten sich durch die prächtigen Räume ...

Checco sah zu, wie sie durch das Tor verschwanden.

„Jetzt haben wir sie endlich."

In wenigen Minuten verdoppelte sich der Strom vor den Toren des Palastes, denn er bestand sowohl aus Herauskommenden als auch aus Hineingehenden. Die Verwirrung wurde immer größer, und die rivalisierenden Banden stießen mit den Ellbogen und kämpften und kämpften. Die Fenster wurden aufgebrochen und Dinge herausgeworfen – Bettdecken, Leinen, Vorhänge, prächtige Seide, orientalischer Brokat, Satin – und die Frauen standen unten, um sie aufzufangen. Manchmal gab es einen

Kampf um den Besitz, aber die Gegenstände wurden so schnell ausgeschüttet, dass jeder zufrieden sein konnte. Durch die Türen konnte man Männer sehen, die mit vollen Waffen und prall gefüllten Taschen ihren Frauen die Beute überreichten, damit sie sie mit nach Hause nehmen konnten, während sie selbst wieder hineinstürmten. Zuerst wurden die ganzen Kleinigkeiten mitgenommen, dann kamen die Möbel an die Reihe. Die Leute kamen mit Stühlen oder Kassetten auf dem Kopf heraus und trugen sie schnell weg, damit ihr Anspruch nicht bestritten würde. Manchmal wurde der Eingang von zwei oder drei Männern blockiert, die mit einer schweren Truhe oder mit Teilen eines Bettgestells herauskamen. Dann war das Geschrei , das Gedränge und die Verwirrung schlimmer als je zuvor ... Sogar die Möbel gaben unter den scharfsinnigen Händen nach, und als sie sich umsahen, sahen sie, dass die Wände und Böden kahl waren. Aber es gab immer noch etwas für sie. Sie gingen zu den Türen und rissen sie weg. Von der Piazza aus sahen wir, wie Männer die Fensterrahmen herausrissen, sogar die Angeln wurden weggerissen, und sie strömten schwer beladen aus dem Palast, ihre Hände blutig von der Arbeit der Zerstörung.

Überall in der Stadt läuteten die Glocken, und noch immer strömten Menschen auf die Piazza. Tausende hatten nichts vom Palast bekommen und schrien vor Wut gegen ihre Gefährten, neidisch auf deren Glück. Mit Häuptlingen hatten sich Banden gebildet, die die anderen aufregten. Checco stand zwischen ihnen und konnte sie nicht zurückhalten. Plötzlich erhob sich ein weiterer Schrei aus tausend Kehlen:

'Die Schatzkammer!'

Und unwiderstehlich wie das Meer stürmten sie zur Gabella . In wenigen Minuten hatte es dieselbe Ruine eingeholt, und es lag kahl und leer da.

Kaum einer von ihnen blieb auf der Piazza. Der Leichnam lag nackt auf den kalten Steinen, das Gesicht nahe an dem Haus, auf das der lebende Mann so stolz gewesen war; und das Haus selbst mit den klaffenden Öffnungen der gestohlenen Fenster sah aus wie ein Gebäude, das durch Feuer verbrannt worden war, so dass nur die Wände übrig blieben. Und es war leer bis auf ein paar räuberische Männer, die wie Aasfresser umherirrten, um zu sehen, ob etwas nicht gefunden worden war.

Der Körper hatte seine Arbeit getan und konnte in Frieden ruhen. Checco schickte Mönche, die es auf eine Trage legten, seine Nacktheit bedeckten, und es in ihre Kirche trugen.

Die Nacht kam und mit ihr ein wenig Frieden. Der Tumult, der die Stadt erfüllte, beruhigte sich; Einer nach dem anderen verstummten die Geräusche, und über der Stadt fiel ein unruhiger Schlaf ...

XXV

Wir waren rechtzeitig wach. Die Stadt gehörte uns, mit Ausnahme der Zitadelle. Checco war zur Festung gegangen, die seitlich oberhalb der Stadt stand, und hatte den Kastellan zur Kapitulation aufgefordert. Er hatte sich wie erwartet geweigert; aber wir waren nicht sehr beunruhigt, denn wir hatten Caterina und ihre Kinder in unserer Gewalt und dachten, wir könnten auf diese Weise an das Schloss gelangen.

Checco hatte eine Ratssitzung einberufen, um zu entscheiden, was mit der Stadt geschehen sollte. Es war eine reine Höflichkeitsmaßnahme, denn er hatte sich bereits entschieden und entsprechende Schritte unternommen. Da die Stadt so unruhig war, die Zitadelle immer noch in den Händen unseres Gegners war und die Armeen von Lodovico Moro in Mailand standen, war es aussichtslos, allein vorzuschlagen; und Checco hatte beschlossen, dem Papst Forli anzubieten. Dies würde einen Schutz vor äußeren Feinden bieten und die internen Beziehungen nicht wesentlich beeinträchtigen. Die wahre Macht würde dem Oberbürger zustehen, und Checco wusste genau, wer das war. Darüber hinaus würde der laxe Griff des Papstes durch den Tod bald gelockert werden, und in der Wirrnis eines langen Konklaves und eines Herrscherwechsels wäre es nicht unmöglich, den Zustand der Abhängigkeit in echte Freiheit zu verwandeln, und für Checco wäre es nicht unmöglich , das hinzuzufügen Rechte und Herrschaftstitel der Macht. In der Nacht zuvor hatte er einen Boten mit einem Bericht über das Geschehen und dem Angebot der Stadt an den Protonotar Savello , den päpstlichen Gouverneur von Cesena, geschickt. Checco hatte um eine sofortige Antwort gebeten und erwartete sie jede Minute.

Der Rat wurde für zehn Uhr einberufen. Um neun Uhr erhielt Checco Savellos geheime Zustimmung.

Der Präsident des Rates war Niccolo Tornielli, und er eröffnete die Sitzung, indem er seine Zuhörer an ihr Ziel erinnerte und sie um ihre Meinung bat. Zuerst wollte niemand etwas sagen. Sie wussten nicht, was Checco dachte, und sie hatten nicht den Wunsch, etwas zu sagen, was ihn beleidigen könnte. Die Forlivesi sind eine vorsichtige Rasse! Nach einer Weile stand ein alter Mann auf und bedankte sich schüchtern bei den Bürgern für die Freiheit, die Checco ihnen geschenkt hatte, wobei er auch vorschlug, zuerst zu sprechen. Auf diese Weise erhoben sich die Würdenträger einer nach dem anderen und sagten die gleichen Dinge mit einer Miene tiefer Originalität.

Dann stand Antonio Sassi auf. Er war es, der Girolamo geraten hatte, der Stadt Steuern aufzuerlegen; und er war als tödlicher Feind von Checco bekannt . Die anderen waren ausreichend erstaunt gewesen, als sie ihn den Ratssaal betreten sahen, denn man glaubte, er habe die Stadt als Ercole verlassen Piacentini und andere Günstlinge des Grafen hatten es getan. Als er sich zum Reden vorbereitete, war die Überraschung groß.

„Unser guter Freund Niccolo ", sagte er, „hat uns aufgefordert, zu entscheiden, was mit der Stadt geschehen soll."

„Deine Gedanken scheinen sich dem einen oder anderen ausländischen Meister zuzuwenden. Aber meine Gedanken wandern zur Freiheit, in deren Namen die Stadt erobert wurde.

„Lasst uns die Freiheit bewahren, die diese Männer unter Einsatz ihres Lebens erobert haben ..."

„Warum sollten wir an unserer Fähigkeit zweifeln, die Freiheit unserer Vorfahren zu bewahren? Warum sollten wir denken, dass wir, die wir von solchen Vätern abstammen, aus ihrem Blut geboren und in ihren Häusern aufgewachsen sind, so weit degeneriert sein sollten, dass wir nicht mehr in der Lage sind, die Gelegenheit zu nutzen, die sich uns bietet?

„Lasst uns nicht befürchten, dass der mächtige Monarch, der denjenigen verteidigt und beschützt, der den Weg der Gerechten geht, uns nicht den Geist und die Kraft geben wird, den gesegneten Staat der Freiheit einzuführen und in dieser Stadt fest zu verankern."

Am Ende des Satzes machte Antonio Sassi eine Pause, um die Wirkung auf seine Zuhörer zu sehen.

Er fuhr fort:

„Aber wie das Beispiel unseres Meisters uns gezeigt hat, ist der Hirte für die Erhaltung der Herde notwendig; und da er durch den Erfolg, den er seinen Waffen bei der Ausrottung des Wolfes beschert hat, auf unseren Beschützer hinzuweisen scheint, schlage ich vor, dass wir unsere Freiheit in die Hände dessen übergeben, der sie am besten bewahren kann – Checco d'Orsi .'

Ein Schrei des Erstaunens brach aus den Ratsmitgliedern hervor . War das Antonio Sassi? Sie sahen Checco an , aber er blieb teilnahmslos; Nicht einmal der Schatten eines Gedankens war auf seinem Gesicht zu lesen. Sie fragten sich, ob das vorab vereinbart war, ob Checco hatte seinen Feind gekauft, oder ob es eine plötzliche List Antonios war, um mit dem Sieger Frieden zu schließen. Man konnte die Aufregung in ihren Gedanken sehen. Sie wurden gefoltert: Sie wussten nicht, was Checco dachte. Sollen sie sprechen oder schweigen? In ihren Gesichtern lag ein flehender Ausdruck, der ziemlich erbärmlich war. Schließlich fasste einer von ihnen seinen Entschluss und ergriff den Antrag von Antonio Sassi. Dann nahmen andere ihren Mut zusammen und hielten Reden voller Lob für Checco und flehten ihn an, die Souveränität anzunehmen.

Checcos Gesicht erschien ein ernstes Lächeln , das jedoch sofort verschwand. Als er glaubte, dass genug geredet worden war, erhob er sich und nachdem er seinen Vorgängern für ihre Lobreden gedankt hatte, sagte er:

„Es ist wahr, dass wir die Stadt unter Einsatz unseres Lebens erobert haben; aber es war für die Stadt, nicht für uns selbst ... Wir dachten nicht an unseren eigenen Nutzen , sondern waren von einem ernsten Gefühl unserer Pflicht gegenüber unseren Mitmenschen erfüllt. Unsere Schlagworte waren Freiheit und Gemeinwohl! Aus tiefstem Herzen danke ich Antonio Sassi und allen, die so viel Vertrauen in mich haben, dass Sie bereit sind, die Stadt in meine Obhut zu geben. Ihrer guten Meinung nach finde ich eine ausreichende Belohnung für alles, was ich getan habe. Aber Gott weiß, ich habe keine Lust zu herrschen. Ich möchte die Liebe meiner Mitbürger, nicht die Angst vor Untertanen; Mit Bestürzung schaue ich auf die Mühen eines Herrschers. Und wer würde an meine Desinteresse glauben, wenn er sah, wie ich das Zepter ergriff, das die leblose Hand fallen ließ?

'Verzeihen Sie mir; Ich kann Ihr Geschenk nicht annehmen.

„Aber es gibt einen, der kann und will.“ Die Kirche pflegt ihre Brust nicht vor dem zu verschließen, der unter ihrem heiligen Mantel Zuflucht sucht, und sie wird uns verzeihen, dass wir das harte Joch der Tyrannei von unserem Hals abgeschüttelt haben. Übergeben wir uns dem Heiligen Vater – '

Er wurde durch den Beifall der Stadträte unterbrochen : Sie wollten nichts weiter hören, stimmten aber einstimmig zu; und es wurde sofort vereinbart, dass eine Gesandtschaft zum Gouverneur von Cesena geschickt werden sollte, um das Angebot zu unterbreiten. Das Treffen wurde unter Lobrufen für Checco abgebrochen . Wenn er zuvor stark gewesen war, war er jetzt zehnmal stärker, denn die besseren Klassen hatten Angst vor dem Pöbel und waren wütend darüber, dass er sich auf sie verlassen musste; Jetzt wurden auch sie gewonnen.

Die Menschen wussten, dass der Rat zusammengekommen war, um über das Schicksal der Stadt zu beraten, und sie hatten sich zu Tausenden vor dem Ratsgebäude versammelt. Die Neuigkeit wurde ihnen sofort mitgeteilt, und als Checco oben auf der Treppe erschien, ertönte ein lautes Geschrei, und sie umringten ihn mit Schreien und Jubelrufen.

'Bravo! Bravo!'

Er machte sich auf den Heimweg, und die Menge folgte ihm und ließ die alten grauen Straßen von ihrem Geschrei erklingen. Auf beiden Seiten drängten sich Menschen und stellten sich auf die Zehenspitzen, um ihn zu sehen; die Männer schwenkten ihre Mützen und warfen sie in die Luft, die Frauen schwenkten wild ihre Taschentücher; Kinder wurden hochgezogen, damit sie den großen Mann vorbeigehen sehen konnten, und stimmten ihre schrillen Schreie in den Tumult ein. Dann kam jemand auf die Idee, seinen Umhang auszubreiten, damit Checco weitergehen konnte, und sofort folgten alle seinem Beispiel, und die Leute drängten und kämpften darum, ihre Kleider vor seine Füße zu legen. Und es wurden Körbe voller Blumen geholt und vor ihm ausgestreut, und der schwere Duft der Narzissen erfüllte die Luft. Die Rufe waren aller Art; aber schließlich erhob sich einer, sammelte Kraft und ersetzte die anderen, bis zehntausend Kehlen schrien :

„Pater Patriæ !" Pater Patriæ !'

Checco ging mit nacktem Kopf, den Blick gesenkt, und sein Gesicht ganz weiß. Sein Triumph war so groß – dass er Angst hatte!

Die große Prozession betrat die Straße, in der sich der Palazzo Orsi befand, und im selben Moment verließen Checcos Frau und seine Kinder die Tore des Palastes . Sie kamen auf uns zu, gefolgt von einer Schar edler Damen. Sie trafen sich und Checco öffnete seine Arme, drückte seine Frau an seine Brust und küsste sie zärtlich; Dann ging er, den Arm um ihre Taille gelegt, die Kinder auf beiden Seiten, zu seinem Haus. War die Begeisterung vorher groß, so ist sie nun zehnmal größer. Die Menschen wussten nicht, was sie tun sollten, um ihre Freude zu zeigen; keine Worte könnten ihre Emotionen ausdrücken; Sie konnten nur einen riesigen, ohrenbetäubenden Schrei ausstoßen :

„Pater Patriæ !" Pater Patriæ !'

XXVI

Nach einer Weile kam die formelle Botschaft, die nach Cesena geschickt wurde, mit der Nachricht zurück, dass der Protonotar Savello voller Zweifel gewesen sei, ob er die Stadt akzeptieren sollte oder nicht; Da er jedoch den festen Wunsch der Forlivesi , unter die päpstliche Herrschaft zu kommen, festhielt und davon überzeugt war, dass ihr frommer Wunsch vom Allerhöchsten Herrscher der Könige inspiriert worden war, hatte er es nicht gewagt, dem offenkundigen Willen des Himmels zu widersprechen, und wollte daher kommen die Stadt persönlich in Besitz nehmen.

Checco lächelte ein wenig, als er von den Zweifeln des würdigen Mannes und den Argumenten hörte, mit denen die Botschafter ihn überzeugen wollten; aber er stimmte der Entscheidung von Monsignore Savello voll und ganz zu , da er die Gründe für sehr überzeugend hielt ...

Ehren empfangen . Savello war ein mittelgroßer, kräftiger Mann mit einem großen runden Bauch und einem dicken roten Gesicht, einem Doppelkinn und einem Stierhals. Er hatte riesige Ohren und winzige Augen, wie Schweineaugen, aber sie waren sehr scharf und schlau. Seine Augenbrauen waren blass und dünn, so dass sein Gesicht zusammen mit der enormen Breite seiner rasierten Wangen fast unanständig nackt aussah. Sein Haar war spärlich und sein Scheitel ziemlich kahl und glänzend. Er war prächtig in Violett gekleidet. Nach der Begrüßung und den nötigen Höflichkeiten wurde er über den Stand der Dinge in Forli informiert. Er war verärgert, als er feststellte, dass sich die Zitadelle immer noch in den Händen des Kastellans befand, der mit großer Höflichkeit aufgefordert worden war, sich dem päpstlichen Gesandten zu ergeben, aber ohne jegliche Höflichkeit entschieden abgelehnt hatte. Savello sagte, er würde mit der Gräfin sprechen und sie veranlassen, dem Kastellan zu befehlen, seine Tore zu öffnen. Ich wurde nach vorne geschickt, um Caterina über die letzten Vorkommnisse und den Wunsch des Protonotars nach einem Interview zu informieren.

Die Gräfin hatte Wohnungen im Orsi- Palast erhalten, und in eines dieser Zimmer wurde der gute Savello geführt.

Er blieb auf der Schwelle stehen, hob seinen Arm, streckte zwei Finger aus und sagte mit seiner dicken, fetten Stimme:

„Der Friede Gottes sei mit dir!"

Caterina verneigte sich und bekreuzigte sich. Er ging auf sie zu und nahm ihre Hand in seine.

„Madam, es war immer meine Hoffnung, dass ich eines Tages die Dame treffen würde, deren Ruhm mich als die talentierteste, schönste und tugendhafteste ihrer Zeit erreicht hat." Aber ich hätte nicht gedacht, dass der Tag unseres Treffens ein Tag voller Bitterkeit und Leid sein würde!'

Er drückte sich in gemessenem Ton aus, ernst und langsam, und dem Anlass sehr angemessen.

„Ah, meine Dame, Sie kennen den Kummer nicht, den ich empfand, als ich von Ihrem schrecklichen Verlust erfahren habe. Ich kannte Ihren lieben Mann in Rom und empfand für ihn immer eine tiefe Zuneigung und Wertschätzung.'

'Du bist sehr nett!' Sie sagte.

„Ich kann verstehen, dass Sie von Trauer überwältigt sind, und ich vertraue darauf, dass Sie meinen Besuch nicht für aufdringlich halten." Ich bin gekommen, um Ihnen den Trost zu spenden, der in meiner Macht steht; Denn ist es nicht die gesegnetste Aufgabe, die unser göttlicher Meister uns auferlegt hat, die Leidenden zu trösten?'

„Ich hatte den Eindruck, dass Sie gekommen waren, um die Stadt im Namen des Papstes zu übernehmen."

„Ah, Dame, ich sehe, dass Sie wütend auf mich sind, weil ich Ihnen die Stadt weggenommen habe; aber glaube nicht, dass ich es aus eigenem Antrieb tue. Ah nein; Ich bin ein Sklave, ich bin nur ein Diener seiner Heiligkeit. Ich für meinen Teil hätte viel anders gehandelt, nicht nur wegen deiner eigenen Verdienste, so groß sie auch sind, sondern auch wegen der Verdienste des Herzogs , deines Bruders.'

Seine Salbung war äußerst fromm. Er legte seine Hand auf sein Herz und blickte so ernst zum Himmel auf, dass die Pupillen seiner Augen unter den Lidern verschwanden und man nur noch das Weiße sehen konnte. In dieser Haltung war er ein eindrucksvolles Abbild der Moral.

„Ich flehe Sie an, gnädige Frau, tragen Sie Ihr böses Schicksal mutig. Wissen wir nicht, dass das Schicksal ungewiss ist? Wenn Ihnen die Stadt genommen wurde, ist das der Wille Gottes, und als Christ müssen Sie sich resigniert seinen Anordnungen unterwerfen. Denken Sie daran, dass die Wege des Allmächtigen unergründlich sind. Die Seele des Sünders wird durch Leiden gereinigt. Wir müssen alle durch das Feuer gehen. Vielleicht sind diese Unglücke das Mittel, Ihre Seele am Leben zu retten. Und jetzt, da diese Stadt in den Schoß des Meisters zurückgekehrt ist – denn der Heilige Vater ist nicht der Stellvertreter Christi –, seien Sie versichert, dass der Verlust, den Sie erlitten haben, in der Liebe seiner Heiligkeit für Sie und schließlich auch für Sie wiedergutgemacht wird wird den Lohn des Sünders empfangen, der Buße getan hat, und unter den Auserwählten sitzen und Loblieder singen zur Ehre des Herrn aller Dinge."

Er hielt inne, um Luft zu holen. Ich sah, wie sich Caterinas Finger krampfhaft um die Armlehne ihres Stuhls schlossen; es fiel ihr schwer, sich zurückzuhalten.

„Aber die größte Trauer von allen ist der Verlust Ihres Mannes, Girolamo. Ach, wie schön ist die Trauer einer Witwe! Aber es war der Wille Gottes. Und worüber hat er sich jetzt zu beschweren? Denken wir an ihn, gekleidet in Lichtgewänder und mit einer goldenen Harfe in seinen Händen. Ach, meine Dame, er ist ein Engel im Himmel, und wir sind elende Sünder auf Erden. Wie sehr ist sein Los zu beneiden! Er war ein bescheidener, frommer Mann, und er hat seinen Lohn. Ah-'

Aber sie konnte sich nicht länger zurückhalten. Sie brach wie eine Wut hervor.

„Oh, wie kannst du vor mir bestehen und diese Heuchelei aussprechen? Wie kannst du es wagen, mir diese Dinge zu sagen, wenn du die Früchte seines Todes und meines Unglücks genießt? Heuchler! Du bist der Geier, der mit den Krähen weidet, und du kommst und jammerst und betest und redest mit mir über den Willen Gottes!'

Sie faltete ihre Hände und hob sie leidenschaftlich gen Himmel.

„Oh, ich hoffe, dass ich an der Reihe bin und dir dann zeigen werde, was der Wille Gottes ist." Lasst sie auf sich aufpassen!'

„Sie sind erzürnt, liebe Dame, und Sie wissen nicht, was Sie sagen." Sie werden es bereuen, dass Sie meinen Trost mit Verachtung angenommen haben. Aber ich vergebe dir mit christlichem Geist.'

„Ich will deine Vergebung nicht." Ich verachte dich.'

Sie stieß die Worte aus wie das Zischen einer Schlange. Savellos Augen funkelten ein wenig, und seine dünnen Lippen waren etwas schmaler als zuvor, aber er seufzte nur und sagte sanft:

„Du bist außer dir." Du solltest dich an den Tröster des Kummers wenden. Wacht und betet!'

„Was willst du von mir?" sagte sie, ohne auf seine Bemerkung zu achten.

Savello zögerte und sah sie an. Sie schlug ungeduldig mit dem Fuß.

'Schnell!' Sie sagte. „ Sage es mir und lass mich in Frieden bleiben." Ich hab genug von dir.'

„Ich bin gekommen, um Ihnen Trost zu spenden und Sie zu bitten, guten Glaubens zu sein."

„Glaubst du, ich bin ein Narr? Wenn Sie nichts mehr mit mir zu tun haben, gehen Sie!'

Der Priester hatte jetzt einige Schwierigkeiten, sich zu beherrschen; seine Augen verrieten ihn.

„Ich bin ein Mann des Friedens und möchte kein Blut vergießen." Deshalb wollte ich vorschlagen, dass Sie mit mir kommen und den Kastellan auffordern, die Zitadelle aufzugeben, was das Mittel sein könnte, viel Blutvergießen zu vermeiden und auch den Dank des Heiligen Vaters zu gewinnen.

„Ich werde dir nicht helfen." Soll ich dir helfen, meine eigene Stadt zu erobern?'

„Sie müssen bedenken, dass Sie in unseren Händen sind, schöne Dame", antwortete er sanftmütig.

'Also?'

„Ich bin ein Mann des Friedens, aber ich kann die Menschen vielleicht nicht davon abhalten, sich an dir für deine Weigerung zu rächen. Es wird unmöglich sein, vor ihnen zu verbergen, dass Sie der Grund für die Zurückhaltung der Zitadelle sind.'

„Ich kann gut verstehen, dass Sie vor nichts zurückschrecken würden."

„Ich bin es nicht, liebe Dame –"

'Ah nein; Du bist der Diener des Papstes! Es ist der Wille Gottes!'

„Es wäre ratsam, wenn Sie tun würden, was wir verlangen."

Sein Gesichtsausdruck war so wild, dass man sah, dass er tatsächlich vor nichts zurückschrecken würde. Caterina dachte ein wenig nach....

„Sehr gut", sagte sie zu meiner großen Überraschung, „ich werde mein Bestes geben."

„Sie werden die Dankbarkeit des Heiligen Vaters und meinen eigenen Dank erlangen."

„Ich lege auf beide den gleichen Wert."

„Und jetzt, gnädige Frau, werde ich Sie verlassen. Trösten Sie sich und widmen Sie sich frommen Übungen. Im Gebet wirst du Trost für all deine Nöte finden.'

Er hob wie zuvor die Hand und wiederholte mit ausgestreckten Fingern den Segen.

XXVII

Wir gingen in feierlicher Prozession zur Festung, während die Menschen, als wir vorbeikamen, Lobrufe für Checco mit Schreien des Spottes für Caterina mischten. Sie ging mit ihrer würdevollen Gleichgültigkeit weiter, und als der Protonotar sie ansprach, wies sie ihn mit Verachtung zurück.

Der Kastellan wurde gerufen, und die Gräfin wandte sich mit den Worten an ihn, die Savello vorgeschlagen hatte :

„Da der Himmel mir den Grafen und auch die Stadt genommen hat, bitte ich Sie, durch das Vertrauen, das ich durch meine Wahl als Kastellan gezeigt habe, diese Festung den Ministern Seiner Heiligkeit des Papstes zu übergeben."

In ihrer Stimme lag ein leichter Anflug von Ironie, und auf ihren Lippen lag der Anflug eines Lächelns.

Der Kastellan antwortete ernst:

„Aufgrund des Vertrauens, das Sie gezeigt haben, als Sie mich als Kastellan ausgewählt haben, weigere ich mich, diese Festung den Ministern Seiner Heiligkeit des Papstes zu überlassen." Und so wie der Himmel Ihnen den Grafen und auch die Stadt genommen hat, wird er vielleicht auch die Zitadelle nehmen, aber, bei Gott! Meine Dame, keine Macht auf Erden wird es tun.'

Caterina wandte sich an Savello :

'Was soll ich tun?'

'Pochen.'

Sie wiederholte feierlich ihre Bitte, und er antwortete feierlich.

„Es ist nicht gut", sagte sie, „ich kenne ihn zu gut." Er denkt, ich spreche unter Zwang. Er weiß nicht, dass ich aus eigenem Willen handle, aus großer Liebe, die ich dem Papst und der Kirche entgegenbringe."

„Wir müssen die Zitadelle haben", sagte Savello mit Nachdruck. „Wenn wir es nicht bekommen, kann ich nicht für Ihre Sicherheit einstehen."

Sie sah ihn an; Dann schien ihr eine Idee zu kommen.

würde er zustimmen, sich zu ergeben, wenn ich hineingehen und mit ihm sprechen würde."

„Wir können Sie nicht unserer Macht entziehen", sagte Checco .

„Sie würden meine Kinder als Geiseln nehmen."

„Das ist wahr", überlegte Savello ; „Ich denke, wir können sie gehen lassen."

Checco missbilligte dies, aber der Priester überstimmte ihn, und der Kastellan wurde erneut gerufen und angewiesen, die Gräfin einzulassen . Savello warnte sie:

„Denken Sie daran, dass wir Ihre Kinder festhalten und nicht zögern werden, sie vor Ihren Augen aufzuhängen, wenn …"

„Ich kenne Ihren christlichen Geist, Monsignore", unterbrach sie.

Aber als sie drinnen war , drehte sie sich zu uns um und sprach uns von der Stadtmauer aus mit spöttischem Gelächter an. Die Wut, die in ihr gebrodelt hatte, brach aus. Sie warf uns üble Beschimpfungen entgegen, so dass man sie für eine Fischfrau halten konnte; Sie drohte uns mit dem Tod und jeder Art von Folter als Rache für die Ermordung ihres Mannes ...

Wir standen verblüfft da und blickten mit offenem Mund zu ihr auf. Ein Wutschrei brach aus dem Volk hervor; Matteo leistete einen Eid. Checco sah Savello wütend an , sagte aber nichts. Der Priester war wütend; Sein großes rotes Gesicht wurde violett und seine Augen glänzten wie die einer Schlange.

'Bastard!' er zischte. 'Bastard!'

Zitternd vor Zorn befahl er, die Kinder zu holen, und rief der Gräfin zu:

„Glauben Sie nicht, dass wir zögern werden. Deine Söhne sollen vor deinen Augen gehängt werden.'

„Ich habe die Mittel, mehr zu machen", antwortete sie verächtlich.

Sie hatte ein Löwenherz. Ich konnte nicht umhin, Bewunderung für diese außergewöhnliche Frau zu empfinden. Sicher konnte sie ihre Kinder nicht opfern! Und ich fragte mich, ob ein Mann den Mut gehabt hätte, auf Savellos Drohungen so kühn zu antworten .

Savellos Gesichtsausdruck war teuflisch geworden. Er wandte sich an seine Assistenten.

„Hier soll sofort und schnell ein Doppelgerüst errichtet werden."

Die Anführer der Verschwörung zogen sich an einen geschützten Ort zurück, während sich der Mob auf der Piazza versammelte; und bald vermischte sich das Summen vieler Stimmen mit Hämmern und den Schreien der Arbeiter. Die Gräfin stand oben, blickte auf die Menschen und beobachtete den allmählichen Aufbau des Gerüsts.

Kurz darauf wurde die Fertigstellung bekannt gegeben. Savello und die anderen traten vor, und der Priester fragte sie noch einmal, ob sie sich ergeben würde. Sie traute sich nicht, zu antworten. Die beiden Jungen wurden nach vorne gebracht – einer war neun, der andere sieben. Als die Menschen auf ihre Jugend blickten, ging ein mitleidiges Murmeln durch sie hindurch. Mein eigenes Herz begann ein wenig zu schlagen. Sie schauten auf das Gerüst und konnten es nicht verstehen; Aber Cesare, der Jüngere, begann zu weinen, als er die seltsamen Leute um ihn herum und die wütenden Gesichter sah. Auch Ottaviano war ziemlich weinerlich; aber sein höheres Alter schämte ihn , und er unternahm große Anstrengungen, sich zurückzuhalten. Plötzlich erblickte Cesare seine Mutter und rief sie. Ottaviano gesellte sich zu ihm, und beide schrien :

'Mutter! Mutter!'

Sie schaute sie an, machte aber keine Bewegung, sie hätte aus Stein sein können ... Oh, es war schrecklich; sie war zu hart!

„Ich bitte Sie noch einmal“, sagte Savello , „werden Sie die Burg aufgeben?“

„Nein – nein!“

Ihre Stimme war ziemlich ruhig und klang klar wie eine silberne Glocke.

Savello machte ein Zeichen und zwei Männer näherten sich den Jungen. Dann schienen sie es plötzlich zu verstehen; Mit einem Schrei rannten sie zu Checco , fielen ihm zu Füßen und umfassten seine Knie. Ottaviano konnte nicht länger durchhalten; Er brach in Tränen aus, und sein Bruder verstärkte angesichts der Schwäche des Ältesten seine eigenen Schreie.

„Oh, Checco , lass nicht zu, dass sie uns berühren!“

Checco nahm keine Notiz von ihnen; er blickte direkt vor sich hin. Und selbst als der Graf gerade unter seinem Dolch gefallen war , war er nicht so gespenstisch blass gewesen ... Die Kinder schluchzten verzweifelt auf seinen Knien. Die Männer zögerten; aber es gab kein Mitleid im Mann Gottes; er wiederholte sein Zeichen entschiedener als zuvor, und die Männer rückten vor. Die Kinder klammerten sich an Checcos Beine und weinten:

„ Checco , lass nicht zu, dass sie uns berühren!“

Er machte kein Zeichen. Er blickte direkt vor sich hin, als würde er nichts sehen und nichts hören. Aber sein Gesicht! Ich habe noch nie solche Qualen gesehen...

Die Kinder wurden ihm entrissen, ihre Hände waren auf dem Rücken gefesselt. Wie konnten sie! Mein Herz platzte in mir, aber ich wagte es, nichts zu sagen. Sie wurden zum Gerüst geführt. Ein schluchzender Schrei erklang aus dem Volk und jammerte durch die schwere Luft.

Die Gräfin stand still und sah ihre Kinder an. Sie machte nicht die geringste Bewegung; sie hätte aus Stein sein können.

Die Kinder schrien :

„ Checco !" Checco !'

Es war herzzerreißend.

'Mach weiter!' sagte Savello .

Ein Stöhnen ertönte aus Checco und er schwankte hin und her , als würde er fallen.

'Mach weiter!' sagte Savello .

Aber Checco konnte es nicht ertragen.

'Oh Gott! Halt! – Halt!'

'Wie meinst du das?' sagte Savello wütend. 'Mach weiter!'

'Ich kann nicht! Binde sie los!'

'Du Narr! Ich habe damit gedroht, sie aufzuhängen, und das werde ich auch tun. Mach weiter!'

'Du sollst nicht! Binde sie los, das sage ich dir!'

„Ich bin hier der Herr." Mach weiter!'

Checco schritt mit geballten Fäusten auf ihn zu.

„Bei Gott, Meisterpriester, du sollst den Weg gehen, den du gekommen bist, wenn du mich daran hinderst. Binde sie los!'

Einen Augenblick später hatten Matteo und ich die Männer, die sie festhielten, beiseite geschoben und ihnen die Fesseln durchtrennt. Checco stolperte auf die Kinder zu und sie warfen sich mit einem Satz in seine Arme. Er drückte sie leidenschaftlich an sich und bedeckte sie mit Küssen. Die Menschen jubelten laut und viele brachen in Tränen aus.

Plötzlich sahen wir Aufruhr auf den Burgmauern. Die Gräfin war zurückgefallen, und Männer drängten sich um sie.

Sie war ohnmächtig geworden.

XXVIII

Wir gingen ziemlich beunruhigt nach Hause. Savello ging allein, sehr wütend, mit einem tiefen Stirnrunzeln zwischen den Augen, und weigerte sich zu sprechen ... Auch Checco schwieg und war wütend, halb gab er sich selbst die Schuld für das, was er getan hatte, halb war er froh, und Bartolomeo Moratini war an seiner Seite. mit ihm sprechen. Matteo und ich waren mit den Kindern zurück. Bartolomeo zog sich zurück und gesellte sich zu uns.

„Ich habe versucht, Checco davon zu überzeugen, sich bei Savello zu entschuldigen , aber er wird es nicht tun."

„Ich auch nicht", sagte Matteo.

„Wenn sie sich streiten, wird es für die Stadt noch schlimmer."

„Wenn ich Checco wäre , würde ich sagen, dass die Stadt zum Teufel gehen könnte, aber ich würde mich nicht bei diesem verdammten Priester entschuldigen ."

Als wir den Palazzo Orsi erreichten , kam uns ein Diener entgegen und teilte Checco mit , dass ein Bote mit wichtigen Neuigkeiten auf uns wartete. Checco wandte sich an Savello und sagte düster:

'Wirst du kommen? Möglicherweise ist eine Beratung erforderlich.'

Der Protonotar antwortete nicht, sondern ging mürrisch ins Haus. Nach ein paar Minuten kam Checco zu uns und sagte:

„Der Herzog von Mailand marschiert mit fünftausend Mann gegen Forli."

Niemand sprach, aber der Gesichtsausdruck des Protonotars wurde dunkler.

„Es ist ein Glück, dass wir die Kinder gerettet haben", sagte Bartolomeo. „Sie werden uns lebend nützlicher sein als tot."

Savello sah ihn an; und dann sagte er unhöflich, als ob er versuchte, die Lücke zu schließen, aber eher gegen seinen Willen:

„Vielleicht hattest du recht, Checco , mit dem, was du getan hast." Ich habe im Moment nicht die politische Weisheit Ihrer Tat erkannt.'

Er konnte sich das höhnische Grinsen nicht verkneifen. Checco errötete ein wenig, aber auf einen Blick von Bartolomeo antwortete er:

„Es tut mir leid, wenn ich zu schnell gesprochen habe. Die Aufregung des Augenblicks und mein Temperament machten mich kaum verantwortlich.'

Checco sah aus, als wäre es eine sehr bittere Pille, die er schlucken musste; aber die Worte hatten eine vernünftige Wirkung und die Wolken begannen sich aufzulösen. Es wurde eine ernsthafte Diskussion über die künftigen Bewegungen begonnen. Das erste war, Hilfe gegen den Herzog Lodovico zu schicken. Savello sagte, er würde sich in Rom bewerben. Checco zählte auf Lorenzo de' Medici, und sofort wurden Boten zu beiden geschickt . Dann wurde beschlossen, so viel Lebensmittel wie möglich in die Stadt zu bringen und die Mauern zu befestigen, um sie auf eine Belagerung vorzubereiten. Wir wussten, dass es unmöglich war, die Zitadelle im Sturm zu erobern; aber es würde nicht schwer sein, es durch Aushungern zur Kapitulation zu zwingen, denn bei der Nachricht vom Tod des Grafen waren die Tore mit solcher Hektik geschlossen worden, dass die Garnison länger als zwei oder drei Tage lang keine Nahrung haben konnte.

Dann schickte Checco seine Frau und seine Kinder weg; Er versuchte, seinen Vater zu überreden, ebenfalls zu gehen, aber der Orso sagte, er sei zu alt und würde lieber in seiner eigenen Stadt und seinem eigenen Palast sterben, als auf der Suche nach Sicherheit durch das Land zu rennen. In den schwierigen Tagen seiner Jugend war er viele Male ins Exil geschickt worden, und jetzt war sein einziger Wunsch, in seinem geliebten Forli zu Hause zu bleiben.

Die Nachricht von Lodovicos Vormarsch löste Bestürzung in der Stadt aus, und als Wagenladungen mit Proviant hereingebracht wurden und die Befestigungen Tag und Nacht in Betrieb waren, begannen die tapferen Bürger zu zittern und zu zittern. Sie würden belagert werden und kämpfen müssen, und es war möglich, dass sie getötet würden, wenn sie sich nicht ausreichend hinter den Mauern versteckten. Als ich durch die Straßen ging, bemerkte ich, dass die ganze Bevölkerung deutlich blasser wurde ... Es war, als ob ein kalter Wind zwischen ihren Schultern wehte und ihre Gesichter bleiche und zwickte. Ich lächelte und sagte in mir selbst zu ihnen:

„Ihr habt den Palast und die Zollhäuser geplündert, meine Freunde, und das hat euch sehr gut gefallen; Jetzt musst du für dein Vergnügen bezahlen.'

Ich bewunderte Checcos Weisheit, ihnen gute Gründe dafür zu geben, ihm treu zu bleiben. Ich stellte mir vor, dass es denen, die an der Plünderung beteiligt waren, schlecht ergehen würde, wenn die wohltätige Herrschaft der Gräfin zurückkehrte ...

Checco hatte seine Familie veranlasst, die Stadt so heimlich wie möglich zu verlassen; Die Vorbereitungen waren mit größter Sorgfalt getroffen worden und die Abreise erfolgte im Schutz der Nacht. Aber es sickerte durch, und die Sorgfalt, mit der er die Affäre geheim gehalten hatte, sorgte dann dafür, dass mehr darüber gesprochen wurde. Sie fragten, warum Checco seine Frau und seine Kinder weggeschickt habe. Hatte er Angst vor der

Belagerung? Hatte er vor, sie selbst zu verlassen? Bei dem Gedanken an einen Verrat mischte sich Wut mit ihrer Angst und sie schrien gegen ihn! Und warum wollte er es so heimlich tun? Warum sollte er versuchen, es zu verbergen? Es wurden tausend Antworten gegeben, und alle waren für Checco mehr oder weniger diskreditierend . Es hatte lange genug gedauert, bis seine wunderbare Popularität den Punkt erreichte, an dem er inmitten von Narzissenschauern durch die Straßen ging; aber es sah so aus, als ob weniger Tage es zerstören würden, als Jahre es aufgebaut hatten. Er konnte bereits hinausgehen, ohne von der Menge umzingelt und triumphierend umhergetragen zu werden. Die Freudenschreie waren für ihn keine Belastung mehr; und niemand rief „Pater Patriæ ", als er vorbeikam. Checco tat so, als würde er keine Veränderung bemerken, aber in seinem Herzen quälte es ihn schrecklich. Der Wandel hatte am Tag des Fiasko auf der Festung begonnen; Die Leute beschuldigten die Anführer, die Gräfin aus ihren Händen gelassen zu haben, und es war für sie ein ständiger Schrecken, den Feind in ihrer Mitte zu haben. Es wäre erträglich gewesen, einer gewöhnlichen Belagerung standzuhalten, aber was konnten sie tun, wenn sie ihre eigene Zitadelle gegen sich hatten?

Die Stadtbewohner wussten, dass Hilfe aus Rom und Florenz kam, und die allgemeine Hoffnung war, dass die befreundeten Armeen vor dem schrecklichen Herzog eintreffen würden. Über Lodovico kursierten seltsame Geschichten. Leute, die ihn in Mailand gesehen hatten, beschrieben sein blasses Gesicht mit der großen Hakennase und dem breiten, schweren Kinn. Andere erzählten von seiner Grausamkeit. Es war berüchtigt, dass er seinen Neffen ermordet hatte, nachdem er ihn jahrelang gefangen gehalten hatte. Sie erinnerten sich, wie er den Aufstand einer unterworfenen Stadt niedergeschlagen hatte, indem er den gesamten Rat, jung und alt, auf dem Marktplatz hängen ließ und anschließend alle, die der Mittäterschaft verdächtigt wurden, aufspürte und sie rücksichtslos tötete, so dass ein Drittel der Bevölkerung getötet wurde war umgekommen. Die Forlivesi schauderten und blickten besorgt auf die Straßen, auf denen die befreundeten Armeen erwartet wurden.

Lorenzo de' Medici weigerte sich zu helfen.

Als die Nachricht bekannt wurde, herrschte in der Stadt beinahe Aufruhr. Er sagte, dass die Lage von Florenz es ihm derzeit unmöglich mache, Truppen zu schicken, aber später könne er tun, was wir wollten. Das bedeutete, dass er abwarten und abwarten wollte, wie sich die Dinge entwickelten, ohne den Krieg mit dem Herzog zu eröffnen, es sei denn, es war sicher, dass der Sieg auf unserer Seite sein würde. Checco war wütend, und die Leute waren wütend auf Checco . Er war völlig auf die Hilfe aus Florenz angewiesen, und als diese scheiterte, murrten die Bürger offen gegen ihn und sagten, er sei ohne Vorbereitung und ohne Gedanken an die Zukunft auf diese Sache eingegangen. Wir flehten Checco an , sich an diesem Tag nicht in der Stadt zu zeigen, aber er bestand darauf. Die Leute schauten ihn an, als er vorbeiging, und schwiegen vollkommen. Bislang lobten sie weder, noch tadelten sie ihn, aber wie lange würde es dauern, bis sie davon Abstand nehmen würden, ihn zu verfluchen , den sie gesegnet hatten? Checco ging mit ernster Miene und sehr blasser Gestalt hindurch . Wir forderten ihn auf, umzukehren, aber er weigerte sich und verlangsamte sein Tempo, um den Weg zu verlängern, als würde es ihm eine gewisse schmerzhafte Freude bereiten, den Kelch der Bitterkeit bis zur Gänze auszutrinken. Auf der Piazza sahen wir zwei Stadträte miteinander reden; Sie gingen auf die andere Seite und taten so, als würden sie uns nicht sehen.

Jetzt lag unsere einzige Hoffnung in Rom. Der Papst hatte einen Boten geschickt, um uns mitzuteilen, dass er eine Armee bereitstelle und uns befahl, standhaft und standhaft zu bleiben. Savello hängte die Bekanntmachung auf dem Marktplatz aus, und die Menge, die las, brach in Lobeshymnen auf den Papst und Savello aus . Und als Checcos Einfluss abnahm, wuchs Savellos ; Der Protonotar begann, in den Räten größere Autorität zu erlangen, und oft schien er Checco zu widersprechen, nur aus dem Vergnügen heraus, ihn zu überwältigen und zu demütigen. Checco wurde von Tag zu Tag schweigsamer und düsterer .

Doch die Hochstimmung der Stadtbewohner sank, als bekannt wurde, dass Lodovicos Armee nur noch einen Tagesmarsch entfernt sei und aus Rom nichts zu hören sei. Es wurden Boten geschickt, die den Papst aufforderten, seine Armee zu beschleunigen oder zumindest ein paar Truppen zu entsenden, um den Feind abzulenken und das Volk zu ermutigen. Die Bürger bestiegen die Stadtmauer und beobachteten die beiden Straßen – die Straße, die von Mailand führte, und die Straße, die nach Rom führte. Der Herzog kam immer näher; Die Bauern strömten in Scharen in die Stadt, mit ihren Familien, ihrem Vieh und allem Besitz, den sie mitnehmen konnten. Sie sagten, der Herzog käme mit einem mächtigen Heer heran und er habe geschworen, alle Einwohner durch das Schwert zu töten, um den Tod seines Bruders zu rächen. Die Angst vor den Flüchtlingen breitete sich auf die Bürger aus und es herrschte allgemeine Panik. Die Tore wurden geschlossen und alle erwachsenen Männer zu den Waffen gerufen. Dann begannen sie zu klagen und fragten, was unerfahrene Bürger gegen die ausgebildete Armee des Herzogs tun könnten , und die Frauen weinten und flehten ihre Ehemänner an, ihr kostbares Leben nicht zu riskieren; und vor allem erhob sich das Murren gegen Checco .

Wann würde die Armee aus Rom kommen? Sie fragten die Landleute, aber sie hatten nichts gehört; Sie schauten und schauten, aber die Straße war leer.

Und plötzlich erschien über den Hügeln die Vorhut der Armee des Herzogs . Die Truppen marschierten in die Ebene hinab, und andere erschienen auf der Kuppe der Hügel; Langsam marschierten sie hinab und andere tauchten wieder auf, und noch andere und andere, und immer noch erschienen sie auf dem Gipfel und schlängelten sich in die Ebene hinab. Sie fragten sich voller Entsetzen, wie groß die Armee war – fünf-, zehn-, zwanzigtausend Mann! Würde es niemals enden? Sie waren von Panik erfüllt. Schließlich stieg die ganze Armee herab und blieb stehen ; es herrschte ein Wirrwarr der Befehle, ein Hin- und Hereilen, ein Treiben, eine Beunruhigung; Es sah aus wie eine Ameisenkolonie, die ihr Winterquartier einrichtete. Das Lager wurde abgesteckt, Schanzen angelegt, Zelte errichtet und Forli befand sich im Belagerungszustand.

XXIX

Die Nacht brach herein und verging ohne Schlaf und Ruhe. Die Bürger versammelten sich auf den Mauern, unterhielten sich besorgt und versuchten, durch die Dunkelheit zu dringen, um die rettende Armee aus Rom zu sehen. Hin und wieder glaubte jemand, das Trampeln der Kavallerie zu hören oder das Schimmern einer Rüstung zu sehen , und dann standen sie still, hielten den Atem an und lauschten. Aber sie hörten nichts, sahen nichts ... Andere versammelten sich auf der Piazza und mit ihnen eine Menge Frauen und Kinder; Die Kirchen waren voller betender und weinender Frauen. Die Nacht schien endlos. Schließlich verriet ihnen eine größere Kälte der Luft, dass die Morgendämmerung nahe war ; Allmählich schien sich die Dunkelheit in eine kalte Blässe zu verwandeln, und über einer Wolkenbank im Osten erschien ein kränkliches Licht. Besorgter denn je richteten sich unsere Augen auf Rom; Der Nebel verbarg das Land vor uns, aber einige der Beobachter glaubten, in der Ferne eine schwarze Masse zu sehen. Sie machten die anderen darauf aufmerksam und alle schauten gespannt zu; aber die schwarze Masse wurde weder größer noch klarer noch näher; Und als große gelbe Strahlen über den Wolken aufschossen und die Sonne langsam aufging, sahen wir, wie sich die Straße vor uns ausdehnte, und sie war leer, leer, leer.

Es war fast ein Schluchzen, das aus ihnen herausbrach, und stöhnend fragten sie, wann Hilfe käme. In diesem Moment bestieg ein Mann die Stadtmauer und teilte uns mit, dass der Protonotar einen Brief des Papstes erhalten habe, in dem er ihm mitteilte, dass Erleichterung auf dem Weg sei. Ein Jubel brach von uns aus. Zu guter Letzt!

Die Belagerung begann ernsthaft mit einem gleichzeitigen Angriff auf die vier Tore der Stadt, aber diese wurden gut verteidigt und der Feind konnte leicht zurückgeschlagen werden. Aber auf einmal hörten wir ein gewaltiges Feuergeräusch, Schreie und Schreie, und wir sahen, wie Flammen aus dem Dach eines Hauses schlugen. In unseren Gedanken an Lodovico hatten wir den Feind in unserer Mitte vergessen und eine schreckliche Panik brach aus, als sich herausstellte, dass die Zitadelle das Feuer eröffnet hatte. Der Kastellan hatte seine Kanonen auf die Häuser rund um die Festung gerichtet und der Schaden war schrecklich. Die Einwohner rannten um ihr Leben, nahmen ihr Hab und Gut mit und flohen in sicherere Teile der Stadt. Ein Haus war in Brand gesteckt worden, und eine Zeit lang befürchteten wir, dass noch weitere Häuser anstecken würden und ein Großbrand zu unserem Leid käme. Die Leute sagten, es sei eine Heimsuchung Gottes; Sie sprachen von göttlicher Rache für die Ermordung des Grafen, und als Checco zum Brandort eilte, wollten sie sich nicht länger zurückhalten, sondern brachen in

Geschrei und Zischen aus. Als die Flammen erloschen waren und Checco die Piazza überquerte, umzingelten sie ihn unter lautem Gejohle und ließen ihn nicht passieren.

„Fluch!" zischte er und sah sie wütend mit geballten Fäusten an. Dann, als könne er sich nicht zurückhalten, zog er sein Schwert und schrie:

'Lass mich vorbei!'

Sie wichen zurück und er ging seines Weges. Aber sobald er weg war, verstärkte sich der Sturm, und der Ort hallte von ihrem Geschrei wider.

„Bei Gott", sagte Checco , „wie gerne würde ich die Kanone auf sie richten und sie wie Gras mähen!"

Es waren die ersten Worte, die er über den Gefühlswandel sagte ...

So war es auch bei uns, als wir durch die Straßen gingen – Matteo und ich und die Moratini – zischten und stöhnten sie uns an. Und eine Woche zuvor hätten sie unsere Stiefel geleckt und den Boden geküsst, auf dem wir getreten waren!

Das Bombardement ging weiter, draußen und drinnen, und in der ganzen Stadt wurde berichtet, dass Lodovico geschworen hatte, den Ort zu plündern und jeden dritten Bürger zu hängen. Sie wussten, dass er der Mann war, der sein Wort hielt. Das Gemurmel begann noch lauter zu werden, und man hörte Stimmen, die eine Kapitulation vorschlugen ... Es war ihnen allen in den Sinn gekommen, und als die Schüchternsten , von ihrer Angst zur Kühnheit getrieben, das Wort aussprachen, sahen sie einander schuldbewusst an . Sie versammelten sich in kleinen Gruppen, unterhielten sich misstrauisch und blieben plötzlich stehen, wenn sie jemanden in der Nähe sahen, von dem bekannt war, dass er für die Partei der Freiheit war. Sie diskutierten darüber, wie sie Bedingungen für sich selbst schaffen könnten; Einige schlugen vor, die Stadt bedingungslos aufzugeben, andere schlugen eine Vereinbarung vor. Schließlich sprachen sie davon, den Herzog zu besänftigen, indem sie ihm die siebzehn Verschwörer auslieferten, die die Ermordung Girolamos geplant hatten. Der Gedanke machte ihnen zunächst Angst, doch bald gewöhnten sie sich daran. Sie sagten, die Orsi hätten wirklich nicht an das Gemeinwohl gedacht, aber aus privaten Gründen hätten sie den Grafen getötet und dieses Übel über die Stadt gebracht. Sie schimpften gegen Checco , weil er sie für seinen eigenen Ehrgeiz leiden ließ; Sie hatten ihn in höchsten Tönen gelobt, weil er die Souveränität verweigerte, aber jetzt sagten sie, er habe nur vorgetäuscht und beabsichtige, die Stadt bei der ersten günstigen Gelegenheit einzunehmen. Und was die anderen betrifft, so hatten sie aus Gier und kleinlicher Bosheit geholfen. Während sie redeten , wurden sie immer aufgeregter, und bald sagten sie, es wäre nur gerecht, die Urheber ihrer Probleme dem Herzog auszuliefern.

Der Tag und die zweite Nacht vergingen, aber es gab keine Anzeichen für die Hilfe aus Rom.

Eine weitere Nacht verging und es kam immer noch nichts; Es dämmerte, und die Straße war so leer wie zuvor.

Und die vierte Nacht kam und ging und immer noch war da nichts. Dann fiel eine große Entmutigung über das Volk; Die Armee war unterwegs, aber warum kam sie nicht an? Plötzlich hörte man hier und da Leute, die nach dem Brief des Papstes fragten. Niemand hatte den Boten gesehen. Wie war es dazu gekommen? Und ein schrecklicher Verdacht ergriff die Menschen, so dass sie zum Palazzo Orsi stürmten und nach Savello fragten . Sobald er erschien, brachen sie lautstark aus.

„Zeigen Sie uns den Brief!"

Savello lehnte ab! Sie bestanden darauf; Sie fragten nach dem Boten, der es gebracht hatte. Savello sagte, er sei zurückgeschickt worden. Keiner von uns hatte einen Brief oder Boten gesehen; Der Verdacht ergriff auch uns und Checco fragte,-

„Gibt es einen Brief?"

Savello sah ihn einen Moment lang an und antwortete:

'NEIN!'

„Oh Gott, warum hast du das gesagt?"

„Ich war mir sicher, dass die Armee unterwegs war. Ich wollte ihnen Selbstvertrauen geben.'

'Du Narr! Jetzt werden sie nichts glauben. Du Narr, du hast alles durcheinander gebracht!'

'Du bist es! Sie sagten mir, die Stadt sei fest für den Papst.'

„ So war es, bis du mit deinen Lügen und Verrätereien kamst."

Savello schloss seine Faust und ich dachte, er würde Checco schlagen . Ein Schrei brach aus den Leuten hervor.

'Der Buchstabe! der Messenger!'

Checco sprang zum Fenster.

„Es gibt keinen Brief! Der Protonotar hat Sie angelogen. Weder aus Rom noch aus Florenz kommt Hilfe!'

Die Leute schrien erneut und ein weiterer Schrei erhob sich:

'Aufgeben! Aufgeben!'

„Ergeben Sie sich nach Belieben", schrie Checco , „aber glauben Sie nicht, dass der Herzog Ihnen verzeihen wird, dass Sie den Grafen entkleidet, seinen Körper beleidigt und seinen Palast geplündert haben."

Savello stand allein da und war vor Wut sprachlos. Checco drehte sich zu ihm um und lächelte spöttisch.

XXX

Am nächsten Tag fand eine geheime Ratssitzung statt, von der weder Checco noch seine Freunde etwas wussten. Es kam jedoch heraus, dass sie über die Bedingungen gesprochen hatten, die Lodovico angeboten hatte. Und der Vorschlag des Herzogs bestand darin, Riarios Kinder ihm zu übergeben und die Stadt von einer Kommission zu regieren, die teils von ihm, teils von den Forlivesi ernannt wurde . Gegen Mittag kam ein Diener und teilte uns mit, dass Niccolo Tornielli und die anderen Ratsmitglieder unten seien und um Einlass baten. Checco ging hinunter und als er ihn sah, kam Niccolo sagte,-

„ Checco , wir haben beschlossen, dass es für uns besser wäre, die Kinder des Grafen Girolamo zu betreuen; und deshalb sind wir gekommen, um dich aufzufordern, sie in unsere Hände zu geben.'

Checcos Antwort war kurz und prägnant.

„Wenn das alles ist, weshalb du gekommen bist, Niccolo , kannst du gehen." ...

Daraufhin unterbrach Antonio Sassi :

„Wir werden nicht ohne die Kinder gehen."

„Ich kann mir vorstellen, dass das von mir abhängt; und ich habe vor, die Kinder zu behalten.'

„Pass auf dich auf, Checco ; Denken Sie daran, dass Sie nicht unser Herr sind.

„Und wer bist du, Antonio, würde ich gerne wissen?"

„Ich bin ein Mitglied des Rates von Forli, genau wie du; nicht mehr und nicht weniger.'

„Nein", sagte Checco wütend; „Ich werde dir sagen, wer du bist." Du bist der elende Kerl, der dem Tyrannen nachgeholfen und ihm geholfen hat, das Volk zu unterdrücken, das ich befreit habe; und die Leute haben dich angespuckt! Du bist der elende Kerl, der mich umschmeichelte, als ich den Tyrannen getötet hatte, und in deiner sklavischen Bewunderung hast du vorgeschlagen, mich an seiner Stelle zum Herrscher zu machen; und ich habe dich angespuckt! Und jetzt haben Sie wieder Angst und versuchen, Frieden mit dem Herzog zu schließen , indem Sie mich verraten, und von Ihnen kommen die Vorschläge, mich Lodovico auszuliefern. Das ist was du bist! Schau dich an und sei stolz!'

Antonio wollte gerade eine hitzige Antwort geben, aber Niccolo unterbrach ihn.

„Sei still, Antonio! „Jetzt, Checco , lass uns die Kinder haben."

„Das werde ich nicht, das sage ich dir!" Ich habe ihnen das Leben gerettet, und sie gehören von Rechts wegen mir. Sie gehören mir, weil ich den Grafen getötet habe; weil ich sie gefangen genommen habe; weil ich sie halte; und weil sie für meine Sicherheit notwendig sind.'

„Sie sind auch für unsere Sicherheit notwendig, und wir, der Rat von Forli, rufen dich, Checco." d'Orsi , um sie zu übergeben.'

„Und ich, Checco d'Orsi , lehne ab!'

„Dann werden wir sie mit Gewalt erobern."

Niccolo und Antonio traten vor. Checco zückte sein Schwert.

„Bei Gott, ich schwöre, ich werde den ersten Mann töten, der diese Schwelle überschreitet!"

Allmählich hatte sich das Volk versammelt, bis sich hinter den Ratsherren eine gewaltige Menschenmenge bildete. Mit Spannung verfolgten sie den Streit und freuten sich über die Gelegenheit, ihren alten Helden zu demütigen. Sie waren in spöttisches Gelächter ausgebrochen, während Checco Antonio beschimpfte, jetzt riefen sie:

'Die Kinder! Gebt die Kinder ab!'

„Das werde ich nicht, das sage ich dir!"

Sie fingen an zu johlen und zu zischen, beschimpften Checco mit Schimpfnamen, beschuldigten ihn, all ihre Probleme verursacht zu haben, nannten ihn Tyrann und Usurpator. Checco stand da und sah sie an, zitternd vor Wut. Niccolo trat noch einmal vor.

„Gib sie auf, Checco , sonst wird es noch schlimmer für dich."

„Gehe noch einen Schritt weiter und ich werde dich töten!"

Die Leute wurden plötzlich verärgert; Ein Steinregen fiel auf uns nieder, und einer traf Checco und ließ einen langen Blutstreifen über seine Stirn fließen.

„Gebt uns die Kinder! Gebt uns die Kinder!'

„Wir werden die Wache rufen", sagte Antonio.

'Die Kinder!' schrie die Menge. „Er wird sie töten." Nimm sie von ihm.'

Es gab einen Ansturm von hinten; die Stadträte und ihre Anhänger wurden vorangetrieben; ihnen begegneten unsere gezogenen Schwerter; Im nächsten Moment wäre es zu spät gewesen, und gegen zweihundert wären wir hilflos gewesen. Plötzlich erschien Bartolomeo mit den Jungen am oberen Ende der großen Treppe.

'Stoppen!' er weinte. „Hier sind die Kinder. Stoppen!'

Checco drehte sich zu ihm um.

„Ich werde nicht zulassen, dass sie aufgegeben werden." Nehmen Sie sie weg!'

„Ich habe dich noch nie etwas gefragt, Checco ", sagte Bartolomeo; „Ich habe immer getan, was du befohlen hast; aber dieses Mal flehe ich Sie an, nachzugeben.'

Ich verband meine Worte mit seinen.

„Du musst nachgeben. Wir werden alle massakriert werden.'

Checco stand einen Moment unentschlossen da, dann ging er wortlos in einen Raum mit Blick auf den Platz. Wir hielten es für eine Zustimmung, und Bartolomeo übergab die verängstigten Kinder den Stadträten . Ein Freudenschrei ertönte unter den Menschen und sie marschierten triumphierend mit ihrer Beute davon ...

Ich suchte Checco und fand ihn allein. Als er die Schreie des Volkes hörte, schluchzte er angesichts des Elends über seine Demütigung auf.

Aber Jacopo Ronchi und die beiden Söhne Bartolomeos wurden ausgesandt, um herauszufinden, was los war. Wir konnten uns nicht vorstellen, was den Rat zu diesem Schritt getrieben hatte; aber wir waren sicher, dass sie gute Gründe für ihr mutiges Handeln haben mussten. Wir hatten auch das Gefühl, dass wir alle Kraft, alle Hoffnung verloren hatten. Das Rad hatte sich gedreht, und jetzt waren wir unten. Nach mehreren Stunden kam Alessandro Moratini zurück und sagte:

„Der Rat ist erneut zusammengetreten und hat Boten empfangen; aber das ist alles was ich weiß. Alle schauen mich mit bösen Blicken an und verstummen bei meiner Annäherung. Ich stelle Fragen und sie sagen, sie wüssten nichts, hätten nichts gesehen, nichts gehört.'

„Scheiße!" sagte Matteo.

„Und für diese Menschen haben wir unser Leben und unser Vermögen riskiert!" sagte Bartolomeo.

Checco sah ihn neugierig an; und wie er dachte ich an unsere Desinteresse! Nachdem Alessandro seine Neuigkeiten mitgeteilt hatte, füllte er ein Glas Wein und setzte sich. Wir schwiegen alle. Die Zeit verging und der Nachmittag begann zu Ende zu gehen; die Stunden schienen endlos zu sein. Endlich kam Jacopo Ronchi keuchend.

„Ich habe alles entdeckt", sagte er. „Der Rat hat beschlossen, die Stadt dem Herzog zu übergeben , der verspricht, als Gegenleistung für die Kinder alles zu vergeben und ihnen zu erlauben, selbst zu regieren, wobei die Hälfte des Rates von ihm ernannt wird."

Wir sprangen mit einem Schrei auf.

„Ich werde es nicht zulassen", sagte Checco .

„Wenn die Verschwörer Unruhe stiften, sollen sie geächtet und ein Preis auf ihren Kopf ausgesetzt werden."

„Wie weit sind die Verhandlungen fortgeschritten?" Ich fragte.

jetzt zum Herzog geschickt."

„In diesem Fall dürfen wir keine Zeit verlieren", sagte ich.

'Wie meinst du das?' sagte Checco .

„Wir müssen fliehen."

'Flucht!'

„Oder wir werden lebendig gefangen genommen; und Sie wissen, was Sie von Caterina und Lodovico erwarten können. Denken Sie nicht an ihre Vergebungsversprechen.'

„Ich habe kein Vertrauen in ihre Versprechen", sagte Checco bitter.

„Filippo hat recht", sagte Bartolomeo. „Wir müssen fliehen."

'Und schnell!' Ich sagte .

„Ich kann das Spiel nicht aufgeben", sagte Checco . „Und was passiert ohne mich mit meinen Unterstützern?"

„Vielleicht finden sie in der Unterwerfung Vergebung." Aber hier kann man nichts Gutes tun. Wenn Sie in Sicherheit sind, können Sie vielleicht weiterhelfen. Wie auch immer, du wirst das Leben haben.'

Checco vergrub sein Gesicht in seinen Händen.

'Ich kann nicht ich kann nicht.'

Die Moratini und ich bestanden darauf. Wir haben jedes Argument vorgebracht. Schließlich stimmte er zu.

„Wir müssen zusammen gehen", sagte ich; „Vielleicht müssen wir uns durchkämpfen."

„Ja", sagte Scipione . „Lasst uns um zwei am Tor am Fluss treffen."

„Aber geh separat dorthin. Wenn die Leute bemerken, dass wir einen Fluchtversuch unternehmen, werden sie uns überfallen.'

„Ich wünschte, sie würden es tun", sagte Matteo. „Es würde mir eine solche Befriedigung bereiten, mein Schwert in ein halbes Dutzend ihrer dicken Bäuche zu stecken!"

„Es gibt keinen Mond."

'Sehr gut; Um zwei!'

Die Nacht war bewölkt, und wenn es einen Mond gegeben hätte, wäre er bedeckt gewesen. Ein dünner, kalter Regen fiel und es war stockfinster. Als ich am Flusstor ankam, waren bereits vier oder fünf von ihnen da. Wir fühlten uns zu kalt und zu elend, um zu sprechen; Wir saßen auf unseren Pferden und warteten. Als Neuankömmlinge kamen, schauten wir ihnen ins Gesicht, und als wir sie erkannten , beugten wir uns zurück und setzten uns schweigend hin. Wir waren alle da, außer Checco . Wir warteten eine Zeit lang. Schließlich flüsterte Bartolomeo Moratini Matteo zu:

„Wo hast du Checco gelassen ?"

'Im Haus. Er sagte mir, ich solle weitermachen und sagte, er würde in Kürze folgen. Außer meinem waren noch zwei Pferde gesattelt.

„Für wen war der Zweite?"

'Ich weiß nicht!'

Wir warteten weiter. Der Regen fiel dünn und kalt. Es schlug halb zwei. Unmittelbar danach hörten wir das Geräusch von Hufen und sahen durch den Nebel eine schwarze Gestalt auf uns zukommen.

„Bist du es, Checco ?" Wir flüsterten, denn der Torwächter hätte uns vielleicht gehört. Wir standen auf einem kleinen Stück Brachland, zehn Meter von den Mauern entfernt.

„Ich kann nicht mit dir gehen", sagte Checco .

'Warum?' wir weinten.

„ Schsch !" sagte Checco . „Ich hatte vor, meinen Vater mitzubringen, aber er kommt nicht."

Orso hatte keiner von uns gedacht Orsi .

„ Er sagt, er sei zu alt und werde seine Heimatstadt nicht verlassen. Ich tat alles, was ich konnte, um ihn zu überreden, aber er forderte mich auf zu gehen und sagte, sie würden es nicht wagen, ihn anzufassen. Ich kann ihn nicht verlassen; Deshalb geht ihr alle, und ich werde bleiben.'

„Du musst kommen, Checco ; Ohne dich sind wir hilflos.'

„Und was ist mit deiner Frau und deinen Kindern?"

„Eure Anwesenheit wird die Tyrannen verärgern." Du kannst nichts Gutes tun, nur schaden."

„Ich kann meinen Vater nicht schutzlos zurücklassen."

„Ich bleibe, Checco ", sagte ich. „Ich bin nicht so bekannt wie du." „Ich werde mich um deinen Vater kümmern, und du kannst über deine Familie und deine Interessen in Sicherheit wachen."

„Nein, du musst gehen. Es ist zu gefährlich für dich.'

„Nicht halb so gefährlich wie für dich." Ich werde mein Bestes tun, um ihn zu bewahren. Lass mich bleiben.'

„Ja", sagten die anderen, „lass Filippo bleiben." Er könnte der Entdeckung entgehen, aber Sie hätten keine Chance.'

Die Uhr schlug drei.

'Komm, komm; es wird spät. Wir müssen vor Tagesanbruch dreißig Meilen entfernt sein.'

Città di Castello zu fahren , meinem Heimatort, und für den Fall eines Unfalls hatte ich ihnen Briefe gegeben, damit sie vorerst untergebracht und beschützt würden.

„Wir müssen dich haben, Checco , sonst bleiben wir alle."

„Du wirst dich um ihn kümmern?" sagte Checco schließlich zu mir.

'Ich schwöre es!'

'Sehr gut! Auf Wiedersehen, Filippo, und Gott segne dich!'

Sie gingen zum Tor und Checco rief den Kapitän.

„Öffne das Tor", sagte er kurz.

Der Kapitän sah sie unentschlossen an . Ich stand hinten im Schatten, sodass ich nicht gesehen werden konnte.

„Wenn du ein Geräusch machst, werden wir dich töten", sagte Checco .

Sie zogen ihre Schwerter. Er zögerte und Checco wiederholt,-

'Öffne das Tor!'

Dann holte er die schweren Schlüssel hervor; Die Schlösser wurden geöffnet, das Tor knurrte in seinen Angeln, und einer nach dem anderen gingen sie hinaus. Dann schwang das Tor hinter ihnen zurück. Ich hörte ein kurzes Befehlswort und das Klappern von Pferdehufen. Ich legte die Sporen auf meine eigenen und galoppierte zurück in die Stadt.

Eine halbe Stunde später läuteten die Glocken wie wild; und von Haus zu Haus wurde verkündet, dass die Verschwörer geflohen seien und die Stadt frei sei.

XXXI

Am Morgen trat der Rat erneut zusammen und beschloss, dass die Stadt zu ihrem alten Gehorsam zurückkehren sollte, und hoffte, durch eine bedingungslose Kapitulation eine Begnadigung für ihre Verfehlungen zu erhalten. Lodovico Moro trat triumphierend ein, und als er zur Festung ging, wurde er von Caterina empfangen, die aus der Zitadelle herauskam und mit ihm zur Kathedrale ging, um die Messe zu hören. Die guten Forlivesi gewöhnten sich an Ovationen; Als die Gräfin durch die Straßen ging, empfingen sie sie mit Jubelrufen, drängten sich auf beiden Seiten der Straße und segneten sie, ihre Mutter und alle ihre Vorfahren. Sie ging ihres Weges so gleichgültig, wie damals, als sie vor ein paar Tagen unter den Verwünschungen ihrer treuen Untertanen dieselben Straßen überquert hatte. Die aufmerksamen Beobachter bemerkten das feste Schließen ihres Mundes, was für die Forlivesi nichts Besonderes verhieß , und verstärkten daher ihre Freudenschreie.

Der Protonotar Savello war auf mysteriöse Weise verschwunden, als ihm die Nachricht von Checcos Flucht überbracht wurde; doch Caterina erfuhr bald, dass er in einem Dominikanerkloster Zuflucht gesucht hatte. Ein leichtes Lächeln huschte über ihre Lippen , als sie bemerkte:

„Man hätte eher erwartet, dass er in einem Kloster Zuflucht sucht.‟

Dann schickte sie Leute zu ihm, um ihn ihres guten Willens zu versichern und ihn zu bitten, sich ihr anzuschließen. Der gute Mann erbleichte bei der Einladung, aber er wagte es nicht, sie abzulehnen. Er tröstete sich mit dem Gedanken, dass sie es nicht wagte, dem Legaten des Papstes etwas anzutun, kleidete sich mit all seinem Mut und seinen prächtigsten Gewändern und ging zur Kathedrale.

Als sie ihn sah, hob sie zwei Finger und sagte feierlich:

„Der Friede Gottes sei mit dir!‟

Dann, bevor er sich erholen konnte, fuhr sie fort:

„Sir, es war immer meine Hoffnung, dass ich eines Tages den Herrn treffen würde, dessen Ruhm mich als den talentiertesten, schönsten und tugendhaftesten seiner Zeit erreicht hat.‟

„Madam –‟, unterbrach er.

„Herr, ich flehe Sie mutig an, Ihr böses Schicksal zu ertragen.‟ Wussten Sie nicht, dass das Schicksal ungewiss ist? Wenn Ihnen die Stadt genommen wurde, ist das der Wille Gottes, und als Christ müssen Sie sich resigniert seinen Anordnungen unterwerfen.‘

Es war der Beginn ihrer Rache und man konnte sehen, wie süß es war. Die Höflinge kicherten über Caterinas Rede und Savello war ein Ausdruck des Unbehagens.

„Messer Savello ", fuhr sie fort, „bei einem früheren Treffen haben Sie mir einige sehr ausgezeichnete Ermahnungen zum Willen Gottes gegeben; Ungeachtet Ihrer Anweisung werde ich nun den Mut wagen, Ihnen einige ebenso hervorragende Lektionen zum gleichen Thema zu erteilen. Wenn Sie Ihren Platz an meiner Seite einnehmen, haben Sie jede Gelegenheit, die Wege des Allmächtigen zu untersuchen, die, wie Sie sich vielleicht erinnern, unergründlich sind.

Savello verneigte sich und ging auf den Ort zu, der ihm gezeigt wurde.

XXXII

Das erste, was ich bei meiner Rückkehr in den Palazzo Orsi getan hatte, war, mich von meinem purpurnen und feinen Leinen zu befreien, mir Bart und Schnurrbart zu rasieren, meine Haare kurz zu schneiden, die Kleidung eines Dieners anzuziehen und mich selbst in einem ... zu betrachten Spiegel. Wenn mir das Bild, das ich sah, auf der Straße begegnet wäre, wäre ich weitergegangen, ohne es zu erkennen . Trotzdem war ich nicht unzufrieden mit mir selbst und lächelte, als ich dachte, dass es nicht allzu außergewöhnlich wäre, wenn die Dirne einer Dame ihr Herz an einen solchen Diener verlieren würde.

Ich ging zu den Wohnungen des alten Orso und fand alles ruhig; Ich legte mich auf eine Couch vor der Tür und versuchte zu schlafen; aber meine Gedanken machten mir Sorgen. Meine Gedanken waren bei den traurigen Reitern, die durch die Nacht galoppierten, und ich fragte mich, was der Morgen für sie und mich bereithielt. Ich wusste, dass ein Preis auf meinen Kopf ausgesetzt werden würde, und ich musste hier inmitten meiner Feinde bleiben als einziger Schutz für einen alten Mann von fünfundachtzig Jahren.

Nach kurzer Zeit hörte ich die Glocken, die der Stadt mitteilten, dass die Verschwörer geflohen waren, und schließlich fiel ich in einen unruhigen Schlaf. Um sechs wurde ich von der Hektik im Haus geweckt ... Die Diener sagten einander, dass Checco gegangen sei und die Gräfin in Kürze aus der Festung kommen würde; und dann wusste nur Gott, was passieren würde. Sie kauerten flüsternd umher und achteten nicht auf den neuen Diener, der in der Nacht aufgetaucht war. Sie sagten, dass der Palast der Rache des Volkes preisgegeben würde und dass die Diener statt des Herrn leiden würden; und bald gab einer von ihnen das Zeichen; Er sagte, er würde nicht bleiben, und da sein Lohn nicht ausgezahlt worden sei , würde er ihn mitnehmen. Er füllte seine Taschen mit den Wertsachen, die er finden konnte, und als er eine Hintertreppe hinunterging, schlüpfte er durch eine kleine Seitentür und verlor sich im Labyrinth der Straßen. Die anderen folgten seinem Beispiel schnell und der Palast wurde Opfer einer Plünderung im Kleinformat; Der alte Verwalter stand daneben und rang die Hände, aber sie achteten nicht auf ihn und dachten nur an ihre Sicherheit und ihre Taschen. Bevor die Sonne Zeit hatte, die frühen Nebel zu vertreiben, waren sie alle geflohen; und außer dem alten Mann befanden sich im Haus nur der weißhaarige Verwalter, ein zwanzigjähriger Junge, sein Neffe und ich selbst; und Checco war so ein süßer und sanfter Meister!

Wir gingen ins alte Orso . Er saß in einem großen Sessel am Kamin und war in einen schweren Morgenmantel gehüllt. Er hatte seinen Kopf in den Kragen gesteckt, um sich warm zu halten, so dass man nur die toten Augen, die Nase und die eingefallenen, faltigen Wangen sehen konnte; eine Samtmütze bedeckte sein Haar und seine Stirn. Er hielt seine langen, schrumpeligen Hände ans Feuer, und die Flammen schienen fast durch sie hindurch; sie zitterten unaufhörlich. Er blickte auf, als er das Geräusch unseres Eintretens hörte.

„Ah, Pietro!" sagte er zum Verwalter. Dann, nach einer Pause: „Wo ist Fabrizio?"

Fabrizio war der Diener, dessen besondere Obhut man dem Orso anvertraut hatte, und der alte Mann hatte ihn so sehr liebgewonnen, dass er Essen nur aus seiner Hand nahm und darauf bestand, ihn zu jeder Tageszeit in seiner Nähe zu haben. Er war einer der ersten, der seine Taschen füllte und aufbrach.

„Warum kommt Fabrizio nicht?" fragte er mürrisch. „ Sag ihm, dass ich ihn will." Ich lasse mich auf diese Weise nicht vernachlässigen.'

Pietro wusste nicht, was er antworten sollte. Er sah sich verlegen um.

„Warum kommt Fabrizio nicht? Jetzt, wo Checco hier der Herr ist, vernachlässigen sie mich. Es ist skandalös. Ich werde mit Checco darüber reden. Wo ist Fabrizio? Sagen Sie ihm, er solle sofort kommen, da er sonst mein Missfallen erleiden würde.'

Seine Stimme war so dünn und schwach und zitternd, dass sie der eines kleinen Kindes mit Fieber ähnelte. Ich sah, dass Pietro nichts zu sagen hatte und Orso begann schwach zu stöhnen.

„Fabrizio wurde weggeschickt", sagte ich, „und ich wurde an seine Stelle gesetzt."

Pietro und sein Neffe sahen mich an. Sie bemerkten zum ersten Mal, dass mein Gesicht neu war, und blickten einander mit hochgezogenen Brauen an.

„Fabrizio weggeschickt!" Wer hat ihn weggeschickt? Ich lasse ihn nicht wegschicken.'

„ Checco hat ihn weggeschickt."

„ Checco hatte kein Recht, ihn wegzuschicken. Ich bin hier der Meister. Sie behandeln mich wie ein Kind. Es ist beschämend! Wo ist Fabrizzio? Ich werde es nicht haben, das sage ich dir. Es ist beschämend! Ich werde mit Checco darüber sprechen. Wo ist Checco ?'

Keiner von uns antwortete.

„Warum antwortest du nicht, wenn ich mit dir spreche? Wo ist Checco ?'

Er richtete sich auf seinem Stuhl auf und beugte sich vor, um uns anzusehen, dann fiel er zurück.

„Ah, ich erinnere mich jetzt", murmelte er. „ Checco ist gegangen. Er wollte, dass ich auch gehe. Aber ich bin zu alt, zu alt, zu alt. Ich sagte Checco , was es sein würde. Ich kenne die Forlivesi ; Ich kenne sie seit achtzig Jahren. Sie sind wankelmütiger und feiger als alle anderen Menschen in dieser Jauchegrube, die sie Gottes Erde nennen. Ich war vierzehn Mal im Exil. Vierzehnmal bin ich aus der Stadt geflohen und vierzehnmal bin ich zurückgekehrt. Ach ja, ich habe das Leben meiner Zeit gelebt, aber jetzt bin ich müde. Ich möchte nicht wieder ausgehen; und außerdem bin ich so alt. Ich könnte sterben, bevor ich zurückkomme, und ich möchte in meinem eigenen Haus sterben.'

Er schaute ins Feuer und flüsterte der glimmenden Asche seine vertraulichen Worte zu. Dann schien er sein Gespräch mit Checco zu wiederholen .

„Nein, Checco , ich werde nicht kommen." Geh alleine. Sie werden mich nicht berühren. Ich bin Orso Orsi . Sie werden mich nicht berühren; sie wagen es nicht. Geh allein und grüße Clarice von mir.'

Clarice war Checcos Frau. Er schwieg eine Weile, dann brach er wieder aus:

„Ich will Fabrizio."

„Werde ich das nicht stattdessen tun?" Ich fragte.

'Wer bist du?'

Ich wiederholte geduldig:

„Ich bin der Diener, der hierher gestellt wurde, um dir anstelle von Fabrizio zu dienen." Mein Name ist Fabio.'

„Ihr Name ist Fabio?" fragte er und sah mich an.

'Ja.'

'Nein ist es nicht! Warum erzählst du mir, dass du Fabio heißt? Ich kenne dein Gesicht. Sie sind kein Diener.'

„Sie irren sich", sagte ich.

„Nein, nein. Du bist nicht Fabio. Ich kenne dein Gesicht. Wer bist du?'

„Ich bin Fabio."

'Wer bist du?' fragte er noch einmal mürrisch. „Ich kann mich nicht erinnern, wer du bist." Warum sagst du es mir nicht? Kannst du nicht sehen, dass ich ein alter Mann bin? Warum sagst du es mir nicht?'

Seine Stimme brach in das Stöhnen ein und ich dachte, er würde weinen. Er hatte mich nur zweimal gesehen, aber unter seinen wenigen Besuchern blieben ihm die Gesichter derer, die er sah, im Gedächtnis, und er erkannte mich teilweise wieder.

„Ich bin Filippo Brandolini ", sagte ich. „Ich bin hier geblieben, um auf dich aufzupassen und dafür zu sorgen, dass kein Schaden entsteht." Checco wollte er selbst bleiben, aber wir bestanden darauf, dass er ging.'

„Oh, Sie sind ein Gentleman", antwortete er. „Darüber bin ich froh."

Dann, als hätte ihn das Gespräch ermüdet, sank er tiefer in seinen Stuhl und verfiel in einen Rausch.

Ich schickte Andrea, den Neffen des Verwalters, um zu sehen, was in der Stadt passierte, und Pietro und ich saßen am großen Fenster und unterhielten uns leise. Plötzlich blieb Pietro stehen und sagte:

'Was ist das?'

Wir hörten beide zu. Ein verwirrtes Brüllen in der Ferne; es ähnelte dem Toben des Meeres in weiter Ferne. Ich öffnete das Fenster und schaute hinaus. Das Brüllen wurde immer lauter und schließlich stellten wir fest, dass es sich um den Klang vieler Stimmen handelte.

'Was ist es?' fragte Pietro noch einmal.

Man hörte ein Gedränge die Treppe hinauf, das Geräusch rennender Füße. Die Tür wurde gewaltsam aufgerissen und Andrea stürmte herein.

„Retten Sie sich!" er weinte. „Retten Sie sich!"

'Was ist es?'

„Sie kommen, um den Palast zu plündern." Die Gräfin hat ihnen Urlaub gegeben, und das ganze Volk ist aufgestanden.'

Das Brüllen wurde lauter und wir konnten das Geschrei deutlich hören.

'Sei schnell!' rief Andrea. „Um Gottes willen, sei schnell! Sie werden gleich hier sein!'

Ich schaute zur Tür, und Pietro, der meine Gedanken sah, sagte:

'Nicht auf diese Art und Weise! Hier ist eine weitere Tür, die über einen Durchgang in eine Seitenstraße führt.'

Er hob den Wandteppich hoch und zeigte eine kleine Tür, die er öffnete. Ich lief zum alten Orso und schüttelte ihn.

'Aufwachen!' Ich sagte; „Wach auf und komm mit!"

'Was ist es?' er hat gefragt.

'Egal; komm mit mir!'

Ich nahm seinen Arm und versuchte, ihn aus seinem Stuhl zu heben, aber er hielt sich an den Griffen fest und rührte sich nicht.

„Ich werde mich nicht bewegen", sagte er. 'Was ist es?'

„Der Mob kommt, um den Palast zu plündern, und wenn sie dich hier finden , werden sie dich töten."

„Ich werde mich nicht bewegen. Ich bin Orso Orsi . Sie wagen es nicht, mich anzufassen.'

'Sei schnell! sei schnell!' schrie Andrea aus dem Fenster. „Die ersten von ihnen sind auf der Straße aufgetaucht. Gleich werden sie hier sein.'

'Schnell! schnell!' rief Pietro.

Jetzt war das Brüllen so laut geworden, dass es in den Ohren summte, und mit jedem Augenblick wurde es lauter.

'Sei schnell! sei schnell!'

„Du musst kommen", sagte ich und Pietro schloss sich meinen Befehlen mit seinen Gebeten an, aber nichts konnte den alten Mann bewegen.

„Ich sage dir, ich werde nicht fliegen." Ich bin das Oberhaupt meines Hauses. Ich bin Orso Orsi . Ich werde nicht wie ein Hund vor dem Pöbel fliehen.'

„Um deines Sohnes willen – um unseretwillen", flehte ich. „Wir werden mit dir getötet."

„Du darfst gehen. Die Tür steht für Sie offen. Ich werde allein bleiben.'

Er schien seinen alten Geist wiedererlangt zu haben. Es war, als würde eine letzte Flamme aufflackern.

„Wir werden dich nicht verlassen", sagte ich. „Ich wurde von Checco beauftragt , dich zu beschützen, und wenn du getötet wirst , muss auch ich getötet werden." „Unsere einzige Chance ist zu fliegen."

'Schnell! schnell!' rief Andrea. „Sie sind fast da!"

„Oh, Meister, Meister", rief Pietro, „akzeptiere die Mittel, die er dir bietet!"

'Sei schnell! sei schnell!'

„Würdest du mich wie einen Dieb durch einen Hintergang in meinem eigenen Haus schleichen lassen?" Niemals!'

„Sie haben die Türen erreicht", rief Andrea.

Unten war der Lärm ohrenbetäubend. Die Tore waren geschlossen, und wir hörten einen Donner von Schlägen; Steine wurden geworfen, Stöcke gegen das Eisen geschlagen; Dann schienen sie irgendein großes Instrument zu nehmen und gegen die Schlösser zu hämmern. Immer wieder wiederholten sich die Schläge, doch schließlich krachte es. Ein lautes Geschrei erklang aus dem Volk, und wir hörten einen Ansturm. Ich sprang zur Tür von Orsos Zimmer, schloss sie ab und verriegelte sie, dann rief ich die anderen um Hilfe und zog eine schwere Truhe dagegen. Wir stellten eine weitere Truhe auf die erste, zogen das Bettgestell hoch und drückten es gegen die Truhen.

Wir kamen gerade noch rechtzeitig, denn wie Wasser, das gleichzeitig durch jede Ritze strömte, strömte der Mob auf und füllte jeden Winkel des Hauses. Sie kamen an unsere Tür und drückten auf. Zu ihrer Überraschung öffnete es sich nicht. Draußen weinte jemand: –

'Es ist abgeschlossen!'

Das Hindernis erregte sie, und draußen versammelte sich noch mehr Menschen.

„Brechen Sie es auf", riefen sie.

Sofort donnerten heftige Schläge auf Schloss und Griff.

„Um Gottes willen, komm", sagte ich und wandte mich an Orso . Er hat nicht geantwortet. Es gab keine Zeit zu verlieren und ich konnte seine Hartnäckigkeit nicht überwinden.

„Dann werde ich dich zwingen", schrie ich, packte ihn an beiden Armen und zerrte ihn vom Stuhl. Er hielt sich fest, so gut er konnte, aber seine Stärke war nichts gegen meine. Ich packte ihn und hob ihn in meine Arme, als die Tür aufgerissen wurde. Der Ansturm der Menschen warf die Barrikade nieder, und die Menge strömte in den Raum. Es war zu spät. Ich stürmte mit Orso zur kleinen Tür , konnte sie aber nicht erreichen. Sie drängten sich schreiend um mich.

„Nimm ihn", rief ich Pietro zu, „während ich dich verteidige."

Ich zog mein Schwert, aber sofort fiel ein Knüppel darauf und es zerschmetterte in zwei Teile. Ich schrie und stürzte mich auf meine Angreifer, aber es war hoffnungslos. Ich fühlte einen vernichtenden Schlag auf meinen Kopf. Ich sank bewusstlos zu Boden.

XXXIII

Als ich meine Augen öffnete , fand ich mich auf einem Bett in einem abgedunkelten Raum wieder. An meiner Seite saß eine Frau. Ich sah sie an und fragte mich, wer sie war.

„Wer zum Teufel bist du?" fragte ich etwas unhöflich.

Bei diesen Worten trat jemand anderes vor und beugte sich über mich. Ich erkannte Andrea; dann erinnerte ich mich daran, was passiert war.

„Wo ist der Orso ?" Ich fragte. „Ist er in Sicherheit?"

'Fühlen Sie sich besser?' er sagte.

'Mir geht es gut. Wo ist der Orso ?' Ich versuchte mich aufzusetzen, aber mein Kopf schwamm. Mir wurde schrecklich schlecht und ich sank zurück.

'Was ist los?' Ich stöhnte.

„Nur ein gebrochener Kopf", sagte Andrea mit einem kleinen Lächeln. „Wenn Sie ein echter Diener und nicht ein feiner, verkleideter Herr gewesen wären, würden Sie nicht zweimal darüber nachdenken."

„Habe Mitleid mit meinen Gebrechen, lieber Junge", murmelte ich leise. „Ich behaupte nicht, dass mein Kopf so hölzern wäre wie deiner."

Dann erklärte er es.

„Als du niedergeschlagen wurdest, stürmten sie auf den alten Meister zu und trugen ihn."

'Oh!' Ich weinte. „Ich habe Checco versprochen , auf ihn aufzupassen. Was wird er denken!'

'Es war nicht deine Schuld.' Gleichzeitig erneuerte er die Bandagen um meinen Kopf und trug kühlende Lotionen auf.

'Guter Junge!' Sagte ich, während ich das kalte Wasser auf meinem pochenden Kopf genoss.

„Als ich sah, wie die Schläge auf deinen Kopf einschlugen und du wie ein Stein fielst, dachte ich, du wärst getötet." Bei euch weichköpfigen Leuten weiß man nie!'

„Es scheint dich zu amüsieren", sagte ich. „Aber was geschah danach?"

„In der Aufregung über ihre Gefangennahme schenkten sie uns keine Beachtung, und mein Onkel und ich zerrten dich durch die kleine Tür und trugen dich schließlich hierher. Du bist ein Gewicht!'

„Und wo bin ich?"

„Im Haus meiner Mutter, wo Sie bitte so lange bleiben, wie es Ihnen passt."

„Und Orso ?"

„Mein Onkel ging hin, um nachzusehen, und berichtete, dass sie ihn ins Gefängnis gesteckt haben." Bisher ist ihm kein Schaden zugefügt worden. Der Palast wurde geplündert; nichts als die kahlen Wände bleiben übrig.'

In diesem Moment kam Pietro keuchend herein.

„Zwei der Verschwörer wurden festgenommen."

„Mein Gott, nicht Checco oder Matteo!"

'NEIN; Pietro Albanese und Marco Scorsacana .'

„Wie sind die anderen entkommen?"

'Ich weiß nicht. Ich hörte nur, dass das Pferd von Marco zusammengebrochen war und Pietro sich weigerte, es zu verlassen. In einem Dorf nahe der Grenze wurde Pietro erkannt , beide wurden verhaftet und wegen der Belohnung hierher geschickt.

'Mein Gott!'

„Sie wurden auf Eseln und mit auf dem Rücken gefesselten Händen in die Stadt gebracht, und der Pöbel schrie vor Spott und warf Steine und Müll nach ihnen."

'Und nun?'

„Sie wurden ins Gefängnis gebracht und –"

'Also?'

„Die Hinrichtung soll morgen stattfinden."

Ich stöhnte. Pietro Albanese und Marco waren wie Damon und Pythias gewesen. Ich schauderte, als ich an das Schicksal dachte, das ihnen bevorstand. Sie waren in ihrem Hass auf den Grafen auffällig gewesen und hatten geholfen, die Leiche auf die Piazza zu werfen. Ich wusste, dass es in Caterinas Herzen keine Vergebung geben würde, und die ganze Nacht fragte ich mich, welche Rache sie im Sinn hatte.

XXXIV

Am nächsten Tag bestand ich darauf, aufzustehen. Andrea half mir beim Anziehen und wir gingen zusammen aus.

„Niemand würde Sie heute für einen Gentleman halten", lachte er.

Meine Kleidung war anfangs recht schäbig, und in der Rangelei vom Vortag war sie abgenutzt worden, was sie nicht besserte; außerdem hatte ich einen Zwei-Tage-Bart und war mit Bandagen um den Kopf gewickelt, so dass ich mir gut vorstellen konnte, dass mein Aussehen nicht ansprechend war. Aber ich war zu verärgert, um über seine Bemerkung zu lächeln oder etwas zu erwidern. Ich musste an die schreckliche Szene denken, die uns erwartete.

Wir fanden die Piazza überfüllt. Gegenüber dem Riario- Palast wurde eine Bühne mit Sitzplätzen errichtet, die jedoch leer waren. Der Himmel war blau, die Sonne schien fröhlich auf die Menschen und die Luft war weich und warm. Die Natur war voller Frieden und Wohlwollen; aber in den Herzen der Menschen war Blutgier ... Ein Trompetenstoß verkündete die Annäherung von Caterina und ihrem Gefolge. Inmitten des Klingelns Unter Jubel betrat sie den Platz, begleitet von ihrem Halbbruder, dem Herzog von Mailand, und dem Protonotar Savello . Sie nahmen ihre Plätze auf dem Bahnsteig ein, der Herzog zu ihrer Rechten, Savello zu ihrer Linken. Sie wandte sich an den Priester und unterhielt sich sehr freundlich mit ihm; Er lächelte und verneigte sich, aber seine Aufregung zeigte sich daran, wie seine Hände zuckten, als sie mit dem Zipfel seines Umhangs spielten.

Man hörte Trommelschläge, gefolgt von einer plötzlichen Stille. Eine Soldatenwache betrat die Piazza und stapfte mit schweren Schritten; dann zwei Schritte hinter ihnen eine einzelne Gestalt, ohne Wams, ohne Hut, das Hemd ganz zerrissen, die Hände auf dem Rücken gefesselt. Es war Marco Scorsacana . Der üble Mob brach bei seinem Anblick in einen Schrei aus; Er ging langsam, aber mit stolz erhobenem Kopf, ohne auf das Gejohle und Zischen zu achten, das in seinen Ohren widerhallte. Auf jeder Seite ging ein barfüßiger Mönch mit einem Kruzifix ... Ihm folgte eine weitere Truppe Soldaten, und hinter ihnen kam eine weitere barhäuptige Gestalt, deren Hände ebenfalls auf dem Rücken gefesselt waren; Aber er hielt den Kopf über die Brust gesenkt und den Blick auf den Boden gerichtet, während er vor den Spottschreien zusammenzuckte. Armer Pietro! Auch er wurde von den feierlichen Mönchen begleitet; Die Prozession wurde von den Trommlern beendet, die ihre Trommeln unaufhörlich und zum Wahnsinn schlagend schlugen.

Sie rückten zum Podium vor, wo die Soldaten zurückwichen und die Gefangenen vor ihren Richtern stehen blieben.

„Marco Scorsacana und Pietro Albanese", sagte die Gräfin mit klarer, ruhiger Stimme, „Sie wurden des Mordes und des Hochverrats für schuldig befunden; Und so wie Sie es waren , die den Leichnam meines lieben Mannes aus dem Palastfenster auf die harten Steine der Piazza geworfen haben, so sind Sie dazu verurteilt, an demselben Fenster aufgehängt zu werden und Ihre Körper auf die harten Steine des Platzes zu werfen die Piazza.'

Ein zustimmendes Murmeln kam aus der Bevölkerung. Pietro zuckte zusammen, aber Marco drehte sich zu ihm um und sagte etwas, das ich nicht verstehen konnte; aber ich sah den Blick tiefer Zuneigung und das Antwortlächeln von Pietro, als er Mut zu fassen schien.

Die Gräfin wandte sich an Savello .

„Sind Sie nicht der Meinung, dass das Urteil gerecht ist?"

„Ganz einfach!" er flüsterte.

„Der Protonotar sagt: „Ganz gerecht!" rief sie laut, damit alle es hörten. Der Mann zuckte zusammen.

Marco sah ihn verächtlich an und sagte: „Ich wäre zehnmal lieber an meiner Stelle als an deiner."

Die Gräfin lächelte den Priester an und sagte: „Sehen Sie, ich führe den Willen Gottes aus, indem ich anderen das tue, was sie selbst getan haben."

Sie machte ein Zeichen und die beiden Männer wurden zum Palast und die Treppe hinauf geführt. Das Fenster der Halle der Nymphen wurde aufgerissen und ein Balken herausgeschoben, an dem ein Seil befestigt war. Pietro erschien am Fenster, ein Ende des Seils um seinen Hals.

„Leb wohl, süßer Freund", sagte er zu Marco.

„Auf Wiedersehen, Pietrino ", und Marco küsste ihn.

Dann warfen ihn zwei Männer vom Fensterbrett, und er schwang sich mitten in die Luft; Eine schreckliche Bewegung ging durch seinen Körper und er schwankte von einer Seite zur anderen. Es entstand eine Pause; Ein Mann streckte ein Schwert aus und schnitt das Seil durch. Von den Leuten ertönte ein lautes Geschrei, und sie fingen den Körper auf, als er fiel, und rissen ihn in Stücke. Nach ein paar Minuten erschien Marco am Fenster, aber er sprang mutig in die Luft und brauchte keine Hilfe. Nach kurzer Zeit war er eine hängende Leiche, und nach kurzer Zeit war der Mob wie Wölfe über ihn hergefallen. Ich verbarg mein Gesicht in meinen Händen. Es war furchtbar! Oh Gott! Oh Gott!

Dann durchbrachen erneute Trommelschläge den Tumult. Ich schaute auf und fragte mich, was kommen würde. Ein Trupp Soldaten betrat den

Platz, und hinter ihnen ein Esel, angeführt von einem Narren mit Glocken und Schmuck; Am Arsch saß ein elender alter Mann, Orso Orsi .

„Oh", stöhnte ich. „Was werden sie mit ihm machen?"

Ein lautes Gelächter brach aus der Menge hervor, und der Clown schwenkte sein Schmuckstück und verneigte sich von einer Seite zur anderen. Vor der Bühne wurde Halt gemacht und Caterina sprach erneut.

„ Oder Orsi . Du wurdest dazu verurteilt, die Zerstörung deines Palastes vor deinen Augen zu erleben – Stein für Stein.'

Die Leute schrien und stürmten zum Orsi- Palast. Der alte Mann sagte nichts und zeigte keinerlei Anzeichen von Hören oder Fühlen. Ich hoffte, dass alle Empfindungen ihn verlassen hatten. Der Zug zog weiter, bis er das alte Haus erreichte, das bereits wie ein Wrack dastand, denn die Plünderer hatten nichts zurückgelassen, was bewegt werden konnte. Dann begannen die Arbeiten und Stein für Stein wurde das mächtige Gebäude in Stücke gerissen. Orso sah der schrecklichen Arbeit gleichgültig zu, denn eine größere Demütigung als diese kann dem italienischen Adligen nicht zugefügt werden. Der Orso- Palast stand schon seit dreihundert Jahren und die berühmtesten Architekten, Handwerker und Künstler hatten daran gearbeitet. Und jetzt war es weg.

Der alte Mann wurde auf die Piazza zurückgebracht, und noch einmal sprach die grausame Frau.

„Du hast eine Strafe für dich selbst erhalten, Orso , und jetzt sollst du eine Strafe für deinen Sohn erhalten." Mach Platz!'

Und die Soldaten wiederholten ihre Worte und riefen:

'Mach Platz!'

Die Menschen wurden zurückgedrängt und zurückgedrängt, bis sie an die Hauswände gedrängt waren und in der Mitte einen riesigen leeren Raum hinterließen. Dann erklangen Trompeten, und die Leute machten am Ende des Platzes eine Öffnung, um einem Pferd und einem Mann den Durchgang zu ermöglichen. Das Pferd – ein riesiger schwarzer Hengst – tänzelte und stürzte, und auf jeder Seite hielt ein Mann das Zaumzeug . Auf seinem Rücken saß ein großer Mann, ganz in Flammenrot gekleidet, und eine rote Kapuze bedeckte seinen Kopf und sein Gesicht und ließ zwei Öffnungen für die Augen frei. Ein entsetztes Flüstern ging über den Platz.

„Der Henker!"

In der Mitte der Piazza blieb er stehen. Caterina wandte sich an den Orso

.

„Haben Sie etwas zu sagen, Orso? Orsi ?'

Endlich schien er zu hören, er sah sie an und schleuderte ihr dann mit aller Kraft, die er hatte, das Wort entgegen :

'Bastard!'

Sie errötete wütend und machte ein Zeichen. Zwei Männer packten den alten Mann und zerrten ihn vom Maultier; Sie packten ihn an den Beinen, warfen ihn zu Boden und fesselten seine Knöchel mit einem dicken Seil.

Da verstand ich es. Plötzlich erfasste mich Entsetzen und ich schrie auf. Einem plötzlichen Impuls folgend, machte ich mich auf den Weg; Ich weiß nicht, was ich tun würde ; Ich hatte das Gefühl, ich müsste ihn beschützen oder mit ihm sterben. Ich machte mich auf den Weg, aber Andrea warf seine Arme um mich und hielt mich zurück.

„Lass mich gehen", sagte ich mühsam.

„Sei kein Dummkopf!" er flüsterte. „Was kann man dagegen tun?"

Es hatte keinen Zweck; Ich gab nach. Oh Gott! dass ich daneben stehen und diese schreckliche Sache sehen und völlig machtlos sein sollte. Ich fragte mich, ob die Menschen diese letzte Gräueltat ertragen könnten; Ich dachte, sie müssten schreien und eilen, um den elenden Mann zu retten. Aber sie schauten zu – sie schauten gespannt zu …

An seinen Füßen zogen sie ihn zum Pferd, und das Ende des Seils, das um seine Knöchel geschlungen war, banden sie an den Schweif des Pferdes und um die Taille des Reiters.

'Bereit?' rief der Henker.

'Ja!' antworteten die Soldaten.

Sie sprangen alle zurück; Der Henker rammte seinem Pferd die Sporen. Die Leute stießen einen lauten Schrei aus, und das feurige Biest raste in voller Geschwindigkeit über den Platz. Die schreckliche Last, die hinter ihm herzog, erschreckte ihn, und mit vorgerecktem Kopf und aufgerissenen Augen galoppierte er wie verrückt. Der Pöbel trieb ihn mit Geschrei voran, und sein Reiter grub die Sporen tief ein; Das Pflaster war voller Blut.

Gott weiß, wie lange der elende Mann lebte. Ich hoffe, er ist sofort gestorben. Schließlich wurde die wilde Laufbahn des Tieres gestoppt, die Seile wurden durchtrennt, der Leichnam fiel zurück, und als die Leute wieder vorbeikamen, verschwanden Pferd und Reiter . Mitten auf der Piazza lag in einer Blutlache eine formlose Masse. Es wurde angeordnet, dass es bis zum Einbruch der Dunkelheit dort bleiben sollte, um den Übeltätern ein Exempel zu machen.

Andrea wollte weg, aber ich bestand darauf, zu bleiben, um zu sehen, was noch passierte. Aber es war das Ende, denn Caterina wandte sich an Savello und sagte:

„Ich vergesse nicht, dass alle Macht von Gott kommt, Monsignore, und ich möchte der göttlichen Majestät feierlich danken, die mich, meine Kinder und den Staat gerettet hat." Deshalb werde ich eine große Prozession anordnen, die durch die Stadt ziehen und anschließend in der Kathedrale eine Messe hören soll.

„Es zeigt, meine Dame", antwortete Savello , „dass Sie eine fromme und wahrhaft christliche Frau sind."

XXXV

Als es Nacht war und die Piazza verlassen war, gingen Andrea, ich und der alte Verwalter hinaus und machten uns auf den Weg zu der Stelle, wo die schreckliche Leiche lag. Wir wickelten es in ein langes schwarzes Tuch, hoben es schweigend auf und trugen es zur Kirche, wo die Orsi seit Generationen begraben waren. Ein dunkel gekleideter Mönch traf uns im Kirchenschiff und führte uns zu einer Tür, die er öffnete; Dann verließ er uns wie verängstigt. Wir befanden uns im Kreuzgang. Wir legten den Körper unter einen Bogen und gingen in die Mitte , wo sich ein grünes Grundstück befand, auf dem kleine Kreuze verstreut waren. Wir nahmen Spaten und begannen zu graben; ein dünner Regen nieselte und der Boden war steif und lehmig. Es war harte Arbeit und ich habe geschwitzt; Ich zog meinen Mantel aus und ließ den Regen ungeschützt auf mich fallen; Ich war bald nass bis auf die Haut. Schweigend hoben Andrea und ich die Erde auf, während Pietro unter dem Kreuzgang neben dem Leichnam wachte und betete. Wir waren jetzt knietief und warfen immer noch schwere Spaten voll Lehm. Schließlich sagte ich: —

'Es reicht.'

Wir stiegen aus und gingen zur Leiche. Wir hoben es auf, trugen es ins Grab und legten es ehrfurchtsvoll hinein. Pietro legte dem alten Meister ein Kruzifix auf die Brust, und dann begannen wir, die Erde aufzuschütten.

Und so wurde Orso ohne Priester, ohne Trauer, mitten in der Nacht und im Nieselregen begraben Orsi , das große Oberhaupt der Familie. Zu seiner Zeit war er im Krieg und in allen Friedenskünsten hervorragend gewesen. Er war für seine kaufmännischen Fähigkeiten bekannt; in der Politik war er der Erste seiner Stadt gewesen, und außerdem war er ein großer und großzügiger Förderer der Künste gewesen. Aber er lebte zu lange und starb so elend.

Am nächsten Tag begann ich darüber nachzudenken, was ich tun sollte. Ich könnte niemandem in Forli mehr von Nutzen sein; Tatsächlich war ich nie von Nutzen gewesen, denn ich hatte nur danebengestanden und zugesehen, wie diejenigen, die ich liebte und ehrte , einem grausamen Tod zum Opfer fielen. Und jetzt muss ich dafür sorgen, dass meine Anwesenheit meinen freundlichen Gastgebern keinen Schaden zufügt. Ungeachtet ihres feierlichen Amnestieversprechens hatte Caterina etwa fünfzig derjenigen, die an der Rebellion teilgenommen hatten, ins Gefängnis geworfen, und ich wusste genau, dass Pietro und Andrea eine ebenso schwere Strafe erleiden würden wie ich, wenn ich entdeckt würde. Sie ließen sich nicht anmerken, dass meine Anwesenheit eine Bedrohung für sie darstellte, aber in den Augen der Frau, Andreas Mutter, sah ich einen besorgten Blick, und bei jedem unerwarteten Geräusch fuhr sie zusammen und blickte mich ängstlich an. Ich beschloss, sofort zu gehen. Als ich es Andrea erzählte, bestand er darauf, mitzukommen, und obwohl ich die Gefahr in lebhaften Farben darstellte , ließ er sich nicht davon abbringen. Am nächsten Tag war Markttag, und wir beschlossen, sofort nach dem Öffnen der Tore mit einem Karren auszusteigen. Man hielt uns für Handwerker und niemand beachtete uns.

Ich war gespannt, was in der Stadt passierte und worüber die Leute redeten; aber ich hielt es für klug, mich nicht hinauszuwagen, denn meine Verkleidung könnte durchschaut werden, und wenn man mich entdeckte, wusste ich genau, was mich erwarten würde. Also saß ich zu Hause, drehte Däumchen und plauderte mit Andrea. Als ich es schließlich satt hatte, nichts zu tun, und als ich sah, wie die gute Frau dabei war, ihren Hof zu schrubben, erbot ich mich freiwillig, es für sie zu tun. Ich holte einen Besen und einen Eimer Wasser und begann energisch wegzufegen, während Andrea spottend in der Tür stand. Für eine Weile vergaß ich die schreckliche Szene auf der Piazza.

Es klopfte an der Tür. Wir blieben stehen und lauschten; Das Klopfen wiederholte sich, und da keine Antwort kam, wurde der Riegel angehoben und die Tür geöffnet. Eine Dienerin kam herein und schloss die Tür vorsichtig hinter sich. Ich erkannte sie sofort; es war Giulias Dienstmädchen. Ich schreckte zurück und Andrea stand vor mir. Seine Mutter ging vorwärts.

„Und bitte, meine Dame, was kann ich für Sie tun?"

Das Dienstmädchen antwortete nicht, sondern ging an ihr vorbei.

„Hier ist ein Diener, für den ich eine Nachricht habe."

Sie kam direkt auf mich zu und reichte mir ein Stück Papier; Dann rutschte er ohne ein weiteres Wort zur Tür zurück und schlüpfte hinaus.

Die Notiz enthielt vier Worte: „Komm heute Abend zu mir", und die Handschrift stammte von Giulia. Als ich es betrachtete, überkam mich ein seltsames Gefühl, und meine Hand zitterte ein wenig ... Dann begann ich nachzudenken. Warum wollte sie mich? Ich konnte nicht denken, und mir kam der Gedanke , dass sie mich vielleicht der Gräfin übergeben wollte . Ich wusste, dass sie mich hasste, aber ich konnte sie nicht so abscheulich finden; Schließlich war sie die Tochter ihres Vaters und Bartolomeo ein Gentleman. Andrea sah mich fragend an.

„Es ist eine Einladung meiner größten Feindin, mich in ihre Hände zu begeben."

'Aber du wirst nicht?'

„Ja", sagte ich, „das werde ich."

'Warum?'

„Weil es eine Frau ist.“

„Aber glaubst du, sie würde dich verraten?“

'Sie könnte.'

„Und du wirst das Risiko eingehen?“

„Ich denke, ich wäre froh, beweisen zu können, dass sie so völlig wertlos ist.“

Andrea sah mich mit offenem Mund an; er konnte es nicht verstehen. Ihm kam eine Idee.

„Bist du in sie verliebt?“

'NEIN; Ich war.'

'Und nun?'

„Jetzt hasse ich sie nicht einmal.“

XXXVI

Die Nacht kam, und als alle zu Bett gegangen waren und die Stadt still war, sagte ich zu Andrea: „Warte hier auf mich, und wenn ich in zwei Stunden nicht zurückkomme, wirst du wissen –"

Er unterbrach mich.

'Ich komme mit dir.'

'Unsinn!' Ich sagte . „Ich weiß nicht, welche Gefahr dort besteht, und es hat keinen Zweck, wenn Sie sich ihr aussetzen."

„Wohin du gehst, werde ich auch gehen."

Ich habe mit ihm gestritten, aber er war ein hartnäckiger junger Mann.

Wir gingen durch die dunklen Straßen und rannten wie Diebe um die Ecken, als wir die schweren Schritte der Wache hörten. Der Palazzo Aste war ganz dunkel; Wir warteten eine Weile draußen, aber niemand kam, und ich wagte nicht, anzuklopfen. Dann fiel mir die Seitentür ein. Ich hatte immer noch den Schlüssel und holte ihn aus meiner Tasche.

„Warte draußen", sagte ich zu Andrea.

„Nein, ich komme mit."

„Vielleicht gibt es einen Hinterhalt."

„Zwei entkommen eher als einer."

Ich steckte den Schlüssel ins Schloss und dabei klopfte mein Herz und meine Hand zitterte, aber nicht vor Angst. Der Schlüssel drehte sich und ich stieß die Tür auf. Wir traten ein und gingen die Treppe hinauf. Gefühle, die ich vergessen hatte, überfielen mich und mein Herz wurde krank ... Wir kamen in einen schwach beleuchteten Vorraum. Ich bedeutete Andrea, zu warten, und ging in das Zimmer, das ich nur zu gut kannte. Es war das, in dem ich Giulia zum letzten Mal gesehen hatte – die Giulia, die ich geliebt hatte – und daran wurde nichts verändert. In der Mitte stand das gleiche Sofa , und darauf lag Giulia und schlief. Sie fing an.

„Filippo!"

„Zu Ihren Diensten, Madam."

„Lucia hat dich gestern auf der Straße erkannt und ist dir zu dem Haus gefolgt, in dem du wohnst."

'Ja.'

„Mein Vater hat mir eine Nachricht geschickt, dass du noch hier bist, und wenn ich Hilfe wollte, würde er sie mir geben."

„Ich werde alles für dich tun, was ich kann."

Was für ein Narr ich war, hierherzukommen. Mein Kopf drehte sich, mein Herz platzte. Mein Gott! Sie war wunderschön! Ich sah sie an und plötzlich wusste ich, dass die ganze trostlose Gleichgültigkeit, die ich aufgebaut hatte, beim ersten Blick in ihre Augen dahingeschmolzen war. Und ich hatte schreckliche Angst... Meine Liebe war nicht tot; es war lebendig, lebendig! Oh, wie ich diese Frau vergötterte! Ich brannte darauf, sie in meine Arme zu nehmen und ihren weichen Mund mit Küssen zu bedecken.

Oh, warum war ich gekommen? Ich war sauer. Ich verfluchte meine Schwäche ... Und als ich sie dort stehen sah, kalt und gleichgültig wie immer, verspürte ich eine so wütende Wut in mir, dass ich sie hätte töten können. Und mir wurde schlecht vor Liebe...

„Messer Filippo", sagte sie, „helfen Sie mir jetzt?" Eine der Frauen der Gräfin hat mich gewarnt, dass die Wache den Befehl hat, mich morgen zu verhaften; und ich weiß, was die Tochter von Bartolomeo Moratini erwarten kann. Ich muss heute Nacht fliegen – sofort.'

„Ich werde dir helfen", antwortete ich.

'Was soll ich tun?'

„Ich kann dich als gewöhnliche Frau verkleiden." Die Mutter meiner Freundin Andrea wird dir Kleidung leihen; und Andrea und ich werden dich begleiten. Oder, wenn Sie es vorziehen, begleitet er Sie allein, nachdem wir die Tore sicher passiert haben, wohin Sie auch gehen möchten.'

„Warum kommst du nicht?"

„Ich befürchtete, dass meine Anwesenheit die Reise für dich ermüdender machen würde."

„Und zu dir?"

„Für mich wäre das völlig gleichgültig."

Sie sah mich einen Moment an, dann weinte sie:

„Nein, ich werde nicht kommen!"

'Warum nicht?'

'Weil du mich hasst.'

Ich zuckte mit den Schultern.

„Ich hätte denken sollen, meine Gefühle seien bedeutungslos."

„Mir wird von dir nicht geholfen." Du hasst mich zu sehr. Ich werde in Forli bleiben.'

„Du bist deine eigene Herrin... Warum stört es dich?"

„Warum stört es mich? Soll ich es dir erzählen?' Sie kam ganz nah an mich heran. „Weil – weil ich dich liebe."

Mir schwirrte der Kopf und ich spürte, wie ich schwankte... Ich wusste nicht, was los war.

„Filippo!"

„Giulia!"

Ich öffnete meine Arme, und sie fiel hinein, und ich drückte sie fest an mein Herz, und ich bedeckte sie mit Küssen ... Ich bedeckte ihren Mund, ihre Augen und ihren Hals mit Küssen.

„Giulia! Giulia!'

Aber ich riss mich los, packte sie an den Schultern und sagte fast wild.

„Aber dieses Mal muss ich dich ganz haben. Schwöre, dass du –"

Sie hob ihr süßes Gesicht und lächelte, schmiegte sich dicht an mich und flüsterte:

'Willst du mich heiraten?'

Ich küsste sie.

„Ich habe dich immer geliebt", sagte ich. „Ich habe versucht, dich zu hassen, aber es gelang mir nicht."

„Erinnern Sie sich an die Nacht im Palast? Du hast gesagt, dass du dich nie um mich gekümmert hättest.'

'Ah ja! aber du hast mir nicht geglaubt.'

„Ich hatte das Gefühl, dass es nicht wahr war, aber ich wusste es nicht; und es tat mir weh. Und dann Claudia –"

„Ich war so wütend auf dich, dass ich alles getan hätte, um mich zu rächen; aber trotzdem habe ich dich geliebt.'

„Aber, Claudia – hast du sie auch geliebt?"

„Nein", protestierte ich, „ich hasste sie und verachtete sie; aber ich habe versucht, dich zu vergessen; und ich wollte, dass du die Gewissheit hast, dass du mir nicht mehr wichtig bist.'

'Ich hasse sie.'

„Verzeih mir", sagte ich.

„Ich vergebe dir alles", antwortete sie.

Ich küsste sie leidenschaftlich; und ich erinnerte mich nicht daran, dass auch ich etwas zu vergeben hatte.

Die Zeit verging wie im Flug und als ein Lichtstrahl durch die Fenster fiel, fuhr ich überrascht auf.

„Wir müssen uns beeilen", sagte ich. Ich ging ins Vorzimmer und fand Andrea fest schlafend. Ich schüttelte ihn.

„Um wie viel Uhr öffnen sich die Tore?" Ich fragte.

Er rieb sich die Augen und antwortete auf eine Wiederholung der Frage: „Fünf!"

Es war halb vier; Wir hatten keine Zeit zu verlieren. Ich dachte eine Minute nach. Andrea würde zu seiner Mutter gehen müssen, um die nötigen Kleidungsstücke zu finden, und dann zurückkommen; es würde alles Zeit brauchen, und Zeit bedeutete Leben und Tod. Dann könnte der Anblick einer jungen und schönen Frau die Aufmerksamkeit des Wachmanns erregen und Giulia erkennen .

Eine Idee kam mir.

'Entkleiden!' Ich sagte zu Andrea.

'Was?'

'Entkleiden! Schnell.'

Er sah mich ausdruckslos an, ich gab ihm ein Zeichen, und da er nicht schnell genug war, riss ich ihm den Mantel vom Leib; Dann verstand er es und eine Minute später stand er in seinem Hemd da, während ich mit seinen Kleidern davongegangen war. Ich gab sie Giulia und kam zurück. Andrea stand mitten im Raum, ein Abbild des Elends. Er sah sehr lächerlich aus.

„Schau her, Andrea", sagte ich. „Ich habe deine Kleidung einer Dame gegeben, die mich anstelle von dir begleiten wird." Siehst du?'

„Ja, und was soll ich tun?"

„Du kannst vorerst bei deiner Mutter bleiben und dann, wenn du möchtest, zu mir in mein Haus in Città di Castello kommen ."

'Und nun?'

„Oh, jetzt kannst du nach Hause gehen."

Er antwortete nicht, sondern blickte mich zweifelnd an, dann auf seine nackten Beine und sein Hemd, dann wieder auf mich. Ich tat so, als würde ich es nicht verstehen.

„Du scheinst beunruhigt zu sein, meine liebe Andrea. Was ist los?'

Er zeigte auf sein Hemd.

'Also?' Ich sagte .

„Es ist üblich, in Kleidung herumzulaufen."

„Ein aufgeschlossener Jugendlicher wie Sie sollte frei von solchen Vorurteilen sein", antwortete ich ernst. „An einem solchen Morgen werden Sie das Leben ohne Hose und Wams viel angenehmer finden."

„Anstand –"

„Mein lieber Junge, ist dir nicht bewusst, dass unsere ersten Eltern sich mit Feigenblättern zufrieden gaben, und bist du nicht mit einem ganzen Hemd zufrieden? Außerdem: Hast du nicht ein schönes Paar Beine und einen schönen Körper? Wofür schämst du dich?'

„Jeder wird mir folgen."

„Ein Grund mehr, ihnen etwas zu zeigen."

„Der Wärter wird mich einsperren."

„Wie kann die Tochter des Gefängniswärters Ihnen in diesem Kostüm widerstehen!"

Dann kam mir eine andere Idee und ich sagte:

„Nun, Andrea, es tut mir leid, dass du eine so unpoetische Einstellung hast; aber ich werde dir nichts verweigern.' Ich ging zu Giulia und brachte die Kleider, die sie gerade ausgezogen hatte, zu Andrea.

'Dort!'

Er stieß einen Freudenschrei aus, aber als er sie ergriff und Unterröcke und Volants entdeckte, verzog sich sein Gesicht. Ich lehnte mich an die Wand und lachte, bis meine Seiten schmerzten.

Dann erschien Giulia, ein höchst faszinierender Dienerjunge ...

„Auf Wiedersehen", rief ich und eilte die Treppe hinunter. Wir marschierten kühn zum Stadttor, schritten mit klopfendem Herzen und unschuldigem Gesichtsausdruck hindurch und befanden uns im offenen Land.

XXXVII

Die Orsi und die Moratini hatten meinen Rat befolgt und waren nach Città di Castello gegangen; So machten wir uns auf den Weg zu dieser Stadt und erreichten sie schließlich sicher. Ich wusste nicht, wo Bartolomeo Moratini war, und wollte Giulia nicht in mein eigenes Haus mitnehmen, also brachte ich sie in einem Benediktinerkloster unter, dessen Oberin, als sie meinen Namen hörte, versprach, ihrem Gast alle Fürsorge zu schenken.

Dann ging ich zum alten Palast, den ich so viele Jahre nicht gesehen hatte. Ich war zu aufgeregt, um wirklich nach Hause zu kommen, um irgendetwas von den Straßen zu bemerken, als ich durch sie ging; Doch als ich vor den wohlbekannten Mauern stand, blieb ich stehen und wurde von seltsamen Gefühlen überwältigt. Ich erinnerte mich an den Tag, als mir die Nachricht überbracht wurde, dass der alte Vitelli, der damals Herrscher von Castello war, bestimmte Dinge gemurmelt hatte um mich herum, was ein unangenehmes Jucken in meinem Hals verursachte – und daraufhin hatte ich meinen kleinen Bruder einem Verwandten anvertraut, der einer der Domherren der Kathedrale war, und den Palast meinem Verwalter, bestieg mein Pferd und ritt mit allem Möglichen davon Eile. Ich hatte angenommen, dass ein paar Monate den wütenden Vitelli beruhigen würden, aber die Monate hatten sich zu Jahren verlängert, und sein Tod war vor seiner Vergebung gekommen. Aber jetzt war ich wirklich zurück, und ich hatte nicht vor, wegzugehen; Meine Reisen hatten mich zur Vorsicht gelehrt, und meine Intrigen in Forli sorgten für einige Zeit für Aufregung. Außerdem wollte ich heiraten und eine Familie gründen; denn als ob das Schicksal nicht spärlich geben könnte, hatte ich sowohl Liebe als auch ein Zuhause gewonnen, und alles, was ich wünschte, wurde mir gewährt.

Meine Meditationen wurden unterbrochen.

„ *Corpo di Bacco!* '

Es war Matteo und im nächsten Moment lag ich in seinen Armen.

„Ich fragte mich gerade, warum dieser Idiot dieses Haus anstarrte, und überlegte, ihm zu sagen, es sei unhöflich, anzustarren, als ich den Besitzer des Hauses erkannte .“

Ich lachte und schüttelte ihm erneut die Hand.

„Nun, Filippo, ich bin sicher, wir würden uns sehr freuen, Ihnen Gastfreundschaft anbieten zu dürfen.“

„Du bist sehr nett.“

„Wir haben das ganze Anwesen annektiert, aber ich gehe davon aus, dass Sie irgendwo Platz finden werden. Aber komm rein.'

„Danke", sagte ich, „wenn es Ihnen nichts ausmacht."

Ich fand Checco, Bartolomeo und seine beiden Söhne zusammen sitzen. Sie sprangen auf, als sie mich sahen.

'Welche Neuigkeiten? Welche Neuigkeiten?' Sie fragten.

Dann fiel mir plötzlich die schreckliche Geschichte ein, die ich zu erzählen hatte, denn in meinem eigenen Glück hatte ich alles vergessen, was zuvor geschehen war. Ich wurde plötzlich ernst.

„Schlechte Nachrichten", sagte ich. 'Schlechte Nachrichten.'

'Oh Gott! Ich habe es vorhergesehen. „Jede Nacht habe ich schreckliche Dinge geträumt."

„ Checco ", antwortete ich. „Ich habe alles getan, was ich konnte; aber leider! es hat nichts genützt. Du hast mich als Beschützer zurückgelassen und ich konnte niemanden beschützen.'

'Mach weiter!'

Dann begann ich meine Geschichte. Ich erzählte ihnen, wie der Rat die Tore geöffnet und sich bedingungslos ergeben hatte und wie die Gräfin triumphierend ausgezogen war. Das war nichts. Wenn es für sie keine schlimmeren Nachrichten gegeben hätte! Aber Checco ballte die Hände, als ich von der Plünderung seines Palastes erzählte. Und ich erzählte ihm, wie der alte Orso sich geweigert hatte zu fliegen und ergriffen worden sei, während ich bewusstlos auf dem Boden gelegen hatte.

„Du hast dein Bestes gegeben, Filippo", sagte Checco. „Du konntest nichts mehr tun." Aber danach?'

Ich erzählte ihnen, wie Marco Scorsacana und Pietro gefangen genommen und wie Diebe auf frischer Tat in die Stadt geführt wurden; wie sich die Menge versammelt hatte, wie sie auf den Platz gebracht und am Fenster des Palastes aufgehängt und ihre Körper von den Menschen in Stücke gerissen worden waren.

'Oh Gott!' sagte Checco. „Und das alles ist meine Schuld."

Ich erzählte ihnen, dass der alte Orso vorgeführt und in seinen Palast gebracht wurde und dieser vor seinen Augen Stein für Stein abgerissen wurde, bis nur noch ein Ruinenhaufen den Ort markierte.

Checco schluchzte.

„Mein Palast, mein Zuhause!"

Und dann, als wäre der Schlag zu heftig gewesen, senkte er den Kopf und brach in Tränen aus.

„Weine noch nicht, Checco ", sagte ich. „Sie werden gleich Grund zu Tränen haben."

Er schaute auf.

'Was mehr?'

'Dein Vater.'

„Filippo!"

Er sprang auf, trat einen Schritt zurück und stellte sich an die Wand, die Arme ausgestreckt, mit weißem, hagerem Gesicht und starrenden Augen, wie ein gejagtes Tier im Angriff.

Ich erzählte ihm, wie sie seinen Vater ergriffen und gefesselt und ihn zu Boden geworfen und an das wilde Tier gefesselt hatten und wie er mitgeschleift worden war, bis sein Blut auf das Pflaster spritzte und seine Seele ihn verließ.

Checco stieß ein höchst schreckliches Stöhnen aus und rief, als wollte er es bezeugen, zum Himmel aufblickend :

'Oh Gott!'

Dann ließ er sich auf einen Stuhl sinken, vergrub sein Gesicht in seinen Händen und schwankte in seiner Qual hin und her. Matteo ging auf ihn zu, legte ihm die Hand auf die Schulter und versuchte ihn zu trösten. aber er winkte ihn beiseite.

'Lass mich sein.'

Er erhob sich von seinem Sitz und wir sahen, dass seine Augen tränenlos waren, denn sein Kummer war zu groß, um zu weinen. Dann taumelte er, die Hände vor sich wie ein Blinder, zur Tür und verließ uns.

Scipione , der schwache Mann, weinte.

XXXVIII

Man empfindet nicht wirklich große Trauer über die Sorgen anderer Menschen; man versucht es und setzt ein melancholisches Gesicht auf – man hält sich selbst für brutal, weil man sich nicht mehr darum kümmert, aber man kann es nicht; und es ist besser, denn wenn man zu sehr über die Tränen anderer Menschen trauern würde, wäre das Leben unerträglich; und jeder Mensch hat genügend eigene Sorgen, ohne sich die seines Nächsten zu Herzen zu nehmen . Die Erklärung dafür ist, dass ich drei Tage nach meiner Rückkehr nach Città di Castello Giulia geheiratet habe.

Jetzt erinnere ich mich an nichts mehr. Ich habe eine verwirrte Vorstellung von großem Glück; Ich lebte in einem Rausch, fürchtete halb, es sei alles nur ein Traum, und war verzaubert, als irgendetwas geschah, das mir versicherte, dass es wahr sei. Aber die Einzelheiten unseres Lebens habe ich vergessen; Ich erinnere mich, dass ich glücklich war. Ist es nicht eine merkwürdige Ironie, dass wir uns so deutlich an unser Elend erinnern und dass unser Glück so undeutlich an uns vorbeizieht, dass wir, wenn es vorbei ist, kaum erkennen können, dass es jemals existiert hat? Es ist, als wäre Fortuna eifersüchtig auf das kleine Glück, das sie uns geschenkt hat, und um sich zu rächen, löscht sie es aus der Erinnerung und füllt den Geist mit vergangenem Elend.

Aber an einige Dinge erinnere ich mich über andere. Ich bin auf Ercole gestoßen Piacentini und seine Frau Claudia. Da Castello sein Geburtsort war, war er nach dem Tod des Grafen dorthin gegangen; Und obwohl die Riarii nun wieder an der Macht waren, blieb er, vermutlich um unsere Bewegungen zu beobachten und sie in Forli zu melden. Ich erkundigte mich, wer er sei, und nach einigen Schwierigkeiten stellte ich fest, dass er der Bastard eines Adligen aus Castello und die Tochter eines Kaufmanns war. Ich sah, dass er nicht log, als er sagte, er habe ebenso gutes Blut in seinen Adern wie ich. Trotzdem hielt ich ihn nicht für eine sehr wünschenswerte Akquise für die Stadt, und da ich bei dem neuen Herrn in gewisser Weise in der Gunst stand, beschloss ich, ihn zu beschaffen seine Vertreibung. Matteo schlug vor, einen Streit mit ihm anzuzetteln und ihn zu töten, aber das war schwierig, weil der mutige Mann sich außerordentlich zurückgezogen hatte und es fast unmöglich war, ihn zu treffen. Die Veränderung war so auffällig, dass wir nicht umhin zu glauben, dass er von Forli besondere Anweisungen erhalten hatte; und wir beschlossen, uns darum zu kümmern.

Ich lud die Moratini ein , bei mir zu leben; aber sie zogen es vor, ein eigenes Haus zu nehmen. Als ich ihn um die Hand seiner Tochter anhielt, sagte der alte Mann, er wünsche sich keinen besseren Schwiegersohn und sei sehr zufrieden, seine Tochter wieder unter dem Schutz eines Mannes zu sehen. Scipione und Alessandro waren beide sehr zufrieden und verdoppelten ihre Zuneigung, die sie zuvor für mich empfunden hatten. Das alles hat mich sehr glücklich gemacht; Denn nach den langen Wanderjahren sehnte ich mich sehr nach der Liebe anderer, und die verschiedenen Zuneigungen, die mich umgaben, beruhigten und trösteten mich. Von Giulia konnte ich nichts mehr verlangen , und ich dachte, sie liebte mich wirklich – natürlich nicht so, wie ich sie liebte, denn das wäre unmöglich gewesen; aber ich war glücklich. Manchmal wunderte ich mich verwirrt über den Vorfall, der uns getrennt hatte, denn ich konnte nichts davon verstehen; aber ich habe es von mir weggeschoben, ich wollte es nicht verstehen, ich wollte nur vergessen.

Dann waren da noch Checco und Matteo. Die Familie Orsi hatte einen Palast in Castello gekauft und hätte sich dort problemlos niederlassen können, wenn sie nicht von dem unauslöschlichen Wunsch getrieben worden wäre, das Verlorene wiederzugewinnen. Checco war schon jetzt reich und konnte genauso luxuriös leben wie zuvor, und in kurzer Zeit hätte er in Castello möglicherweise genauso viel Macht erlangt, wie er in Forli verloren hatte, denn der junge Vitelli fühlte sich außerordentlich zu ihm hingezogen und war bereits dazu geneigt seinen Ratschlägen vertrauen; aber der elende Mann war voller Trauer. Den ganzen Tag waren seine Gedanken bei der Stadt, die er so sehr liebte, und jetzt verzehnfachte sich seine Liebe ... Manchmal dachte er an Forli vor den Problemen, als er ein friedliches Leben inmitten seiner Freunde führte; und in Gedanken wanderte er durch die ruhigen Straßen, jedes Haus, von dem er wusste. Er ging in seinem Palast von Raum zu Raum und betrachtete die Bilder, Statuen und Rüstungen . Nachts blickte er aus dem Fenster auf die dunkle, stille Stadt, deren Häuser wie hohe Phantome aufragten; Am Morgen bedeckte ein silberner Nebel die Erde, und als er aufstieg, blieb die Luft kühl und frisch. Aber als sein Haus vor ihm erschien, ein kahler Trümmerhaufen, und der Regen auf die dachlosen Steine prasselte, vergrub er sein Gesicht in seinen Händen und blieb so während langer Stunden des Elends . Manchmal ließ er die bewegenden Ereignisse Revue passieren, die mit dem versuchten Attentat auf sich selbst begannen und mit dem Ritt aus dem Tor am Fluss in das kalte, offene Land dahinter endeten; und als sie an ihm vorbeigingen, fragte er sich, was er falsch gemacht hatte, was er hätte anders machen können. Aber er konnte nichts ändern; Er sah keinen anderen Fehler, als dem Volk zu vertrauen, das geschworen hatte, ihm bis in den Tod zu folgen, und den Freunden zu vertrauen, die versprachen, ihm Hilfe zu schicken. Er hatte seinen Teil getan, und was folgte, war unvorhersehbar. Das Glück war gegen ihn und das war alles ...

Aber er gab sich nicht ganz dem eitlen Bedauern hin; Er hatte die Kommunikation mit Forli aufgenommen und durch seine Spione erfahren, dass die Gräfin alle, die in irgendeiner Weise mit der Rebellion in Verbindung standen, eingesperrt und hingerichtet hatte und dass die Stadt eingeschüchtert und unterwürfig dalag wie ein ausgepeitschter Hund. Und von innen heraus gab es für Checco keine Hoffnung , denn seine offenen Anhänger hatten schreckliche Strafen erlitten, und die anderen waren wenige und schüchtern. Dann wandte Checco seine Aufmerksamkeit den rivalisierenden Staaten zu; aber überall erhielt er Abfuhren, denn die Macht Mailands überschattete sie alle, und sie wagten nichts, solange der Herzog Lodovico allmächtig war. „Warten Sie", sagten sie, „bis er die Eifersucht der Großstaaten Florenz und Venedig geweckt hat, dann wird Ihre Gelegenheit sein, und dann werden wir Ihnen bereitwillig unsere Hilfe gewähren . " Doch Checco konnte es kaum erwarten, jeder verlorene Tag kam ihm wie ein Jahr vor. Er wurde dünn und abgemagert. Matteo versuchte ihn zu trösten, aber nach und nach lasteten auch Checcos Sorgen auf ihm; er verlor seine Fröhlichkeit und wurde ebenso launisch und schweigsam wie sein Cousin. So verging ein Jahr, voller Ängste und Sodbrennen für sie, voller süßes Glück für mich.

Eines Tages kam Checco zu mir und sagte:

„Filippo, du warst sehr gut zu mir; Jetzt möchte ich, dass du mir noch einen Gefallen tust , und das wird das letzte sein, um das ich dich bitten werde.'

'Was ist es?'

Dann erläuterte er mir einen Plan, wie man den Papst für seine Angelegenheiten interessieren könnte. Er wusste, wie wütend seine Heiligkeit gewesen war, nicht nur über den Verlust der Stadt, sondern auch über die Demütigung, die er durch seinen Leutnant erlitten hatte. Zu dieser Zeit gab es Schwierigkeiten zwischen dem Herzog von Mailand und Rom hinsichtlich der Achtung bestimmter Rechte des ersteren, und er hielt es nicht für unwahrscheinlich, dass der Papst bereit sein würde, die Verhandlungen abzubrechen und seinen Vorteil durch einen plötzlichen Angriff auf Forli zurückzugewinnen. Caterinas Tyrannei war unerträglich geworden, und es bestand kein Zweifel daran, dass sie beim Anblick Checcos an der Spitze der päpstlichen Armee ihre Tore öffnen und ihn als Vertreter des Papstes willkommen heißen würden.

Ich sah keinen Nutzen aus mir und war überhaupt nicht bereit, meine junge Frau zu verlassen. Aber Checco war so sehr darauf bedacht, dass ich kommen sollte, und schien zu glauben, ich würde so hilfreich sein, dass ich es für grausam hielt, es abzulehnen. Außerdem rechnete ich damit, dass ich in einem Monat nach Castello zurückkehren würde, und wenn der Abschied bitter war, wie süß würde die Rückkehr sein! Und ich hatte in Rom gewisse eigene Geschäfte zu erledigen, die ich monatelang aufgeschoben hatte, weil ich den Gedanken an die Trennung von Giulia nicht ertragen konnte. Also beschloss ich zu gehen.

Ein paar Tage später fuhren wir Richtung Rom. Ich war traurig, denn es war das erste Mal seit unserer Heirat, dass ich meine Frau verlassen hatte, und der Abschied war noch schmerzhafter gewesen, als ich erwartet hatte. Tausendmal war ich kurz davor gewesen, meine Meinung zu ändern und zu sagen, dass ich nicht gehen würde; aber ich konnte es nicht, um Checcos willen. Ich war auch ein wenig traurig, weil ich dachte, Giulia hätte nicht so große Schmerzen wie ich, aber dann tadelte ich mich selbst für meine Torheit. Ich habe zu viel erwartet. Immerhin waren es nur vier kurze Wochen, und sie war noch ein zu großes Kind, um tief zu empfinden. Erst wenn man alt ist oder viel gelitten hat, sind die Gefühle wirklich stark.

Wir erreichten Rom und machten uns daran, den Papst um eine Audienz zu bitten. Ich kann mich nicht an die unzähligen Interviews erinnern, die wir mit kleinen Beamten hatten, wie wir von Kardinal zu Kardinal getrieben wurden, an die Stunden, die wir in Vorzimmern verbrachten und auf ein paar Worte von einem großen Mann warteten. Früher war ich so müde, dass ich im Stehen hätte einschlafen können, aber Checco war so voller Eifer, dass ich ihn von Ort zu Ort begleiten musste. Der Monat verging und wir hatten nichts getan. Ich schlug vor, nach Hause zu gehen, aber Checco beschwor mich, zu bleiben und versicherte mir, dass die Angelegenheit in zwei Wochen erledigt sein würde. Ich blieb, und die Verhandlungen zogen sich über Wochen und Wochen hin. Jetzt erleichterte ein Hoffnungsschimmer unsere Kämpfe und Checco wurde aufgeregt und fröhlich; Jetzt würde die Hoffnung zunichte gemacht werden und Checco würde anfangen zu verzweifeln. Der Monat hatte sich in drei Monate ausgeweitet, und ich sah klar genug, dass aus unseren Bemühungen nichts werden würde . Die Besprechungen mit dem Herzog dauerten immer noch an, jeder beobachtete den anderen und versuchte durch Unwahrheit, Betrug und Bestechung, sich einen Vorteil zu verschaffen. Der König von Neapel wurde herbeigeholt; Florenz und Venedig begannen, Botschafter hin und her zu schicken , und niemand wusste, was dabei herauskommen würde.

Eines Tages kam Checco schließlich zu mir und warf sich auf mein Bett.

„Es nützt nichts", sagte er verzweifelt. „Es ist alles erledigt."

„Es tut mir sehr leid, Checco ."

„Du solltest jetzt besser nach Hause gehen." Hier kann man nichts machen. Warum sollte ich dich in meinem Unglück hinter mir herziehen?'

„Aber du, Checco , wenn du nichts Gutes tun kannst, warum kommst du dann nicht auch?"

„Mir geht es hier besser als in Castello." Hier stehe ich im Mittelpunkt des Geschehens und werde mir Mut machen. Es kann jeden Tag Krieg ausbrechen, und dann wird der Papst eher bereit sein, mir zuzuhören.'

Ich sah, dass es keinen Sinn hatte, zu bleiben, und ich sah, dass ich ihn nicht überreden konnte, mit mir zu kommen, also packte ich meine Sachen zusammen, verabschiedete mich von ihm und machte mich auf die Heimreise.

XXXIX

Was soll ich über den Eifer sagen, mit dem ich mich darauf freute, meine liebe Frau wiederzusehen, über die Begeisterung, mit der ich sie schließlich in meine Arme schloss?

Wenig später ging ich hinaus, um Matteo zu finden. Er war ziemlich erstaunt, mich zu sehen.

„So schnell haben wir dich nicht erwartet."

„Nein", antwortete ich; „Ich dachte, ich würde erst übermorgen ankommen, aber ich war so ungeduldig, nach Hause zu kommen, dass ich ohne anzuhalten weiter eilte, und hier bin ich."

Ich schüttelte ihm herzlich die Hand, ich war so erfreut und glücklich.

„Ähm – warst du zu Hause?"

„Natürlich", antwortete ich lächelnd; „Es war das Erste, woran ich gedacht habe."

Ich war mir nicht sicher; Ich dachte, ein Ausdruck der Erleichterung huschte über Matteos Gesicht. Aber warum? Ich konnte es nicht verstehen, aber ich hielt es für bedeutungslos und verschwand aus meiner Erinnerung. Ich erzählte Matteo die Neuigkeiten, die ich hatte, und verließ ihn. Ich wünschte, zu meiner Frau zurückzukehren.

Auf meinem Weg sah ich zufällig Claudia Piacentini aus einem Haus kommen. Ich war sehr überrascht, denn ich wusste, dass meine Bemühungen erfolgreich waren und Ercoles Verbannung angeordnet wurde. Ich ging davon aus, dass der Befehl noch nicht erteilt worden war. Ich würde an der Dame vorbeigehen, ohne es zu erwähnen, denn seit meiner Heirat hatte sie nie mehr mit mir gesprochen, und ich konnte gut verstehen, warum sie das nicht wollte. Zu meinem Erstaunen hielt sie mich auf.

„Ah, Messer Filippo!"

Ich verneigte mich tief.

„Wie kommt es, dass du jetzt nie mit mir sprichst? Bist du so wütend auf mich?'

„Niemand kann einer so schönen Frau böse sein."

Sie errötete, und ich hatte das Gefühl, etwas Dummes gesagt zu haben, denn bei einer anderen Gelegenheit hatte ich zu ähnliche Bemerkungen gemacht. Ich fügte hinzu: „Aber ich war weg."

'Ich weiß. Willst du nicht reinkommen?' Sie zeigte auf das Haus, aus dem sie gerade gekommen war.

„Aber ich werde dich stören, denn du wolltest ausgehen."

Sie lächelte, als sie antwortete. „Ich habe dich vor einiger Zeit an meinem Haus vorbeigehen sehen; Ich vermutete, dass Sie zu Matteo d'Orsi gingen , und habe bei Ihrer Rückkehr auf Sie gewartet.'

„Du bist sehr nett."

Ich fragte mich, warum sie so darauf bedacht war, mich zu sehen. Vielleicht wusste sie von der bevorstehenden Verbannung ihres Mannes und dem Grund dafür.

Wir gingen hinein und setzten uns.

„Warst du zu Hause?" Sie fragte.

Es war dieselbe Frage, die Matteo gestellt hatte. Ich habe die gleiche Antwort gegeben.

„Das war das Erste, woran ich gedacht habe."

„Ihre Frau muss – überrascht gewesen sein, Sie zu sehen."

„Und erfreut."

'Ah!' Sie kreuzte die Hände und lächelte.

Ich fragte mich, was sie meinte.

„Du wurdest zwei Tage lang nicht erwartet, glaube ich."

„Du kennst meine Bewegungen sehr gut. Ich freue mich, dass Sie so viel Interesse an mir haben.'

„Oh, ich bin nicht allein." Die ganze Stadt interessiert sich für dich. „Sie waren ein äußerst angenehmes Gesprächsthema."

'Wirklich!' Ich wurde ein wenig wütend. „Und was sagt die Stadt über mich?"

„Oh, ich möchte Ihren Seelenfrieden nicht stören."

„Haben Sie die Güte, mir zu sagen, was Sie meinen?"

Sie zuckte mit den Schultern und lächelte rätselhaft.

'Also?' Ich sagte .

„Wenn Sie darauf bestehen, werde ich es Ihnen sagen." Sie sagen, Sie seien ein gefälliger Ehemann.'

'Das ist eine Lüge!'

„Du bist nicht höflich", antwortete sie ruhig.

„Wie kannst du es wagen, so etwas zu sagen, du unverschämte Frau!"

„Mein guter Herr, es ist wahr, vollkommen wahr. „Frag Matteo."

Plötzlich erinnerte ich mich an Matteos Frage und seinen erleichterten Blick. Eine plötzliche Angst durchfuhr mich. Ich ergriff Claudias Handgelenke und sagte:

'Wie meinst du das? Wie meinst du das?'

„Lass los; du tust mir weh!'

„Antworte, ich sage es dir." Ich weiß, dass du es mir unbedingt sagen willst. Bist du deshalb auf mich aufgelauert und hast mich hierher gebracht? Sag mir.'

In Claudia vollzog sich eine plötzliche Veränderung; Wut und Hass brachen aus und verzerrten ihr Gesicht, so dass man es nicht erkannt hätte .

„Glauben Sie, Sie können dem gewöhnlichen Schicksal eines Mannes entkommen?" Sie brach in ein wildes Lachen aus.

'Es ist eine Lüge. Du verleumdest Giulia, weil du selbst unrein bist.'

„Du warst bereit genug, diese Unreinheit auszunutzen. Glauben Sie, dass sich Giulias Charakter verändert hat, weil Sie sie geheiratet haben? Sie machte ihren ersten Ehemann zum Hahnrei, und glauben Sie, dass sie plötzlich tugendhaft geworden ist? Du Narr!'

'Es ist eine Lüge. Ich werde kein Wort davon glauben.'

„Die ganze Stadt strahlt von ihrer Liebe zu Giorgio dall , Aste '."

Ich schrie; Seinetwegen hat sie mich schon einmal verlassen ...

„Ah, jetzt glaubst du mir!"

'Hören!' Ich sagte . „Wenn das nicht wahr ist, schwöre ich bei allen Heiligen, dass ich dich töten werde."

'Gut; Wenn es nicht wahr ist, töte mich. Aber, bei allen Heiligen, ich schwöre, es ist wahr, wahr, wahr!' Sie wiederholte die Worte triumphierend, und jeder einzelne traf mich wie ein Dolchstich ins Herz.

Ich habe sie verlassen. Als ich nach Hause ging, hatte ich das Gefühl, dass die Leute mich ansahen und lächelten. Einmal war ich kurz davor, auf einen Mann zuzugehen und ihn zu fragen, warum er lachte, aber ich hielt mich zurück. Wie ich gelitten habe! Ich erinnerte mich, dass Giulia nicht so erfreut schien, mich zu sehen; Damals tadelte ich mich selbst und nannte mich anspruchsvoll, aber stimmte das? Ich stellte mir vor, sie wandte ihre Lippen ab, als ich ihnen meine leidenschaftlichen Küsse aufdrückte. Ich sagte mir, ich sei ein Narr, aber stimmte das? Ich erinnerte mich an eine leichte Rückzugsbewegung, als ich sie in meine Arme nahm. War es wahr? Oh Gott! War es wahr?

Ich dachte daran, zu Matteo zu gehen, konnte es aber nicht. Er kannte sie vor ihrer Heirat; er wäre bereit, das Schlimmste zu akzeptieren, was man über sie sagte. Wie konnte ich über die Verleumdungen einer bösen, eifersüchtigen Frau so beunruhigt sein? Ich wünschte, ich hätte Claudia nie gekannt und ihr nie einen Grund gegeben, mich so zu rächen. Oh, es war grausam! Aber ich würde es nicht glauben; Ich hatte so viel Vertrauen zu Giulia, so viel Liebe. Sie konnte mich nicht verraten, da sie wusste, welche leidenschaftliche Liebe auf sie herabströmte. Es wäre zu undankbar. Und ich hatte so viel für sie getan, aber daran wollte ich nicht denken ... Alles, was ich getan hatte, war aus reiner Liebe und Vergnügen geschehen, und ich verlangte keinen Dank. Aber wenn sie keine Liebe empfand, hatte sie doch zumindest ein zärtliches Gefühl für mich; Sie würde ihre Ehre keinem anderen geben. Ach nein, ich würde es nicht glauben. Aber war es wahr, oh Gott! War es wahr?

Ich befand mich zu Hause und erinnerte mich plötzlich an den alten Verwalter, dem ich die Leitung meines Hauses überlassen hatte. Sein Name war Fabio; Von ihm bekam ich den Namen, als ich mich dem alten Orso als Diener vorstellte . Wenn im Haus etwas geschehen war, musste er es wissen; und sie, Claudia, sagte, die ganze Stadt wisse es.

„Fabio!"

'Mein Meister!'

Er kam in mein Zimmer und ich sah ihn fest an.

„Fabio, hast du dich gut um alles gekümmert, was ich dir hinterlassen habe, als ich nach Rom ging?"

„Deine Mieten sind bezahlt, deine Ernte eingefahren, alle Oliven geerntet."

„Ich habe dir etwas Wertvolleres überlassen als Kornfelder und Weinberge."

'Mein Herr!'

„Ich habe dich zum Hüter meiner Ehre gemacht ." Was ist damit?'

Er zögerte und seine Stimme zitterte, als er antwortete.

„Eure Ehre ist – intakt."

Ich nahm ihn bei den Schultern.

„Fabio, was ist? Ich flehe dich bei deinem Herrn, meinem Vater, an, es mir zu sagen.'

Ich wusste, dass er die Erinnerung an meinen Vater mehr als nur menschliche Liebe liebte. Er blickte zum Himmel auf und faltete die Hände; er konnte kaum sprechen.

„Bei meinem lieben Herrn, deinem Vater, nichts – nichts!"

„Fabio, du lügst." Ich drückte seine Handgelenke, die ich fest in meinen Händen hielt.

Er sank auf die Knie.

„Oh, Meister, erbarme dich meiner!" Er vergrub sein Gesicht in seinen Händen. 'Ich kann Ihnen nicht sagen.'

„Sprich, Mann, sprich!"

Schließlich sprach er unter Klagen und Stöhnen die Worte:

„Sie hat – oh Gott, sie hat dich verraten!"

'Oh!' Ich taumelte zurück.

'Verzeihen Sie mir!'

„Warum hast du es mir nicht vorher gesagt?"

„Ah, wie könnte ich? Du hast sie geliebt, wie ich noch nie erlebt habe, dass ein Mann eine Frau liebt.'

Ehre gedacht ?"

„Ich habe an dein Glück gedacht. „Es ist besser, Glück ohne Ehre zu haben , als Ehre ohne Glück."

„Für dich", stöhnte ich, „aber nicht für mich."

„Ihr seid aus demselben Fleisch und Blut und leidet wie wir." Ich konnte dein Glück nicht zerstören.'

„Oh, Giulia! Giulia!' Dann, nach einer Weile, fragte ich noch einmal: „Aber sind Sie sicher?"

„Leider gibt es keinen Zweifel!"

'Ich kann es nicht glauben! Oh Gott, hilf mir! Du weißt nicht, wie sehr ich sie geliebt habe! Sie konnte nicht! Lass es mich mit eigenen Augen sehen, Fabio.'

Wir standen beide still da; Dann kam mir ein schrecklicher Gedanke.

„Weißt du, wann sie sich treffen?" Ich flüsterte.

Er stöhnte. Ich fragte noch einmal.

'Gott hilf mir!'

'Du weisst? Ich befehle dir, es mir zu sagen.'

„Sie wussten erst übermorgen, dass du zurückkommst."

'Er kommt?'

'Heute.'

'Oh!' Ich ergriff seine Hand. „Nimm mich und lass mich sie sehen."

'Was werden Sie tun?' fragte er entsetzt.

„Macht nichts, nimm mich!"

Zitternd führte er mich durch Vorzimmer und Gänge, bis er mich zu einer Treppe brachte. Wir stiegen die Stufen hinauf und kamen zu einer kleinen Tür. Er öffnete es ganz leise, und wir befanden uns hinter der Arras von Giulias Zimmer. Ich hatte die Existenz von Türen und Stufen vergessen, und sie wusste nichts davon. Es gab eine Öffnung im Wandteppich, die den Ausgang ermöglichte.

Niemand war im Raum. Wir warteten und hielten den Atem an. Endlich trat Giulia ein. Sie ging zum Fenster, schaute hinaus und ging zurück zur Tür. Sie setzte sich, sprang aber unruhig auf und schaute wieder aus dem Fenster. Wen erwartete sie?

Sie ging im Zimmer auf und ab und ihr Gesicht war voller Angst. Ich schaute aufmerksam zu. Endlich war ein leichtes Klopfen zu hören ; Sie öffnete die Tür und ein Mann kam herein. Ein kleiner, schlanker, dünner Mann mit einer Menge maisfarbener Haare , die ihm über die Schultern fielen, und einer blassen, hellen Haut. Er hatte blaue Augen und einen kleinen goldenen Schnurrbart. Er sah kaum zwanzig aus, aber ich wusste, dass er älter war.

Er sprang vor, ergriff sie in seinen Armen und drückte sie an sein Herz, aber sie drückte ihn zurück.

„Oh, Giorgio, du musst gehen", rief sie. „Er ist zurückgekommen."

'Dein Ehemann?'

„Ich hatte gehofft, dass du nicht kommen würdest. Geh schnell. Wenn er dich finden würde , würde er uns beide töten.'

„Sag mir, dass du mich liebst, Giulia."

„Oh ja, ich liebe dich von ganzem Herzen und ganzer Seele."

Einen Moment lang standen sie einander still in den Armen, dann riss sie sich los.

„Aber geh, um Gottes willen!"

„Ich gehe, meine Liebe. Auf Wiedersehen!'

„Auf Wiedersehen, Geliebte!"

Er nahm sie wieder in die Arme und sie legte ihre um seinen Hals. Sie küssten einander leidenschaftlich auf die Lippen; Sie küsste ihn, wie sie mich noch nie geküsst hatte.

'Oh!' Ich stieß einen Wutschrei aus und sprang aus meinem Versteck. Mit einem Satz hatte ich ihn erreicht. Sie wussten kaum, dass ich dort war; und ich hatte meinen Dolch in seinen Hals gerammt. Giulia stieß einen durchdringenden Schrei aus, als er stöhnend fiel. Das Blut spritzte über meine Hand. Dann sah ich sie an. Sie rannte mit entsetztem Gesicht vor mir davon, ihre Augen lösten sich von ihrem Kopf. Ich stürzte auf sie zu und sie schrie erneut, aber Fabio packte mich am Arm.

„Nicht sie, nicht sie auch!"

Ich riss meine Hand von ihm weg und dann – als ich ihr blasses Gesicht und den Ausdruck tödlichen Entsetzens sah – hielt ich inne. Ich konnte sie nicht töten.

„Schließ die Tür ab", sagte ich zu Fabio und zeigte auf die Tür, aus der wir gekommen waren. Dann, als ich sie ansah, schrie ich:

'Hure!'

Ich rief Fabio und wir verließen den Raum. Ich schloss die Tür ab und sie blieb mit ihrem Geliebten eingeschlossen ...

Ich rief meine Diener und befahl ihnen, mir zu folgen, und ging hinaus. Stolz ging ich, umgeben von meinen Gefolgsleuten, und kam zum Haus von Bartolomeo Moratini . Er hatte gerade das Abendessen beendet und saß mit seinen Söhnen zusammen. Sie standen auf, als sie mich sahen.

„Ah, Filippo, du bist zurückgekehrt." Als sie dann mein blasses Gesicht sahen, riefen sie: „Aber was ist das?" Was ist passiert?'

Und Bartolomeo brach ein.

„Was ist das auf deiner Hand, Filippo?"

Ich streckte es aus, damit er es sehen konnte.

„Das – das ist das Blut des Liebhabers Ihrer Tochter."

'Oh!'

„Ich habe sie zusammen gefunden und den Ehebrecher getötet."

Bartolomeo schwieg einen Moment, dann sagte er:

„Das hast du gut gemacht, Filippo." Er wandte sich an seine Söhne. „ Scipione , gib mir mein Schwert."

Er zog es an und sprach dann mit mir.

„Sir", sagte er, „ich bitte Sie, hier zu warten, bis ich komme."

Ich verbeugte mich.

„Sir, ich bin Ihr Diener."

„ Scipione , Alessandro, folge mir!"

Und begleitet von seinen Söhnen verließ er das Zimmer, und ich blieb allein.

Die Diener spähten durch die Tür herein, sahen mich an, als wäre ich ein seltsames Tier , und flohen, als ich mich umdrehte. Ich ging auf und ab, auf und ab; Ich schaute aus dem Fenster. Auf der Straße gingen die Leute hin und her , sangen und redeten, als wäre nichts passiert. Sie wussten nicht, dass der Tod durch die Luft flog; Sie wussten nicht, dass das Glück der lebenden Menschen für immer verschwunden war .

Endlich hörte ich wieder die Schritte, und Bartolomeo Moratini betrat das Zimmer, gefolgt von seinen Söhnen; und alle drei waren sehr ernst.

„Sir", sagte er, „der Makel auf Ihrer und meiner Ehre wurde ausgelöscht."

Ich verneigte mich tiefer als zuvor.

„Sir, ich bin Ihr sehr bescheidener Diener."

als Vater zu erfüllen ; und ich bedaure, dass ein Mitglied meiner Familie sich meines und Ihres Namens als unwürdig erwiesen hat. Ich werde dich nicht länger aufhalten.'

Ich verneigte mich erneut und verließ sie.

XL

Ich ging zurück zu meinem Haus. Es war sehr still, und als ich die Treppe hinaufging, wichen die Diener mit abgewandten Gesichtern zurück, als hätten sie Angst, mich anzusehen.

„Wo ist Fabio?" Ich fragte.

Ein Page flüsterte schüchtern:

„In der Kapelle."

Ich drehte mich um und ging einen nach dem anderen durch die Räume, bis ich zur Tür der Kapelle kam. Ich öffnete es und trat ein. Durch die gestrichenen Fenster fiel schwaches Licht, und ich konnte kaum etwas sehen. In der Mitte befanden sich zwei mit einem Tuch bedeckte Körper, deren Köpfe vom gelben Schein von Kerzen beleuchtet wurden. Zu ihren Füßen kniete ein alter Mann und betete. Es war Fabio.

Ich trat vor und zog das Tuch zurück; und ich fiel auf die Knie. Giulia sah aus, als würde sie schlafen. Ich hatte mich so oft über sie gebeugt und das regelmäßige Heben ihrer Brust beobachtet, und manchmal hatte ich ihre Gesichtszüge so ruhig und entspannt gefunden, als wäre sie tot. Doch nun ließ sich die Brust nicht mehr heben und senken, und ihr wunderbar weiches Weiß war durch eine klaffende Wunde entstellt. Ihre Augen waren geschlossen und ihre Lippen halb geöffnet, und der einzige Unterschied zum Leben war der heruntergefallene Kiefer. Ihr Gesicht war sehr blass; das üppige, wellige Haar umgab es wie mit einer Aureole.

Ich sah ihn an, und auch er war blass, und sein blondes Haar bildete einen wunderbaren Kontrast zu ihrem. Er sah so jung aus!

Dann, als ich dort kniete und die Stunden langsam vergingen, dachte ich an alles, was passiert war, und versuchte zu verstehen. Das schwache Licht aus dem Fenster ließ nach und nach nach, und die Kerzen in der Dunkelheit brannten immer heller; Jedes war von einem Lichtkranz umgeben und beleuchtete die toten Gesichter, während der Rest der Kapelle in tiefere Nacht getaucht wurde.

Nach und nach schien ich die Liebe dieser beiden zu durchschauen, die so stark gewesen war, dass keine Bande der Ehre , des Glaubens oder der Wahrheit sie beeinflussen konnten. Und das habe ich mir vorgestellt und versucht, mich zu trösten.

Als sie sechzehn war, dachte ich, heirateten sie sie mit einem alten Mann, den sie noch nie gesehen hatte, und sie lernte den Cousin ihres Mannes kennen, einen Jungen, der nicht älter war als sie. Und die Liebe begann und wirkte sich aus. Aber der Junge lebte von der Almosengabe seines reichen Cousins; Von ihm hatte er ein Zuhause und Schutz und tausend Freundlichkeiten erhalten; er liebte gegen seinen Willen, aber er liebte trotzdem. Und sie, dachte ich, hatte wie eine Frau geliebt, leidenschaftlich, ohne Rücksicht auf Ehre und Wahrheit. In der sinnlichen Gewalt ihrer Liebe hatte sie ihn mitgerissen, und er hatte nachgegeben. Dann kam mit der Freude Gewissensbisse, und er hatte sich von der Verführerin losgerissen und war geflohen.

Ich wusste kaum, was passiert war, als sie allein zurückblieb und sich nach ihrem Geliebten sehnte. Skandal sagte böse Dinge ... Hatte auch sie Reue empfunden und versucht, ihre Geliebte zu töten, und war der Versuch gescheitert? Und stürzte sie sich dann in die Zerstreuung, um ihre Sorgen zu ertränken? Vielleicht hat er ihr gesagt, dass er sie nicht liebt, und vielleicht hat sie sich in ihrer Verzweiflung in die Arme anderer Liebhaber geworfen. Aber er liebte sie zu sehr, um sie zu vergessen; schließlich konnte er die Abwesenheit nicht ertragen und kam zurück. Und wieder kam mit der Freude Reue, und beschämt floh er, hasste sich selbst und verachtete sie.

Die Jahre vergingen und ihr Mann starb. Warum kam er nicht zu ihr zurück? Hatte er seine Liebe verloren und hatte er Angst? Ich konnte es nicht verstehen....

Dann traf sie mich. Ah, ich fragte mich, was sie fühlte. Hat sie mich geliebt? Vielleicht hatte seine lange Abwesenheit dazu geführt, dass sie ihn teilweise vergessen hatte, und sie dachte, er hätte sie vergessen. Sie verliebte sich in mich und ich – ich liebte sie von ganzem Herzen. Ich wusste, dass sie mich damals liebte; Sie muss mich geliebt haben! Aber er kam zurück. Vielleicht glaubte er, geheilt zu sein, vielleicht sagte er, er könne ihr kalt und gleichgültig begegnen. Hatte ich nicht dasselbe gesagt? Aber als sie einander sahen, brach die alte Liebe hervor, sie verbrannte sie erneut mit verzehrendem Feuer, und Giulia hasste mich, weil ich sie dem Liebhaber ihres Herzens gegenüber treulos gemacht hatte.

Die Kerzen brannten schwach und warfen seltsame Lichter und Schatten auf die Gesichter der Toten.

Armer Dummkopf! Seine Liebe war so mächtig wie eh und je, aber er kämpfte mit der ganzen Kraft seines schwachen Willens dagegen an. Sie war für ihn die Böse; sie nahm ihm seine Jugend, seine Männlichkeit, seine Ehre , seine Stärke; Er hatte das Gefühl, dass ihre Küsse ihn erniedrigten, und als er sich aus ihrer Umarmung erhob , fühlte er sich gemein und gemein. Er schwor, sie nie wieder anzufassen, und jedes Mal brach er sein Gelübde. Aber ihre Liebe war die gleiche wie immer – leidenschaftlich, sogar herzlos. Es war ihr egal, ob sie ihn verzehrte, solange sie ihn liebte. Für sie könnte er sein Leben ruinieren, er könnte seine Seele verlieren. Sie kümmerte sich um nichts; es war alles aus Liebe.

Er floh erneut und sie richtete ihren Blick erneut auf mich. Vielleicht tat ihr mein Schmerz leid, vielleicht bildete sie sich ein, meine Liebe würde die Erinnerung an ihn auslöschen. Und wir waren verheiratet. Ah! Jetzt, da sie tot war , konnte ich ihre guten Absichten zulassen. Vielleicht wollte sie mir treu bleiben; Sie dachte vielleicht, sie könnte mich wirklich lieben und ehren . Vielleicht hat sie es versucht; Wer weiß? Aber Liebe – Liebe kümmert sich nicht um Gelübde. Es war zu stark für sie, zu stark für ihn. Ich weiß nicht, ob sie nach ihm schickte oder ob er im äußersten Moment seiner Leidenschaft zu ihr kam; aber was schon so oft geschehen war, geschah noch einmal. Sie haben alles in den Wind geworfen und sich der Liebe hingegeben, die tötet ...

Die langen Stunden vergingen, während ich an diese Dinge dachte, und die Kerzen waren bis auf die Fassung abgebrannt.

Endlich spürte ich eine Berührung an meiner Schulter und hörte Fabios Stimme.

„Meister, es ist fast Morgen."

Ich stand auf und er fügte hinzu:

„Sie brachten ihn in die Kapelle, ohne mich zu fragen." Du bist nicht wütend?'

„Sie haben es gut gemacht!"

Er zögerte einen Moment und fragte dann:

'Was soll ich tun?'

Ich sah ihn an, ohne zu verstehen.

„Er kann nicht hier bleiben, und sie – sie muss begraben werden."

„Bringt sie zur Kirche und legt sie in das Grab, das mein Vater gebaut hat – gemeinsam."

„Der Mann auch?" er hat gefragt. „In deinem eigenen Grab?"

Ich seufzte und antwortete traurig:

„Vielleicht hat er sie mehr geliebt als ich."

Während ich sprach, hörte ich ein Schluchzen zu meinen Füßen. Ein Mann, den ich nicht gesehen hatte, ergriff meine Hand und küsste sie, und ich spürte, wie sie tränennass war.

'Wer bist du?' Ich fragte.

„Er war die ganze Nacht hier", sagte Fabio.

„Er war mein Herr und ich liebte ihn", antwortete die kniende Gestalt mit gebrochener Stimme. „Ich danke dir, dass du ihn nicht wie einen Hund verstoßen hast."

Ich sah ihn an und empfand tiefes Mitleid mit seiner Trauer.

'Was wirst du jetzt machen?' Ich fragte.

'Ach! Jetzt bin ich ein Wrack, das ohne Führer durch die Wogen wälzt.'

Ich wusste nicht, was ich ihm sagen sollte.

„Willst du mich als deinen Diener nehmen? Ich werde sehr treu sein.'

„Fragen Sie mich das?" Ich sagte . 'Weißt du nicht-'

'Ah ja! Du hast ihm das Leben genommen, das er gerne verloren hätte. Es war fast eine Freundlichkeit; und jetzt begräbst du ihn friedlich, und dafür liebe ich dich. Du bist es mir schuldig; Du hast mir einen Meister geraubt, gib mir einen anderen.'

„Nein, armer Freund! Ich will jetzt keine Diener mehr. Auch ich bin wie ein Wrack, das ziellos über die Meere treibt. Auch bei mir ist es vorbei.'

Ich sah Giulia noch einmal an, dann legte ich das weiße Tuch wieder zurück und die Gesichter waren bedeckt.

„Bring mir mein Pferd, Fabio."

In wenigen Minuten wartete es auf mich.

„Wirst du niemanden haben, der dich begleitet?" er hat gefragt.

'Niemand!'

Dann, als ich aufstieg und die Zügel in meiner Hand ordnete, sagte er:

'Wo gehst du hin?'

Und ich antwortete verzweifelt:

'Gott weiß!'

XLI

UND ich ritt aus der Stadt hinaus ins offene Land. Der Tag brach an und alles war kalt und grau. Ich schenkte meinem Kurs keine Beachtung; Ich ritt weiter und nahm die Straßen, wie sie kamen, durch weite Ebenen ostwärts in Richtung der Berge. Als es heller wurde, sah ich, wie sich der kleine Fluss gewunden durch die Felder schlängelte, und das Land erstreckte sich flach vor mir, mit schlanken Bäumen, die sich gegen den Himmel abzeichneten. Ab und zu wurde ein winziger Hügel von einem Dorf überragt, und einmal, als ich vorbeikam, hörte ich das Läuten einer Glocke. Ich hielt an einem Gasthaus an, um das Pferd zu tränken, und dann eilte ich weiter, da ich den Anblick von Menschen hasste. Die kühlen Stunden waren vergangen, und als wir über die formlosen Straßen stapften, begann das Pferd zu schwitzen, und der dicke weiße Staub stieg hinter uns in Wolken auf.

Endlich kam ich zu einem Gasthaus am Straßenrand, und es war fast Mittag. Ich stieg ab, übergab das Pferd der Obhut des Stallknechts, ging hinein und setzte mich an einen Tisch. Der Wirt kam zu mir und bot Essen an. Ich konnte nicht essen, ich hatte das Gefühl, es würde mich krank machen; Ich habe Wein bestellt. Es wurde gebracht; Ich schenkte mir etwas ein und probierte es. Dann stützte ich meine Ellbogen auf den Tisch und hielt meinen Kopf mit beiden Händen, denn er tat so weh, dass er mich fast in den Wahnsinn trieb.

'Herr!'

Ich schaute auf und sah einen Franziskanermönch an meiner Seite stehen. Auf seinem Rücken trug er einen Sack; Ich nahm an, dass er Essen sammelte.

„Herr, ich bitte Sie um Almosen für die Kranken und Bedürftigen."

Ich zog ein Goldstück heraus und warf es ihm zu.

„Die Straßen sind heute hart", sagte er.

Ich habe keine Antwort gegeben.

„Sie kommen weit, Sir?"

„Wenn man einem Bettler Almosen gibt, dann nur, damit er ihn nicht belästigt", sagte ich.

'Ah nein; es ist aus Liebe zu Gott und Nächstenliebe. Aber ich möchte Sie nicht belästigen, ich dachte, ich könnte Ihnen helfen.'

„Ich will keine Hilfe."

'Du siehst unglücklich aus.'

„Ich bitte dich, lass mich in Ruhe."

„Wie du willst, mein Sohn."

Er verließ mich und ich kehrte in meine alte Position zurück. Es kam mir vor, als ob eine Bleiplatte auf meinen Kopf drückte. Einen Moment später ertönte eine schroffe Stimme zu mir.

„Ah, Messer Filippo Brandolini !"

Ich habe nachgeschlagen. Auf den ersten Blick erkannte ich den Sprecher nicht ; Aber als ich dann klar wurde , sah ich, dass es Ercole war Piacentini . Was machte er hier? Dann fiel mir ein, dass es auf der Straße nach Forli lag. Ich nahm an, dass er den Befehl erhalten hatte, Castello zu verlassen, und sich auf den Weg zu seinen alten Lieblingsplätzen machte. Ich wollte jedoch nicht mit ihm sprechen; Ich bückte mich und umfasste meinen Kopf erneut mit meinen Händen.

„Das ist eine höfliche Art zu antworten", sagte er. „Messer Filippo!"

Ich sah auf, ziemlich gelangweilt.

„Wenn ich nicht antworte, liegt das offensichtlich daran, dass ich nicht mit Ihnen sprechen möchte."

„Und wenn ich mit Ihnen sprechen möchte?"

„Dann muss ich mir die Freiheit nehmen, Sie zu bitten, den Mund zu halten."

„Du unverschämter Kerl!"

Ich fühlte mich zu elend, um wütend zu sein.

„Haben Sie die Güte, mich zu verlassen", sagte ich. „Du langweilst mich zutiefst."

„Ich sage Ihnen, dass Sie ein unverschämter Kerl sind, und ich werde tun, was ich will."

„Bist du ein Bettler, dass du so aufdringlich bist?" Was willst du?'

„Erinnerst du dich, dass du in Forli gesagt hast, dass du gegen mich kämpfen würdest, wenn sich die Gelegenheit dazu bot?" Es hat! Und ich bin bereit, denn ich muss Ihnen für meine Verbannung aus Castello danken.'

„Als ich anbot, gegen Sie zu kämpfen, Sir, dachte ich, Sie wären ein Gentleman. Jetzt, da ich Ihren Zustand kenne, muss ich ablehnen.'

'Du Feigling!'

„Sicherlich ist es keine Feigheit, ein Duell mit einer Person wie dir abzulehnen?"

Zu diesem Zeitpunkt war er außer sich vor Wut; aber ich war cool und gefasst.

„Hast du so viel zu rühmen?" fragte er wütend.

„ Zum Glück bin ich kein Bastard!"

'Hahnrei!'

'Oh!'

Ich sprang auf und sah ihn mit einem entsetzten Blick an. Er lachte verächtlich und wiederholte:

'Hahnrei!'

Jetzt war ich an der Reihe. Das Blut schoss mir in den Kopf und eine schreckliche Wut erfasste mich. Ich nahm den Krug Wein, der auf dem Tisch stand, und schleuderte ihn mit aller Kraft nach ihm. Der Wein spritzte ihm ins Gesicht, und der Kelch traf ihn an der Stirn und schnitt ihn, so dass das Blut heruntertropfte. Einen Augenblick später hatte er sein Schwert gezogen, und gleichzeitig riss ich mein Schwert aus der Scheide.

Er konnte gut kämpfen.

Er konnte gut kämpfen, aber gegen mich war er verloren. Die ganze Wut und Qual des letzten Tages sammelte sich. Ich fühlte mich hochgehoben und weinte laut vor Freude, jemanden zu haben, an dem ich mich rächen konnte. Es kam mir vor, als hätte ich die ganze Welt gegen mich und würde meinen Hass mit der Spitze meines Schwertes ausschütten. Meine Wut verlieh mir die Stärke eines Teufels. Ich habe ihn zurückgedrängt, ich habe ihn zurückgedrängt und ich habe gekämpft, wie ich noch nie zuvor gekämpft hatte. In einer Minute hatte ich ihm das Schwert aus der Hand geschlagen, und es fiel zu Boden, als wäre sein Handgelenk gebrochen, und klapperte zwischen den Tassen herunter. Er stolperte gegen die Wand und stand mit zurückgeworfenem Kopf und hilflos ausgestreckten Armen da.

„Ah, Gott, ich danke dir!" Ich weinte jubelnd. 'Jetzt bin ich glücklich.'

Ich hob mein Schwert über meinen Kopf, um seinen Schädel zu spalten, mein Arm war im Schwung – als ich stehen blieb. Ich sah die starrenden Augen, das weiße Gesicht, bleich vor Angst; Er stand an der Wand, als er gefallen war, und schreckte vor Todesangst zurück. Ich hörte auf; Ich konnte ihn nicht töten.

Ich steckte mein Schwert in die Scheide und sagte:

'Gehen! Ich werde dich nicht töten. Ich verachte dich zu sehr.'

Er rührte sich nicht, sondern stand da, als wäre er zu Stein geworden, immer noch voller Angst und Angst. Dann nahm ich voller Verachtung ein Horn mit Wasser und schleuderte es über ihn.

„Du siehst blass aus, mein Freund", sagte ich. „Hier ist Wasser zum Mischen mit Ihrem Wein."

Dann lehnte ich mich zurück und brach in schallendes Gelächter aus, und ich lachte, bis meine Seiten schmerzten, und ich lachte erneut.

Ich warf Geld hin, um meine Unterhaltung zu bezahlen, und ging aus. Aber als ich auf mein Pferd stieg und wir unsere Reise entlang der stillen Straßen wieder antraten, spürte ich, wie mein Kopf stärker schmerzte als je zuvor. Alle Freude war verschwunden; Ich konnte keine Freude am Leben haben. Wie lange würde es dauern? Wie lang? Ich ritt unter der Mittagssonne dahin, und sie fiel mir sengend auf den Kopf; Das elende Tier trottete mit hängendem Kopf und ausgedörrter und trockener Zunge aus dem Maul. Die Sonne brannte mit der ganzen Kraft des Augusts, und alles schien von der schrecklichen Hitze wütend zu sein. Mensch und Tier waren vor den feurigen Strahlen zurückgeschreckt, die Landleute machten Mittagsruhe, das Vieh und die Pferde waren in Scheunen und Ställen untergebracht, die Vögel schwiegen und sogar die Eidechsen waren in ihre Höhlen gekrochen. Nur das Pferd und ich trotteten elend dahin – nur das Pferd und ich. Es gab keinen Schatten; Die Mauern auf beiden Seiten waren zu niedrig, um Schutz zu bieten, und die Straße war grell und weiß und staubig. Ich könnte durch einen Hochofen gefahren sein.

Alles war gegen mich. Alles! Sogar die Sonne schien ihre heißesten Strahlen abzustrahlen, um mein Elend noch zu vergrößern. Was hatte ich getan, dass das alles zu mir kommen sollte? Ich ballte meine Faust und verfluchte in ohnmächtiger Wut Gott ...

Endlich sah ich in meiner Nähe einen kleinen Hügel, der mit dunklen Tannenbäumen bedeckt war; Ich kam näher und der Anblick des düsteren Grüns war wie ein Schluck kühles Wasser. Ich konnte den Schrecken der Hitze nicht länger ertragen. Von der Hauptstraße führte eine weitere, kleinere Straße in Serpentinen den Hügel hinauf. Ich wendete mein Pferd, und bald waren wir zwischen den Bäumen, und ich atmete tief ein und genoss die Kühle. Ich stieg ab und führte ihn am Zügel; Es war bezaubernd, den Weg entlang zu gehen, weich von den gefallenen Nadeln und ein köstlicher grüner Duft hing in der Luft. Wir kamen zu einer Lichtung, wo sich ein kleiner Teich befand; Ich tränkte das arme Tier, warf mich hin und trank einen tiefen Schluck. Dann band ich ihn an einen Baum und ging alleine ein paar Schritte weiter. Ich kam zu einer Art Terrasse, und als ich weiterging, befand ich mich am Rande des Hügels und blickte über die Ebene. Dahinter spendeten mir die hohen Tannen Schatten und Kühle; Ich setzte mich und blickte auf das Land vor mir. Am wolkenlosen Himmel schien es nun einmalig schön. In der Ferne konnte ich auf der einen Seite die Mauern und Türme einer Stadt sehen, und in breiten Kurven schlängelte sich ein Fluss dorthin; Das Labyrinth und Mais, Weinreben und Olivenbäume bedeckten das Land, und in der Ferne sah ich die sanften blauen Berge. Warum sollte die Welt so schön und ich so elend sein?

„Es ist in der Tat eine wunderbare Szene."

Ich schaute auf und sah den Mönch, mit dem ich im Gasthaus gesprochen hatte. Er stellte seinen Sack ab und setzte sich neben mich.

„Du hältst mich nicht für aufdringlich?" er hat gefragt.

„Ich bitte um Verzeihung", antwortete ich, „ich war nicht höflich zu Ihnen; Du musst mir verzeihen. Ich war nicht ich selbst.'

„Sprich nicht darüber." Ich habe Sie hier gesehen und bin zu Ihnen herabgekommen, um Ihnen unsere Gastfreundschaft anzubieten.'

Ich sah ihn fragend an; Er zeigte über seine Schulter und als ich blickte, sah ich auf der Spitze des Hügels, durch die Bäume hindurch, ein kleines Kloster.

„Wie friedlich es aussieht!" Ich sagte .

'Es ist in der Tat. Der heilige Franziskus selbst kam manchmal, um die Ruhe zu genießen.'

Ich seufzte. Oh, warum hätte ich nicht mit dem Leben, das ich hasste, Schluss machen und gleichzeitig die Ruhe genießen können? Ich hatte das Gefühl, dass der Mönch mich beobachtete, und als ich aufblickte, begegnete ich seinem Blick. Er war ein großer, dünner Mann mit tiefliegenden Augen und eingefallenen Wangen. Und er war blass und erschöpft vom Gebet und Fasten. Aber seine Stimme war süß und sehr sanft.

„Warum siehst du mich an?" Ich sagte .

„Ich war in der Taverne, als du den Mann entwaffnet und ihm das Leben gegeben hast."

„Es geschah nicht aus Nächstenliebe und Gnade", sagte ich bitter.

„Ich weiß", antwortete er, „es war aus Verzweiflung."

'Woher weißt du das?'

„Ich habe dich beobachtet; und am Ende sagte ich: „Gott hat Mitleid mit seinem Unglück."

Ich sah den fremden Mann voller Erstaunen an; und dann sagte ich mit einem Stöhnen :

„Oh, du hast recht. Ich bin so unglücklich.'

Er nahm meine Hände in seine und antwortete mit der Sanftmut der Mutter Gottes selbst :

„Kommt zu mir alle, die ihr müde und schwer beladen seid, und ich werde euch Ruhe geben."'

Dann könnte ich mein Leid nicht länger ertragen. Ich vergrub mein Gesicht an seiner Brust und brach in Tränen aus.

EPILOG

UND nun sind viele Jahre vergangen, und der edle Herr Filippo Brandolini ist der arme Mönch Giuliano; die prächtigen Kleider aus Samt und Satin sind dem braunen Sacktuch des seraphischen Vaters gewichen; und statt goldener Gürtel ist meine Taille mit einer Hanfschnur umgürtet. Und welche Veränderungen haben in mir stattgefunden! Das braune Haar, das die Frauen küssten, ist ein kleiner Reif als Zeichen der Erlöserkrone und weiß wie Schnee. Meine Augen sind trüb und eingefallen, meine Wangen sind hohl und die Haut meiner Jugend ist ascheig und faltig; die weißen Zähne meines Mundes sind verschwunden, aber mein zahnloses Zahnfleisch reicht für die mönchische Kost; und ich bin alt und gebeugt und schwach.

Eines Tages im Frühling kam ich auf die Terrasse mit Blick auf die Ebene, und als ich mich hinsetzte, um mich in der Sonne zu wärmen und auf das weite Land, das ich jetzt so gut kannte, und die fernen Hügel blickte, kam in mir der Wunsch Schreibe die Geschichte meines Lebens.

Und nun ist auch das erledigt. Ich habe nichts mehr zu erzählen, als dass ich seit dem Tag, an dem ich seelenmüde ankam, bis zum kühlen Schatten der Tannen nie wieder auf die Welt gegangen bin. Ich übergab meine Ländereien und Paläste meinem Bruder in der Hoffnung, dass er sein Leben besser nutzen würde als ich, und ihm übertrug ich die Aufgabe, dafür zu sorgen, dass dem alten Namen Erben gegeben würden. Ich wusste, dass ich in allem versagt hatte. Mein Leben war schiefgelaufen, ich weiß nicht warum; und ich hatte nicht den Mut, weitere Abenteuer zu wagen. Ich zog mich in meiner Untauglichkeit aus dem Kampf zurück und ließ die Welt an mir vorbeiziehen und meine armselige Existenz vergessen.

Checco lebte weiter, plante und intrigierte, verschwendete sein Leben in dem Versuch, sein Vaterland zurückzugewinnen, und immer wurde er enttäuscht, immer wurden seine Hoffnungen enttäuscht, bis er schließlich verzweifelte. Und nach sechs Jahren, erschöpft von seinen fruchtlosen Bemühungen, in Trauer um die Größe, die er verloren hatte, und in Sehnsucht nach dem Land, das er so sehr liebte, starb er an gebrochenem Herzen, im Exil.

Matteo kehrte zu seinen Waffen und dem rücksichtslosen Leben des Glücksritters zurück und wurde im tapferen Kampf gegen den fremden Eindringling getötet. Er starb in dem Wissen, dass auch seine Bemühungen vergeblich gewesen waren und dass das süße Land Italien gefallen war und versklavt.

Und ich weiß nicht, ob sie nicht das bessere Los hatten; denn sie sind in Frieden, während ich – ich meine einsame Pilgerreise durch das Leben verfolge und das Ziel immer in weiter Ferne liegt. Jetzt kann es nicht mehr lange dauern, meine Kräfte lassen nach und ich werde bald den Frieden haben, den ich mir gewünscht habe. Oh Gott, ich bitte Dich nicht um goldene Kronen und himmlische Gewänder, ich strebe nicht nach der Glückseligkeit, die der Teil des Heiligen ist, sondern gib mir Ruhe. Wenn die große Erlösung kommt, gib mir Ruhe; Lass mich den langen Schlaf schlafen, ohne aufzuwachen, damit ich endlich vergesse und Frieden habe. O Gott, gib mir Ruhe!

Wenn ich barfuß über die Straßen stapfte, um Essen und Almosen zu sammeln, hatte ich oft den Wunsch, mich in den Graben am Wegrand zu legen und zu sterben. Manchmal habe ich den Flügelschlag des Todesengels gehört; aber er hat die Starken und Glücklichen genommen und mich weiterwandern lassen.

Der gute Mann sagte mir, ich sollte glücklich sein; Ich habe nicht einmal Vergesslichkeit erhalten. Ich gehe die Straßen entlang und denke an mein Leben und die Liebe, die mich ruiniert hat. Ah! wie schwach ich bin; aber verzeih mir, ich kann mir nicht helfen! Manchmal, wenn ich Gutes tun konnte, habe ich eine seltsame Freude empfunden, ich habe die selige Freude der Nächstenliebe gespürt. Und ich liebe mein Volk, die armen Leute im ganzen Land. Sie kommen in ihren Schwierigkeiten zu mir, und wenn ich ihnen helfen kann , teile ich ihre Freude. Aber das ist alles, was ich habe. Ah! mein Leben war nutzlos, ich habe es verschwendet; und wenn ich meinen Mitmenschen in letzter Zeit ein wenig Gutes getan habe, leider! wie klein!

Ich trage meine Seele in Geduld, aber manchmal kann ich nicht anders, als mich gegen das Schicksal zu erheben und zu schreien, dass es schwer ist, dass mir das alles passieren muss. Warum? Was hatte ich getan, dass mir das kleine Glück dieser Welt verwehrt blieb? Warum sollte ich unglücklicher sein als andere? Aber dann tadele ich mich selbst und frage mich, ob ich tatsächlich weniger glücklich war. Ist einer von ihnen glücklich? Oder haben diejenigen Recht, die sagen, dass die Welt Elend ist und dass das einzige Glück darin besteht, zu sterben? Wer weiß?

Ach, Giulia, wie ich dich geliebt habe!

Oh Ciechi , das ist es che Giova ?

Tutti tornate Alla gran madre antica,

E'l Name, den Sie erwarten si ritrova .

. . . . . .

Blind, dass ihr seid! Wie nützt Ihnen dieser Kampf?

Kehrt zurück zur großen antiken Mutter,

Und selbst Ihr Name bleibt kaum erhalten.

DAS ENDE